U0530723

汉译世界文学名著丛书

弗罗斯特诗全集

下 卷

［美］弗罗斯特 著

曹明伦 译

商务印书馆
The Commercial Press

西流的小河[*]

（1928）

---

[*]《西流的小河》初版有弗罗斯特写给妻子的献词："献给 E. M. F.（埃莉诺·米里娅姆·弗罗斯特）。"

春　潭

春潭虽掩蔽在浓密的树林，
却依然能映出无瑕的蓝天，
像潭边野花一样瑟瑟战栗，
也会像野花一样很快枯干，
可潭水不是汇进溪流江河，
而将渗入根络换葱茏一片。

把潭水汲入其新蕾的树木
夏日将郁郁葱葱莽莽芊芊——
但是在树木竭潭枯花之前，
不妨先让它们多思考两遍：
这如花的春水和似水的花
都是皑皑白雪消融在昨天。

月亮的自由

就像你也许会调整头上的首饰，
我一直在调整斜挂夜空的月牙，
那弯悬在树林农舍上方的新月。

我已经使它光华略增更显优雅，
让它独悬夜空或装饰一个陪衬——
一颗星光最璀璨最晶莹的星星。

我把它放在我喜欢的任何去处。
当我在一个深更半夜独步徜徉，
我把它从弯树枝编的筐中取出
把它带到光滑如镜的水面之上，
把它浸入水中，观其色形变幻，
我看到了随之而来的各种奇观。

玫瑰家族 ①

玫瑰就是玫瑰，
而且始终是玫瑰。
但如今有理论说
苹果也是玫瑰，
梨也是玫瑰，所以
我想梅子也是玫瑰。
只有上天知道

---

① 原文为 Rose Family，本义是植物分类中的"蔷薇科"；诗中提及的四种植物均属此科。

还会证明什么是玫瑰。
你当然是一朵玫瑰——
但却是永远的玫瑰。

花园中的流萤

高高的夜空闪出真正的星星,
静静的大地飘来仿效的流萤,
流萤哟怎么能与星星比大小,
它们本来就不是真正的星星,
可一时间它们居然扮得挺像,
只可惜扮演的角色难以永恒。

气 氛
——吟花园中的一道墙

风一阵阵地吹着无遮无掩的草地;
但在这道旧墙烤红一张脸的地方,
风只在空中打转,而且风力太弱,
吹不起泥土或任何可看见的东西;
墙下色彩浓艳芳泽馥郁空气潮润,
数小时日光照射营造了一种气氛。

忠　诚

此心想不出还有何忠诚
堪比海岸对大海的忠贞——
守着那始终如一的曲线，
数着那永远重复的涛声。

悄然而去

在高处自由的树叶的喧哗之中
仰天长啸和低声叹息一样无用。
树木在高处与阳光和微风约会，
被浓浓树荫遮蔽的你究竟是谁？

你还不如你熟悉的珊瑚根茎兰 [①]
而它就满足于照到微弱的光线；
它自己从生到死不长叶只开花，
有斑点的花也总是谦卑地垂下。

[①] 珊瑚根茎兰，北美的一种兰科植物，因其淡红色的根茎像珊瑚而得名。

你可以抓住树皮，因树皮粗糙，
并在大森林脚下查阅何为渺小。
树上掉下的一片孤叶飘然远去，
树叶正反两面都没写你的名字。

你在世间逗留片刻就悄然而去，
可郁郁苍苍的森林仍然将继续，
它甚至不惦记那株珊瑚根茎兰，
而你曾经把它当作现时的纪念。

茧

极目所见，这秋日傍晚的雾霭，
这正在朝两个方向蔓延的雾霭，
这使新月显得不像新月的薄雾，
这使榆树下的草地变蓝的薄雾，
都是从一座破房子冒出的炊烟，
而那房子也只有烟囱依稀可见；
房主人太小气，不愿早早上灯，
让生活封闭，避开旁人的眼睛，
甚至一连数小时也没有人出屋
去料理下傍晚时分的农家杂务。
破屋里也许只有些孤独的女人，

她们用这炊烟,我想告诉她们,
小心翼翼地在为她们自己作茧,
并把茧系牢在地球和月球之间,
冬天的疾风也休想把这茧吹掉——
这是作茧自缚,但她们也知道。

匆匆一瞥

致里奇利·托伦斯
写在最近读他的《金苹果园》之后①

我常从火车的窗口看见野花缤纷,
可不待细看它们就早已无踪无影。

我总想下车回到刚才见花的地方,
看究竟是些什么花开在铁路两旁。

我用明知不对的花名称呼那些花;
因为火菊不喜欢树林烧掉的山崖,

蓝铃花绝不会去装饰隧道的洞口,

---

① 里奇利·托伦斯(1875—1950),美国诗人、剧作家、记者及编辑,他的诗集《金苹果园》(1925)表达了他的超验主义信念。

紫狼花也不会生长在干旱的沙丘。①

一个朦胧的念头忽然闪过我脑际：
它们莫非是这人世间难觅的东西？

天国往往只在某些时候偶尔闪现，
即当观者位置只能远看不可近观。

漫天黄金

这座城市通常总是尘土飞扬，
除非当海雾飘来把尘土涤荡，
孩子们听说过飞尘中有黄金，
而我就是那些孩子中的一名。

所有被大风高高扬起的灰尘
在落日余晖中显得都像黄金，
但我是听过那个故事的孩子，
那故事说有些飞尘真是金子。

---

① 火菊是一种柳叶菜科草本植物，开红、紫、白、黄各色花；蓝铃花是一种百合科植物，其蓝色簇状花像一串悬吊的小钟；紫狼花是一种豆科草本植物，其紫色密集聚伞状花像一条蓬松的狼尾，但其得名却因人们认为它极耗地力，贪婪如狼。

这就是旧金山金门湾的生活：
我们的食物都沾有黄金尘末，
而我是受过那种教导的孩子，
"我们都得吃下我们的金子。"

接　受

当疲惫的太阳把余晖抛给晚霞
让自己滚烫的身子被海湾拥抱，
大自然静寂无声，谁也不惊诧
所发生的事。至少鸟儿们知道
这不过是白天逝去，黑夜降临。
某只鸟会在心中悄悄咕哝两句，
然后便开始闭上它暗淡的眼睛；
某只鸟也许离巢太远无处可栖，
便匆匆飞临它熟悉的一片树林
及时在一棵它记得的树上降下。
它顶多会想或轻声说："安全了！"
现在就让夜的黑暗把我笼罩吧！
让夜黑得叫我看不见未来的景象。
让未来应该是什么样就是什么样。

曾临太平洋

破碎的海水发出朦胧的喧嚣。
巨浪洪波升涨一潮高过一潮,
一心想要对海岸来一番洗劫,
大海对陆地从未曾这般发泄。
天上乌云低垂令人毛骨悚然,
像黑色的乱发被风吹到眼前。
人们难以看出海边悬崖峭壁
有大陆支撑,而海岸则像是
幸运地有绝壁悬崖作为后盾;
似乎怀着恶意的夜正在来临,
那不仅是黑夜而且是个时代,
有人最好想到洪水就要到来。
这儿将有比海啸更大的灾难,
在上帝说出熄灭那道光之前。①

---

① 《旧约·创世记》第1章第3节载:"上帝说,让那儿有光,于是就有了光。"莎士比亚《奥赛罗》第5幕第2场第7行(奥赛罗在杀苔丝狄蒙娜之前对着灯光自言自语)道:"我先熄灭这光,再熄灭那光。"

曾被击倒

雨曾经对风说：
"你去风狂我来雨骤。"
于是它们袭击花坛，
于是花儿纷纷低头，
虽未死去，但被击倒。
我了解花儿当时的感受。

一只小鸟

我总希望那只小鸟快快飞走，
别整天在我屋子外唱个不休；

有时它的歌声叫我难以容忍，
我便出门击掌止住它的歌声。

这场不愉快多半都应该怪我，
我没有权力制止那只鸟唱歌。

如果有谁想叫任何歌声停息,
那他当然就会做出某种错事。

孤　独

我以前曾在何处听见过这风
像今天这样变成一种低低的轰鸣?
它为什么要使我站立到门边,
在这儿推开一扇倔强的门,
凝望山下白浪击岸的海滨?
夏日过去了,白昼过去了。
西天已聚集起大团大团的乌云。
在屋外门廊下陷的地板上面
一团枯叶旋转并发出嘶嘶之声,
想撞我的膝盖但未能得逞。
那嘶嘶声中某种不祥的意味
说明我的秘密肯定已走漏风声,
不知怎的四下里肯定已有传闻:
说我在这幢房子里形单影只,
说我在我的生活中是孤家寡人,
说我除上帝之外已举目无亲。

我窗前的树 [1]

我窗前的树哟,窗前的树,
夜幕降临,让我关上窗户;
但请允许我不在你我之间
垂下那道障眼的窗帘。

梦般迷蒙的树冠拔地而起,
高高树梢弥漫在半天云里,
片片轻巧的舌头说个不停,
但并非所言都很高深。

树哟,我看你一直摇曳不安,
而要是你曾看见过我在安眠,
那么你也看见过我遭受折磨,
看见我几乎不知所措。

那天命运曾融合我们的思想,

---

[1] 此诗乃诗人对往事的一番感怀。1914年第一次世界大战爆发时,客居英国乡间的弗罗斯特一家曾被邻居怀疑为间谍,甚至有人朝他家窗户掷石块,但诗人仍请邻居允许他不垂下"那道障眼的窗帘"。

命运女神也有她自己的想象,
你总牵挂着外边的气候冷暖,
我关切内心的风云变幻。

爱好和平的牧羊人

如果星空需要重构,
如果让我靠着牧场栅栏,
把那些图形按序排列
在遍布苍穹的星星之间,

那我恐怕就会忍不住
想漏掉统治者的王冠、
贸易的天平和教会的十字架,①
因为它们不值得重视。

它们一直支配我们的生活,
一直在看人类如何相残。
王冠、天平和教会的十字架
可以说从来就是杀人的剑。

---

① 此处的王冠、天平和十字架指星空中的北冕座、天秤座和南十字座,分别象征政权、贸易和教会。

茅草屋顶

独自出门走进冬日的雨中,
一心只想着互相给予的伤痛。
不过我并没有走出多远,
没让楼上一窗口离开视线。
那窗口的灯光是我的一切,
但我不会进去,除非灯光熄灭;
可我不进屋那窗也不愿熄灯。
好吧,就看到最后我俩谁赢,
我们会看到最后是谁先投降。
这世界是一片黑咕隆咚的牧场。
这雨实际上是冰凉的水雪。
这风则是又一层土的铺放者。
可最奇怪的是:那些于夏初
在厚厚的旧茅草屋顶中孵出,
然后渐渐羽毛丰满的小鸟,
竟有一些还隐居在它们的窝巢。
当我经过那道低矮的屋檐,
我不小心让衣袖擦到了檐边,
结果把藏在窝里的鸟儿惊飞,
它们飞进黑暗令我感到伤悲;

想到它们的情况已没法补救，
我旧的悲愁中又添新的悲愁——
鸟儿不可能再飞回来寻找
它们筑在这茅屋顶上的窝巢。
它们肯定在想该降在何处栖身，
怎样凭着它们的羽毛和体温
平平安安地熬到第二天黎明。
当我这样想到它们无家可归，
出门前的伤痛反而大大消退。
下面就是我伤悲消散的缘故：
鸟儿使我想到我俩居住的茅屋，
它被风撕裂的屋顶已没法修补，
它几个世纪的生命已经结束，
因为此刻打在我身上的雨点
也同样打在楼上房间的地板。

冬日伊甸

冬日菜园在桤树丛生的洼地，
穴兔出洞在阳光下玩耍嬉戏，
此时的菜园最接近天国伊甸，
雪尚未融化，树木还在休眠。

积雪把生存空间垫高了一层，
使菜园离头顶上的天国更近，
铺展在覆盖大地的雪层之上，
去年的红浆果在阳光下发亮。

消瘦但很快活的野兽被垫高，
这下很高的食物它也能够着，
它尽享野苹果树娇嫩的树皮，
那将是该年最高的环带痕迹。

接近天国使动物停止了交媾：
无爱的鸟儿聚为冬天的朋友，
满足于查看并猜测枝头萌芽
哪些会长成叶，哪些会开花。

一柄羽毛榔头①呼呼敲两声。
这伊甸园的白天于两点告尽。
冬日白昼的时辰看上去太短，
似乎并不值得众生醒来游玩。

---

① 啄木鸟。

洪　水

血流从来就比水流更难以堵住。①
正当我们以为已经把大坝筑成，
并任它在新坝墙后面汹涌翻腾，
它却会破坝而出造成新的杀戮。
我们总爱说是魔鬼使血流成河，
其实是血自己的力量释放鲜血，
释放的鲜血如洪水般涌流奔泻，
形成违背自然的滔天巨浪洪波。
无论壮观与否它都会找到出口，
不管是战争武器还是和平工具
都不过是它找到突破口的契机。
而眼下血流又一次如洪水奔流，
当它一泻千里，山顶也染上血污。
啊，血要奔流。它不可能被堵住。

---

① 《旧约·以赛亚书》第34章第3节云："群山将被他们的鲜血融化"；第6节云："上帝之剑充满了鲜血"；第7节云："他们的土地将浸透鲜血"。

熟悉黑夜 [①]

我早已经熟悉了这种黑夜。
我曾冒雨出去又冒雨回来。
我到过街灯照不到的郊野。

我见过城里最凄凉的小巷；
我曾走过巡夜更夫的身旁，
不想解释我为何垂下目光。

我曾停下止住脚步的声音，
当时远处传来断续的呼喊，
从另一条街道，越过屋顶，

但不是叫我回去或说再见；
而在远方一个神秘的高处
有只发亮的钟映衬着天幕，

[①] 据诗人自述，写这首诗的灵感来自爱尔兰诗人乔治·拉塞尔（1867—1935）的一句话。1928年，弗罗斯特携妻子埃莉诺和小女儿玛乔丽去英、法等国度假，其间曾只身前往都柏林拜访叶芝和拉塞尔等人。极富神秘色彩的拉塞尔在送别他时低声对他说："The Time is not right."（这个时代不对劲儿）。诗中"这时辰既没错也不正确"的原文是"the time was neither wrong nor right"。

宣称这时辰既没错也不正确。
我早已经熟悉了这样的黑夜。

可爱者就该是选择者①

那个声音说:"扔她下去!"

众声音问:"扔多远多深呢?"

"从这世界往下扔七层。"

"我们有多少时间?"

"用二十年吧。
她竟然不肯让爱由财富名誉来保险!
可爱者就该是选择者,是吧?
那就让他们选择吧!"

---

① 诗人曾告诉朋友,这首诗写的是自己的母亲,写在"那个声音"的指令下,他母亲一生的七次"欢乐"都沦为了悲伤。但由于世人对弗罗斯特的母亲知之甚少,加之此诗描述既朦胧又抽象,所以除了邪恶的意志(那个声音)主宰人类命运这个主题外,研究弗罗斯特的专家对这首诗没有更多的解释。

"这么说我们将让她选择?"

"对,让她选择吧。
担负起这项非她所能选择的任务。"

一些无形的手挨近她的肩头
准备对她施加重压。
但她仍然站得笔直,
戴着圆形大耳环,镶有珍珠的金玉,
还别着同样质量的圆形大胸针,
她双颊绯红,
自豪并且是朋友们的骄傲。

那个声音问:"你们能让她选择吗?"

"能,我们能让她选择并依然取胜。"

"用欢乐让她选,叫她永远无可指责。
让她的第一次欢乐是她的婚礼,
虽说是一次婚礼,
但也是她和他心中都明白的一件事。①
此后便是她的第二次欢乐:

---

① 指未婚先孕。

虽说她会伤心，但她的伤心是秘密，
不会因被朋友所知而让她感到羞耻。
她的第三次欢乐是：虽说现在朋友
没法不知道，但他们在远处消遣，
不会多想或不大在意她的秘密。
第四次欢乐是：她让孩子靠在膝上，
讲（只讲一次，因孩子们不会忘记）
她曾经如何光艳照人，并让孩子们
在冬日的炉火中看见那种光艳。
不过也给她些朋友，叫她不敢乱讲，
因为他们肯定不会相信。
于是她的第五次欢乐就是：
她从来不屑于告诉他们。
让她置身于最卑贱的人当中，
甚至显得比最卑贱的人还不如。
她因为过去而无望被人了解，
又因为她的现在而无法被人爱，
给她点安慰作为她的第六次欢乐，
让她知道虽然她来得太高学得太迟
但她并非不习惯这种生存方式。
然后送个人去亲眼看看
并对现状中的她感到诧异，
而且惊讶地问她为何落到这个地步，
但却没时间留下来听她讲故事。

让她的最后一次欢乐是倾心于此人，
以致她差点儿把心里话说出。
你们都明白——一共七次欢乐。"

"相信我们吧。"众声音说。

西流的小河

"弗雷德，哪儿是北方？"

"北方？亲爱的，这儿就是北方。
这条小河流去的方向是西方。"

"那就把它叫作往西流的小河。"
（直到今天人们仍叫它西流河。）
"它以为自己在干吗呢，往西去，
而其他所有的河川都东流入海？
它肯定是条非常自信的小河，
它敢背道而驰是因为它能相信自己，
就像我能相信你——你能相信我——
因为我们——我们是——我不知道
我们是什么样的人。我们是什么样
的人呢？"

"年轻人或新人?"

"我们肯定是什么人。
我们一直说咱俩。让我们改说咱仨。
就像你和我我和你结婚一样,咱俩
将一同与这条小河结婚。我们将
在这河上架座桥,而那桥将是我们
的助手,跨越这小河,睡在它身边。
你看那儿,有团浪花在向我们招手,
想让我们知道它听见了我说话。"

"嗨,亲爱的,
那团浪花是在避开这突出的河岸。"
(黑色的河水被一块暗礁挡住,
于是回流涌起了一团白色的浪花,
白色浪花永远在黑色水流上翻涌,
盖不住黑水但也不会消失,就像
一只白色的小鸟,一心要让这黑河
和下游那个更黑的河湾有白色斑点,
结果它白色的羽毛终于被弄皱,
衬着对岸的桤树林像块白色头巾。)
"我是说,自从天底下有河流以来,
那团浪花就在避开这突出的河岸。
它并不是在向我们招手。"

"你说不是，但我说是。若不是向你
就是向我——一个神圣的宣告。"

"噢，要是你把它搬到女性王国，
如果它属于那个阿玛宗人①的国度，
我们男人肯定会把你送过国境并把
你留在那儿，我们自己禁止入内——
这是你的小河！我已经无话可说。"

"不，你有。说吧。你想说什么。"

"说到背道而驰，你看在白浪处，
这条小河是怎样同自己相向而流。
它来自我们来自的那个水中的地方，
早在我们被随便什么怪物创造之前。
今天我们迈着迫不及待的步伐
正溯流而上要回到一切源头的源头，
回到永远在流逝的万事万物的溪流。
有人说生存就像一个皮耶罗和一个
皮耶罗蒂，永远在一个地方站立

---

① 又译亚马逊人，希腊神话中居于亚速海沿岸或小亚细亚的尚武善战的女性民族。阿玛宗人为传宗接代而与邻近部落的男子成婚，怀孕后即把丈夫送回其部落，生女便留下，生子则交还其父。

并舞蹈①,其实生存永远在流逝,
它严肃而悲伤地奔流而去,
用空虚去填充那深不可测的空虚。
它在我们身边的这条小河里流逝,
但它也在我们头顶、我们之间流逝,
在一阵急促的恐慌中分开我们。
它在我们之间和我们一道流逝。
它是时间、力量、声音、光明、
　　生命和爱——
甚至是流逝成非物质的物质;
这道宇宙间的死亡之流
终将消耗成虚无——而且不可抗拒,
除非是凭它自身的某种神奇抵抗,
不是凭偏向一边,而是凭向后,
仿佛它心中感到惋惜,神圣的惋惜。
它自己具有这种逆流而行的力量,
所以这道瀑布跌落时通常都会
举起一点什么,托起一点什么。
我们生命的跌落托起时钟。
这条小河的跌落托起我们的生命。

---

① 英国医生及作家哈夫洛克·埃利斯(1859—1939)在其《生命之舞》(1923)一书中把生命称为舞蹈。皮耶罗和皮耶罗蒂是法国哑剧中两个理想化的角色。

太阳的跌落托起这条小河。
而且肯定有某种东西托起太阳。
正因为有这种逆流而上、回归源头
的向后运动，我们大多数人才在
自己身上看到了归源长河中的贡品。
我们实际上就是从那个源头来的。
我们几乎全是。"

　　　　　"今天该是你说这些
的日子。"

"不，今天该是你说这条小河
被叫作西流河的日子。"

"今天该是咱俩说这些话的日子。"

沙　丘

大海的波浪是粼粼碧波，
但在海浪卷不到的地方
则涌起一种更大的波浪，
这种大波浪干燥而褐黄。

它们是陆地造成的沙海，

沙海涌到这个渔家村镇，
企图用实心固体的黄沙
埋住海未能淹死的人们。

海也许熟悉海湾和海岬，
可是对人类却一无所知，
若能凭借任何形态变化
它希望抹去人类的意识。

人们曾让海浪使船沉没，
也能让沙浪把房屋掩埋；
越是敢抛弃过时的外壳，
人类就越能自由地思想。

大犬星座

那只巨大的天狗，
那条天国的神犬，
带着一颗独眼星[1]
一下子跃上东天。

---

[1] 指大犬座 α 星（天狼星）。

它直着身子跳舞,
从东一直舞到西,
且不曾放下前足
趴下来休息休息。

我是只丧家之犬,
但今宵我要与那
穿越夜空的天狗
一块儿叫上两声。

士　兵①

他就像那柄掷出后坠地的投枪,
如今静静地躺在地里沾露生锈,
但枪尖仍锋利像在耕地的犁头。
如果我们顺着枪柄极目看远方
也看不见什么值得它刺的靶子,
那是因为我们像常人看得太近,
忘记了由于要和这颗星球相称,
投枪通常只飞很短的弧线距离。
它们会穿草坠地,与地球曲线

---

① 参阅《致 E. T.》。

相交并相撞,然后折断其自身;
它们使我们畏惧石上的金属印。
但我们知道对这柄枪进行阻挡
的障碍物早已把这枪的精神射出,
射向比看得见的靶子更远的目标。

移 民

所有这些使越来越多的人民
聚集到这个大陆的帆船轮船
无一不是由"五月花"号① 护航
在渴望的梦中驶向这片海岸。

汉 尼 拔 ②

难道随着岁月迁流,物换星移,
年轻人已没理由洒热泪唱赞歌,
难道说这样的理由早已经消失,
早已经淹没在历史的悠悠长河?

---

① 英国第一艘载运清教徒移民到北美(1620)的船。
② 汉尼拔(公元前247—前183),古迦太基统帅。

花　船

那渔夫坐在村中的理发店里，
一边理发一边和理发师聊天，
而在住房与库房相交的一隅
他的渔船也已经找到了港湾。

渔船泊在洒满阳光的草坪上，
满船的花草都已经长到船缘，
就像它当年从乔治洲①返航，
满载着鳕鱼任海风鼓满风帆。

我从满船瑶花琪草做出判断，
它们所向往的是海上的风暴，
是船主驾船扬起命运的风帆
一起去寻找传说的幸福之岛②。

---

① "乔治洲"是马萨诸塞州楠塔基特岛东北方向约240公里处一水下沙洲，是美国早期渔民的传统渔场，以其危险的交叉水流和浓雾而闻名。
② 幸福之岛又称幸运之岛，被认为在大地的最西端，在希腊神话中则相当于极乐世界。

乘 法 表

在快到山口的路旁有泓清泉，
一个打破的水杯被丢在泉边，
不管那个农人是否饮过泉水，
他的马都肯定注意到了这点，
马肯定曾使车轮偏上挡水埂，
把它有白斑的前额转向一边，
而且憋足劲儿发出一声怪叹；
对此那个农人也许这样作答：
"一声长叹等于许多次呼吸，
一次死亡则等于许多声长叹。
这可以说就是生命的乘法表，
我对我妻子始终都这样坦言。"
这种说法也许真是千真万确，
但这种事情只能由你来说穿，
不能由我，也不能由其他人，
除非我们的目的是祸害人间，
再说我不知道有什么更好的
办法来封锁道路，荒弃农场，
减少人类人口的出生，从而
把人居住的地方都还给自然。

投　资

回到那个人们说挨日子的地方
（不能说过日子，因为那不是），
可见一幢油漆一新的破旧房子，
可听到屋里有架钢琴声音洪亮。

在屋外一片山坡上的土豆地里，
一挖地人正倚锄伫立迎着寒风，
他一边算挖的土豆够不够过冬，
一边侧耳感受那架钢琴的活力。

那架钢琴和那油漆一新的旧屋，
这是因为他们突然发了笔横财
还是因为铺张属于年轻人的爱？
或是因旧情冲动而对钱不在乎——

不愿因为成了夫妻就暮气沉沉，
而想让生活中有点色彩和琴声？

最后一片牧草地

有一片被叫作偏远牧场的草地，
我们再也不会去那儿收割牧草，
或者说这是农舍里的一次谈话：
说那片草场与割草人缘分已尽。
这下该是野花们难得的机会，
它们可以不再怕割草机和耕犁。
不过必须趁现在，得抓紧时机，
因为不再种草树木就会逼近，
得趁树木还没看到那块地抛荒，
趁它们还没有在那里投下浓荫。
我现在所担心的就是那些树，
花儿在它们的浓荫下没法开放；
现在我担心的不再是割草人，
因草地已完成了被种植的使命。
那片草场暂时还属于我们
所以你们哟，骚动不安的花，
你们尽可以在那儿恣意开放，
千姿百态、五颜六色的花哟，
我没有必要说出你们的名字。

故　乡

从这儿再往前到高高的山坡上，
在那几乎没有任何希望的地方，
我父亲曾盖起小屋，围住清泉，
并筑围墙把小屋清泉圈在里边，
让周围的土地不再只是长荒草，
使我们一大家人能够维持温饱。
我们家一共有十二个姐妹兄弟。
大山似乎很喜欢这派勃勃生机，
而且不久之后她就认识了我们——
她的微笑中总是带着意长情深。
今天她也许叫不出我们的名字。
（毕竟姑娘们都已嫁人改了姓氏。）
这山曾经把我们推离她的怀抱。
如今她怀中树木葱茏枝繁叶茂。

黑暗中的门

黑暗中从一个房间到一个房间，
我盲目地伸出双手护着我的脸，

但多么轻率，我忘了交叉十指
让伸出的双臂合拢成一个弧形。
结果一扇薄门突破了我的防卫，
给了我的脑袋狠狠一击，以致
我让我自然的比喻产生了冲突，
于是我笔下人与物的互相比喻
再不像从前那样总是和谐匹配。

眼中沙尘

如果像他们所说，我眼中的沙尘
可以防止我的语言变得过分聪明，
那我将不会放过验证此说的机会。
就让沙尘成为势不可挡的暴风雪，
从屋顶墙角向我袭来，如果必须，
让它蒙蔽我双眼，叫我寸步难行。

晴日在灌木林边小坐

我今天在这儿伸出手掌，
抓住的仅仅是一束阳光；
无论我的手指怎样触摸，

也感觉不出永恒的效果。

曾有一回，也只有那回，
尘土真把阳光吸入体内；
而经历了那次火的洗礼，
芸芸众生迄今仍呼热气。①

所以要是我们久久注目
也不见阳光照射的尘土
再次获生命并开始走动，
我们也千万别轻易嘲讽。

上帝曾宣布他的确存在，
然后拉上遮幔转身离开，
请记住当时是何等寂静
降临到从前的灌木树林。

上帝曾一度与人类交谈。
太阳曾一度分出其火焰。
前者延续为我们的生命，
后者延续为我们的信念。

---

① 《旧约·创世记》第 2 章第 7 节云："上帝用地上的尘土造人，将生命之气吹进其鼻孔，人便成了有灵魂的造物。"

怀中之物

我弯腰抓起一个又一个包裹,
另一些却从我膝上怀中滑落,
物堆里的酒瓶圆面包都很滑,
很难用双臂一次就全部抱下,
可是我一样东西也不愿丢弃。
我不得不用手用心又用脑子,
如果有必要,我将拼尽老命
让这堆东西在怀中保持平衡。
我蹲下身子以防止它们倾坍,
结果却一屁股坐在它们中间。
我只好让怀中之物掉在路上,
试图把它们摞得比先前稳当。

五十至言

我年轻时我的老师们已是高龄。
我弃激情求形式直到我变冷静。
我曾像一块生铁任凭铸造锻制。
那时我进学校向长者学习历史。

如今我上了年纪老师们却年轻。
不堪铸造锻制者势必出现裂痕。
对冷铆热焊之功课我奋勉勤快。
今天我进学校向后生学习未来。

骑　手

天下最无疑之事便是：我们都是
骑手和向导，虽当向导不太成功；
我们骑胯下之物穿越眼前的一切，
穿越陆地和海洋，如今又穿越天空。

除了被扶上这片没有加鞍的大地，
人们所说的出生之谜会是什么呢？
我们只能看见婴儿分腿骑上大地，
他小小的拳头被浓密的灌木覆盖。

这是我们最烈的马，一匹无头马。
但尽管这匹无鞍辔的马总爱越轨，
尽管我们的哄诱总受到它的蔑视，
但我们还有一些没尝试过的主意。

偶观星宿有感

你将等上很久很久,才会看到变化
发生,在流霞浮云所不及的天宇,
在像神经战栗的北极光之外的太空。
太阳和月亮会相望,但绝不会相触,
不会碰出火花,也不会撞出声音。
行星似乎会互相干扰其曲线运动,
但却相安无事,各自太太平平。
我们也可以耐心地继续过日子,
除日月星辰之外也看看别的地方,
寻找些震荡和变化使我们保持清醒。
千真万确,百年干旱也将随雨而终,
中国的千年安宁也终将结束于战争。
但观星者彻夜不眠仍得不到报偿,
他无望看见天空的宁静发生突变,
变在他眼前,在他特定的时辰。
看来那种宁静今宵肯定会持续。

熊

熊张开双臂抱住它头顶上的树,
像搂抱情郎似的直把那树拽弯,
用它沙李①般的红唇跟树吻别,
然后让树重新直起腰笔直朝天。
接下来它摇晃石墙上一块卵石
(它正在进行它的秋季越野跑)。
当它冲过枫林,它笨重的身躯
使铁丝网在 U 形钉里吱嘎作响,
并把一撮熊毛留在了网刺上面,
这就是那头熊无拘无束地行进。
这个世界有空间让熊感到自由,
但对你我来说宇宙都显得狭窄。
人的行为就像关在笼子里的熊,
一天到晚都怒火中烧神经兮兮,
他的愤怒拒绝头脑的所有建议。
他成天只会在笼子里走来走去,
从不让其脚板和趾甲休息休息,
他笼子的一端摆着一架望远镜,

---

① 沙李,生长于北美的一种蔷薇科植物,开白花,结紫红色果实。

笼子的另一端则有一台显微镜，
这两台仪器都同样被寄予厚望，
希望它们合在一起拓展那笼子。
而即便他停下其科学性的踱步，
他也只会向后靠着坐下来，在
一个九十度的弧内摇他的脑袋，
弧的两端似乎是两个哲学极端。
他后仰着坐下，屁股坚如磐石，
鼻孔朝天，双眼（若有眼）紧闭，
（他看上去几乎虔诚但却不是），
他坐在那儿摇头晃脑左右摆动，
朝一个极端时赞同一个希腊人，
朝另一端时赞同另一个希腊人，①
这可以想象，不过请恕我直言：
不管走动还是坐着，他都是个
丑陋的形象，都同样显得可怜。

海龟蛋与火车

他咬牙切齿地朝铁轨踢了一脚。

---

① 古希腊除哲学家外亦不乏诗人，故有评论家认为这两个希腊人暗喻理智与情感。

从远处传来咔哒一声作为回应，
接着又是一声。他懂得那密码：
他的仇恨使一列火车向他驶来。
他真希望他独自占有铁路之时
曾用木棒石块向它发起过攻击，
像折树枝一样把某段铁轨弄弯，
让那该死的火车一头栽进沟里。
可现在太迟了，他只能怪自己。
那种咔哒咔哒已变成轰隆轰隆。
火车像鞍鞯华丽的马迎面冲来，
他因害怕灼热的喷气而往后退。
一时间眼前是一阵巨大的骚乱，
他冲火车上那些神祇大叫大嚷，
但是一声呼啸淹没了他的叫声。
然后那片沙滩又重新恢复宁静。
这位旅游者看见一只海龟爬行，
有斑点的脚之间露出一条尾巴，
他跟着那只海龟到了一个地方，
认出那里有埋藏海龟蛋的痕迹；
他伸出一根手指头轻轻地探测，
发现沙子很松软，这足以说明
那正是海龟为孵蛋而挖的沙洞。
要是里面有蛋，那应该是九枚，
蛋壳粗糙如皮革，形状像水雷，

在沙洞里挤作一堆等待着号声。

"你们最好别再来烦我,"他冲远方喊,"我已有了打仗的武器。下一列火车有本事再从这里过,我要让它的玻璃眼珠沾上蛋浆。"

山外有山[*]

（1936）

---

[*]《山外有山》初版有献词："献给埃莉诺·弗罗斯特，因为她能明白下面这段话的含义：在怀特山脉之外有格林山脉，在这两座山脉之外有落基山脉和内华达山脉，而我们还可以想到更远的安第斯山脉和喜马拉雅山脉——山外有山，甚至在政治和宗教领域也是如此。"这本诗集获1937年度普利策诗歌奖。

· 弦外有音 ·

孤独的罢工者

赶时髦的厂钟改变了快慢差率,
一声声敲响像一道道催命符,
虽然迟到者闻声都拼命奔跑,
但仍有一人没赶上大门关闭。
这儿有条上帝或人制定的法规:
如果一个人上班来得太迟,
他得在工厂门外站半个小时,
他该被减工时,他该被扣工资。
他该受老板叱责甚至被辞。
这规矩太多的工厂开始震动。
工厂的厂房虽有许多窗户,
但令人不解的是全都不透明,
所以他的目光不可能进厂房
看是否有台机器没有开动,
正因为他的缘故在一旁闲置。
(他不可能指望机器会伤心。)

但他觉得他看见了这幅场面:
空气中弥漫着羊毛的粉尘。

成千上万支纱正在被纺成线,
但捻转的速度是那样慢慢吞吞,
整天从大线筒到空心小线筒
它几乎从不使足力气旋转,
所以线拉得很慢但很安全。
如果有哪一根纱万一拉断,
那位纺纱女工一眼就会看见。
那纺纱女工依然在那儿纺纱。

这就是那人还来工厂的原因。
她那戴着戒指的手是那么灵巧,
纱线在她的指间像根根琴弦。
她把碰巧拉断的纱头首尾相接,
凭的是一种绝不会出错的触感,
与其说她是把纱头接在一起,
不如说她是把双纱融为一线。
人的心灵手巧真是巧夺天工。
他站在那儿清楚地看到这点,
但他发现要抗拒这点也不困难。

他知道另一个地方,一片树林,
那里的树很高,但有悬崖峭壁;
而如果他站在一道悬崖顶上,
他身边便会是一片树梢的海洋,

树冠的枝叶会把他团团簇拥，
枝叶的呼吸会混合他的呼吸。
如果他站上！生活中太多如果！
他知道一条需要去走的道路。
他知道一泓需要去饮的清泉。
他知道一种需要去深究的思想。
他知道一种需要重新开始的爱。
然而并非是嘴上说说其可能性
就可以省去他应该付出的努力。
对他来说这预示着采取行动。

这工厂固然非常令人向往，
他祝愿它拥有现代化的速度。
但工厂毕竟不是神圣的地方，
这就是说工厂毕竟不是教堂。
他绝不会想当然地认为，任何
社会公共事业少了他就不行。
但他当时说过，以后也还会说
要是将来果真有那么一天：
由于他曾经对工厂弃之不顾，
由于现在工厂缺少他的支持，
工业看上去就可能永远消亡，
或甚至仅仅是看上去一蹶不振，
那就来找他吧——他们知道地方。

泥泞时节的两个流浪汉

两个流浪汉踩着泥浆走来,
看见我正在院子里挥斧劈柴。
"使劲儿劈呀!"其中一位嚷道,
这乐呵呵的一声使我抬起头来。
我完全明白他为何掉在后面
而让同伴继续朝前一步两歪。
我非常清楚他心里正在想什么:
他是想帮我劈木柴挣点外快。

我劈的是一段段上好的橡木,
每段橡木都有劈柴墩子那般粗;
我干净利落地劈开的每片木柴
都像片石坠地没有碎片裂出。
自制的人也许会把这份精力
都省下来为社会公益事业服务,
但那天我却想劈不足道的木柴,
让我的心灵彻底无拘无束。

太阳暖烘烘的但风却很凉。
你该知道四月天是什么模样,

只要太阳露脸而天上没风,
你就会提前享受到五月的春光。
但要是你竟敢说出春光明媚,
乌云马上就滚滚而来遮蔽太阳,
风也会从远方的雪山吹来,
叫你再把三月份的滋味尝尝。

一只北上的蓝背鸟轻轻飞落,
迎着风儿梳理它凌乱的羽毛,
它把唱歌的调子定得很适中,
以免引得哪株花过早绽开花苞。
天上偶尔还有一片雪花飘落,
它知道冬天不过是在假装睡觉。
它虽然一身蓝色但却很快活,[①]
但它不会劝花儿也吐艳欢笑。

到炎炎夏日时我们寻找水源
也许不得不用有魔力的草杈,[②]
可此时一个蹄印就是一个水坑,
每一道车辙都是一条河汉。
为有水而高兴吧,但别忘记

---

① 有些西方人视蓝色为忧郁的象征。
② 参见本书第 53 页脚注。

严寒冰冻依然潜藏在地下，
一等太阳落山它就会溜出来
在水面上展示它的水晶白牙。

就在我最喜劈木柴的时候，
那二人却来提出挣工钱的要求，
这无疑使我更加喜欢干那活儿。
可以说我此前还没有这种感受：
双脚叉开牢牢地抓住大地，
双手高高地挥起沉重的斧头，
柔软、光滑、汗涔涔的肌肉
挥动出青春的激情、活力与节奏。

这两个来自林区的愣头莽汉
（天知道他俩昨晚睡在哪里，
但他们离开伐木场不会有多久），
他们认为挥斧是他们的专利。
作为林区居民和伐木工人，
他们看人全凭他们称手的工具，
只有当别人挥动一柄斧头，
他们方知谁是英雄谁是白痴。

我们双方相视而立不语不言。
他俩确信只要在那儿站上半天，

他们的逻辑就会渗入我心田：
我无权把人家赚钱的工作
当作一种娱悦身心的消遣。
我这只是爱好，而人家是职业，
两者并存时人家的权利应占先。
这可是普天之下公认的观点。

但谁会顺从他们的这种区分？
我生活的目标是要让我的兴趣
与我所从事的职业合二为一，
就像我的双眼合成一种视力。
只有当爱好与需要相结合，
只有当工作成为有输赢的游戏，
一个人才可能真正地有所作为，
为了人类的将来，也为了上帝。

白尾黄蜂

白尾黄蜂住在气球形的蜂巢中，
蜂巢悬在柴屋的天花板下面。
其出口活像一根在瞄准的枪筒，
它飞出时活像一粒射出的子弹。
因为具有在飞行中转向的能力，

它比一粒子弹更不容易射偏。
应该写诗谈谈它攻击的准确性,
因为它据此突破了我的防线,
我挥动手臂在头顶构筑的防线,
把我鼻孔打喷嚏的神经刺穿。
我承认它攻击我是出于本能。
可它攻击的准确性怎么样呢?
须知周围的邻居和那些孩子
对它的动机都做出了错误判断,
以至于不认可我是一个例外,
我喜欢认为我事事都与人相反——
比如我绝不会把日本皱纸灯笼
当作纪念品挂在我的书架上面。
它最初蜇我,后来也蜇我,
蜇得我在地头打滚,抱头鼠窜,
而且它从不听我的解释分辩。

那是在我去它屋里做客之时。
它来我屋里做客时则更规矩。
它爱扑击厨房门周围的苍蝇,
可能从一门进来另一门出去,
请相信此时它不会让你受委屈。
你再放肆的动作它也不会误解,
要是你不介意那些毛烘烘的脚,

尽可以让它在你的皮肤上歇息。
它爱捕捉喜欢家庭生活的苍蝇
去喂个头和它一般大的幼蜂。
对此它最在行，但即便对此——
有一次我曾仔细观察它捕食，
而结果它发现它扑的是颗钉子。
它再次猛扑，又是颗钉头。
"那些不过是钉在墙上的钉子。"
当时它非常尴尬并不无恼怒，
转而对一枚小浆果俯冲攻击，
以橄榄球手曲身扑球的方式。
"色形味都不对。"我暗暗嘀咕。
那枚浆果使它翻了个小跟头。
最后它扑一只苍蝇，却又扑空，
苍蝇把它当笑柄绕着它兜圈子。
若不是那只它没扑着的苍蝇，
我也许会认为它一直在作诗，
把钉头比苍蝇，用苍蝇喻浆果，
钉头浆果苍蝇是多么地形似。
但它错过真苍蝇却令人扫兴，
它使我开始了危险的怀疑主义。

难道本能无误论不应该修正？
难道任何理论都不可以修正？

人类会犯错误，而动物不会。
我们是如此恭维动物的本能，
只是我们的恭维太慷慨大方，
与其说是褒扬不如说是寒碜。
我们的崇敬心幽默感和正义感
早已经同饭桌下的猫狗持平。
我们落得与猫狗为伍也是活该，
只怨我们一直与动物进行比较。
如果我们勇敢地自比为天使，
那我们至少还能保持人的身份。
只比天使的地位稍逊一等。①
可一旦我们自比为下界动物，
一旦我们开始在污泥烂淖中
看见自己被映照出来的形影，
那已是理想幻灭的绝望时分。
那时我们早已被动物撕成碎片，
就像那些被抛去阻滞狼群的人。
我们除了会犯错误已啥也不会，
而今日之作使这点也显得可疑。

---

① 《旧约·诗篇》第 8 篇第 4—5 节歌曰："人为何物，竟承你（上帝）眷顾 / 人为何物，竟蒙你爱怜 / 你让人比天使只稍逊一等 / 你还为他戴上荣耀的桂冠。"

埃姆斯伯里的蓝绶带[1]

如此漂亮的小母鸡真是应该
打扮一番去冬季展览会博彩,
在那儿露露脸并赢得第一名。
我告诉你此鸡已参展并获胜——

而且她现在已经是载誉而归。
她珊瑚红的鸡冠和金色的腿、
她的气派和雪白蓬松的羽毛
全都是养鸡迷们谈话的资料。

看来你好像肯定是早有所闻,
她几乎是只十全十美的家禽。
从她身上我们可以了解一只
休厄尔[2]本可以画出的母鸡。

---

[1] 埃姆斯伯里是马萨诸塞州东北角一小镇。蓝绶带通常为竞赛第一名的荣誉标志。

[2] 富兰克林·休厄尔(1866—1945)被认为是当时美国最优秀的禽鸟插图画家,他的作品曾出现在《东部家禽饲养者》和《农场家禽》等杂志上。

现在她又回到了鸡群中间，
回到了她长期居住的鸡圈，
她喜欢留在饲料槽边啄食，
最后让夜晚赶她回圈歇息。

那个在她腿上套标志环的人，
即她的饲养人，正手提空桶，
也逗留在槽边，他不愿疏忽
冬日傍晚应该做的农庄杂务。

他向后靠着布满灰尘的墙壁，
沉浸于差点唤不回来的记忆，
一个要穿越许多道门的深处，
要穿越许多杂乱地板的深处。

他在沉思冥想他的饲养方法。
他有点想把她当作始祖夏娃，
开始培育一个新的生物种类
来取代天下所有生灵的地位。

她应该遵照这样一个规矩：
用六天下蛋，用一天休息；①

---

① 《旧约·出埃及记》第 20 章第 9—10 节云："尔等有六日可以劳碌，但第七日是尔等上帝的安息日，是日得停止一切劳作……"

除抱窝之外以此频率下蛋，
她的工作满可以成绩斐然。

收蛋人无论何时都可以说
她匀称、坚硬的棕黄蛋壳
是迄今为止上天赐给禽类
的最可靠的一种繁殖媒介。

任何人的身影在她用餐时
都丝毫不能影响她的食欲。
她会从容不迫地尽情享受，
用她磨快的喙满足其胃口。

她可单独摸索着穿过鸡圈，
独自在宝石饲料槽里用餐。
她饮水是从专门的水池中，
进窝也搞特殊，最后上棚。

鸡棚高度是她飞腾的限度。
然而一旦她蹿到那个高处，
她可用有力的肩推挤揎搡，
使整个鸡群都为她把路让。

夜幕渐渐降下，夜黑风冷，

风卷着雪花把窗玻璃擦净,
但只是让鸡群或者说让她
得意扬扬地咯咯叫了两下。

矮矮鸡圈仍是栖身的堡垒,
可抵御黑暗、寒冷和风吹,
为一个计划预示美好明天
并证实一个人的精明能干。

山丘上的土拨鼠

有个家伙拥有一片斜坡,
另一个拥有腐烂的木板,
以此营造其舒适的天堂,
并弥补其个头小的缺陷。

我自己战略上的隐蔽所
是在两块岩石相碰之处,
而且为了更安全更舒适,
也挖了个两道门的洞窟。

心想有了这些在我身后,
我便可探身暴露给攻击,

就像一个人机灵地假装
他与普天下人都是知己。

所有愿意活下去的我们
都拥有一个小小的哨子,
一有风声我们便会吹哨,
然后全都钻进农场地里。

有时我们从策略上考虑,
会有好一阵子不出洞门,
其间我们可以不吃不喝。
我们趁此机会思索反省。

而如果在追猎过去之后,
在双管猎枪都响过之后
(就像在战争瘟疫之后,
在失去理性的时期之后),

如果我能充满自信地说
为亲爱的你我将在那儿,
还会在那儿再待上一天,
甚至在那儿再待上一年,

那我会在那儿的,因为

与全体较量我虽然弱小,
但对于我那个藏身之洞
我本能地考虑得很周到。

金 苹 果①

马修·黑尔那棵嫁接的苹果树
到第五个年头便开出满树繁花;
在款待过春日采花的蜜蜂之后,
它抖掉花瓣只把三枝果梗留下,
它力图让这三枚幼果茁壮成长,
让毛茸茸的果面变得鲜艳光滑。

那三枚幼果刚刚自己转了个圈,
将朝天的萼洼翻过来朝向地面,
虽说背开了阳光但并不显幽暗,
这时黑尔带着他儿子来看果园;
他看见两枚果子(漏掉了一枚),

---

① 在希腊神话中,大地女神该亚送给天后赫拉的金苹果树生长在大地极西的金苹果园里,由巨神阿特拉斯的女儿们(赫斯珀里得斯姊妹)在一条巨龙的协助下守护。在不同的神话故事中,巨神阿特拉斯、爱神阿佛洛狄忒和大力神赫剌克勒斯都曾使巨龙入睡从而偷走园中的金苹果。金苹果树有时象征生命之树。

但头年挂果有两枚也不算难堪。

他的儿子小马修也是刚好五岁。
他领他到那棵苹果树下看苹果。
他把他举到枝叶间并认真地说:
我们只能看看,不能伸手去摸!
它们的名字叫作赫斯珀里得斯,
你看到的绿色将慢慢变成金色。

如同他平日喂猪或挤牛奶一样,
他去果园也严守时间一刻不差,
靴子总会沾清晨和傍晚的露水。
幼果于他比任何牲口都更值价,
悬乎乎挂在细枝上摇荡的幼果
就像烟杆上的气泡慢慢地长大。

他早已发现苹果从二变成了三——
他想多一个果子就多一分保险。
三只苹果能确保命运无计可施,
不管是苹果食心虫还是褐锈斑
都不可能阻止他最终尝尝果味,
从而证明金苹果之名名不虚传。

他伴着苹果渐渐接近了霜冻期。

一天秋季忽然来临，秋风乍起，
树叶窸窣作响，果实也直晃荡，
但他想只要能实现夏天的希冀，
能把完好的苹果摘下放进盘里，
他就不可能有什么特别的损失，

他可以让苹果在盘中慢慢成熟。
但他到果园却不见苹果的踪影，
树上树下和周围都没一丝痕迹，
而那棵轻浮的树好像并不伤心！
那天是礼拜日，黑尔穿着礼服，
教堂正传来最后一遍召唤钟声。

就像对偷吃苹果者没吭声一样，
马修·黑尔泄愤也是没语没言，
他只是摘下他那顶漂亮的礼帽，
像举行正式仪式那样放在地面，
然后他神情庄重地跳到帽子上，
慢腾腾地舞蹈，直到将其踩扁。

但他突然意识到了自己的行为，
急忙环顾四周看是否有人窥视。
这可是亚哈斯当年被禁的罪行

（世人迄今不解那段经文之义）：①
在青翠的树下崇拜树上的苹果，
这不是异教崇拜又是什么意思？

上帝看见他在果园小径上跳舞，
但仁慈地遮住了过路人的眼睛，
使一个自尊者的错误没被发现，
所以这故事在迦特并没有风闻；②
马修·黑尔怀着感激之情发誓：
定要学会制怒，更认真地做人。

大暴雨之时

就让这场大暴雨如倾如注！
它能对我造成的最大损害
就是把我地里的一些沃土
冲刷得更为稍稍靠近大海。

---

① 参见本书第260页脚注④。
② 迦特是西亚古国非利士一城邦。《旧约·撒母耳记下》第1章第19—20节大卫吊以色列先王扫罗的哀歌曰："以色列的英雄竟血染山岗！以色列的勇士竟伏刃而亡！别把这消息在迦特公布，别让这消息传到亚实基伦街上；以免非利士的女人们高兴，以免异教徒的女人们欢畅。"

这本是大暴雨天生的脾性，
当它向一座山区农场袭来，
它总要强行索取一份礼品，
总要对未来造成一点损害。

可这种损害其实并不可靠，
因为当所有的肥田与沃土
到头来都被冲得荒僻不毛，
当我的农场顺着水沟流去，

这时某种力量必然会崛起，
于是山峰将会沉没于汪洋，
海底将会上升演变成陆地——
大地将会改变其倾斜方向。

那时候我要做的就是逃避，
逃避到这个斜坡的另一端，
立足于太阳初照的新土地，
重新开始所有的憧憬期盼。

我用过的某件破旧的农具，
将会被犁头翻出重见阳光，
那时木头农具已变成化石，
但使用起来仍与现在一样。

但愿这首小诗的永恒寓意，
这种没完没了的老调重弹，
不会使我忧伤，使我厌腻，
使我对人的状况充满幽怨。

路边小店

那座小小的旧房子搭出一个新棚，
新棚面向有汽车来往的山区公路，
一爿可怜巴巴的在乞求的小店，
说它在乞求一块面包也许不对，
因为它也想要一点现钱，须知正是
钱的流通使城市之花永不枯萎。
亮铮铮的汽车都一门心思往前开，
即使偶尔旁顾也马上就会后悔，
因为风景被毫不艺术的招牌破坏，
那些会叫人辨不清东南西北的招牌
或是要兜售有银斑的歪脖子金南瓜，
或是要兜售用木筐盛出的野草莓，
兜售存在于美丽如画的山间之美。
你兜里有钱，但要是你觉得惭愧，
为何又捂着钱（执拗地）驱车如飞。
我要抱怨的与其说是风景被破坏，

不如说是因轻信而生的难言悲哀：
在远离城市的地方我们搭路边小店，
讨一点城里的钱在手中把玩把玩，
看它是不是能够使我们得到发展，
能不能给我们电影许诺的那种生活，
那种据说执政党不让我们过的生活。

据报上的消息说，这些可怜的人，
将由慈善家出钱把他们集中起来
安置到附近有剧院和商场的村镇，
在那里他们将不必再为自己操心；
那些贪婪的好心人，行善的猛兽，
会蜂拥而至把各种好处强加于他们，
这些好处有望把他们抚慰得发疯，
而且凭着教他们如何在大白天睡觉，
消除他们自古以来夜里睡觉的天性。

有时候我觉得自己几乎不能忍受
去想那么幼稚的毫无希望的盼望，
去想那藏在路边窗口后面的忧愁，
去想那成天在祈祷中等待的悲伤，
他们等待着上千辆路过的汽车中
有一辆会突然发出刹车的声响，
停下来问问农家小店的山货价格。

有辆车停下过,但只是犁翻荒草,
利用这农家小院倒车,掉头转向;
另一辆停下来是问它要去的地方;
还有一辆来问他们能否卖点汽油,
他们不能(回答如此干脆),因为
他们没有,难道开车人看不出来?

的确,在国家的金钱财富的标度上
还从没见过必须具备的精神高度,
这个国家的声音似乎对此也不抱怨。
我不得不承认对那些人的最大安慰
就是结束他们的生命以解除其痛苦。
于是第二天当我重新神志清醒时,
我真想知道我怎么会喜欢让你来我
身边,用温柔的方式解除我的痛苦。

各司其职

一只蚂蚁从桌布上爬过,
撞上了一只死睡的飞蛾,
飞蛾的个头比它大许多,
但它却没显出丝毫惊愕。
它的使命与那飞蛾无关。

它甚至没有把飞蛾摸摸,
就只顾去履行它的职责。
但要是它碰上蚂蚁探子,
它就会把情况向其诉说,
因为那些侦察兵的任务
就是要探究上帝的本质
以及时间和空间的本色。
蚂蚁真是个奇特的物种,
总是忙忙碌碌行色匆匆,
即便是遇到同胞的尸体
它也不会有片刻的停留——
好像对此完全无动于衷。
但要是碰上回巢的伙伴,
它肯定会向其报信通风,
伙伴们当然会层层上报,
直到消息传进蚂蚁王宫。
于是王宫里会传出诏书:
"惊闻无私的粮秣官杰里,
在运粮的途中以身殉职。
现着令王家之特种侍卫
前去把粮秣官送归故里,
安葬以身殉职的粮秣官
本是特种侍卫分内之事。
务必用萼片做它的灵柩。

务必用花瓣做它的尸衣。
用荨麻灵液做防腐香膏。
此乃蚂蚁国女王之旨意。"
不久之后殡葬员到灵场,
它神情肃穆,举止端庄,
头顶上的触须静止不动,
它按正规仪式开始出丧,
先拦腰抓住死者的遗体,
再用力把遗体举在头上,
然后将其送去入土落葬。
现场不会有众蚂蚁围观,
因为这对它们不关痛痒。

这不能够被说成无情无义,
只能说是彻底的各司其职。

浓雾深处的旧谷仓

这谷仓的农舍在哪儿?它从不毗邻
农舍或与门前庭院的任何棚屋相连。
薄暮朦影中会有猎手从谷仓旁经过,
肩上的枪枪口朝下,踏着落叶远去。

获月的圆影蚀去，猎月的圆影蚀去。①
当又一次月圆时终于来了一个人，
他来关闭这偏远谷仓，来结束农时。
长毛皮或羽毛的小动物被他惊动，
越谷仓门槛窜进窜出在暮色中逃避。
他取下曾用来撑开仓门的抵门柱，
用它们把从外面关闭的仓门抵上，
那谷仓宽宽的双扇门有两层楼高。
这门不便于关闭的设计之好处在于
那些把谷仓当作避难所的流浪汉们
只能让大门敞开着，从而暴露自己。
这两扇又高又大的门只能从外关闭。
有一位此时正在海上或正在矿山
或正在工厂的家伙（我遇见过他），
他就曾在谷仓的干草堆里睡过一夜
（他告诉我的）。他说的那个谷仓
就是我说的谷仓。我们说的细节
很吻合。有两次我俩措辞完全一样：
那座在浓雾深处的破旧的谷仓。
谷仓仅有的窗户就是墙上那些
高低不等的裂缝。所以第二天早上

---

① 获月指 9 月 22 日或 23 日秋分后两周内的第一次满月。猎月指紧接其后的第一次满月。

醒来看见从那些裂缝射入的光线，
你就好像置身于一个银栅栏笼子。
仓门锁是抵门柱，这使他产生联想。
请相信他自有其激进的政治观点，
他仇恨那些他并不认识的有钱人，
他们住自己的房子，虽是抵押购买。
那些保守者，他们不知该节约什么。
想想他们在玻璃罩下珍藏些什么，
但却让如此珍贵的木柱在门外腐烂。
只有什么人及时采取行动，我们才
可能看到它们像名贵的桨一样贴上
"抵门柱"的标签被放到陈列架上，
作为已成为珍稀木材的栗木的标本，
一种已经绝灭的树种的遗迹——
它们一旦失去，就再也不可能弥补。
我说对了，仓门锁就是门外的木柱；
而他说那夜他几乎一直做噩梦，
因为他想到虽说他自己没法关仓门，
但任何打那儿经过的最卑贱的流浪汉
都可能来场恶作剧，把他锁在里面。

心开始蒙蔽大脑

夜半时分在犹他州的荒原
我从卧车下铺朝窗外观看,
我看见或以为看见了某种东西,
在月色朦胧的天空和大地。
天空稀稀朗朗地散布着星星,
大地的远方则有一盏孤灯,
一点忽隐忽现的微弱的灯火,
似乎是那里的人故意留着
用来与黑咕隆咚的夜晚对抗,
因他们怀着被上帝抛弃的绝望。
不出半个时辰那灯就会熄灭,
像最后一片花瓣在枝头凋谢。
但我的心开始蒙蔽我的大脑。
我知道有种说法听起来更美妙。
远处灯摇曳是因为树在摇。
那些人想让它亮多久就亮多久,
当他们对灯不再感兴趣的时候,
他们可把它留给别人去照料。
某个夏夜里回来时打这儿经过,
我会发现那灯火一如既往地闪烁。

我经过,但无疑刚刚一经过
就会有个人说:"让咱们熄灯吧。"
另一个人会毫不迟疑地答应。
他俩完全可以让灯光亮个通夜,
也可在任何时候将其熄灭。
他从黑暗的屋里朝外看最后一眼,
看那点缀有黑影的朦胧的荒原,
黑影可能是人,但只是些雪松,
它们没有目的,也没有领袖,
所以从不曾迈出第一步去集合,
所以没有什么可使她浑身哆嗦。
她可以去想不同于那里的地方,
无须老想着"这对我们不适当!"
生活不是这般阴沉这般暗淡。
事实已经使他们变得勇敢。
他是她丈夫,而她是他妻子。
她不担心他,他们不惧怕生活。
他们知道哪里有另外一盏灯,
而对他们的同类不止一盏灯,
但今夜熄灯睡觉稍早了一点,
所以表面在逃避的我没能看见。

我半夜醒来时见过这番情景,
当时火车正在轨道上飞奔,

我正透过机车喷出的阵阵浓烟
把远方其他人的生活窥看。

门洞里的身影

我们的火车穿行在山区高原,
窗外几乎没什么景物可观看,
只有矮栎生长于硗薄的泥土,
薄土使矮栎没法生长成大树。
但正当火车在这单调中飞奔,
我们看见了一个活生生的人。
小屋门被他瘦高的身影堵住,
要是他向后摔进他那座小屋,
他肯定会头碰里墙脚在门口。
但我们并没有看到他摔跟头。
他远离尘嚣独自住在这山沟,
荒原里的生活他显然能承受。
他安然站立,虽说面容憔悴,
但那未必就是物质匮乏所为。
他有那些矮栎供他照明取暖。
他养的鸡和猪我们也能看见。
他有一口井,他还可以接雨。
他有一片几十码见方的菜地。

而且他也不缺少日常的娱乐，
我猜火车为此才打那儿经过。
他可以看见我们在餐车进食，
而这时他会挥手向我们致意。

在伍德沃德游乐园[①]

一个喜欢滥用其智力的男孩
有一次向笼子里的两只小猴
展示一面它们弄不明白的火镜，
一面它们绝不可能理解的火镜。
火镜这名不好，但说成可聚光
的凸透镜大概也并非是个好名。
不过且让那孩子展示它的作用。
他把太阳光聚到一只猴子脸上，
然后又用光柱射另一只，直到
那两只猴子眼花缭乱头晕目眩，
使劲儿眨眼眼前也是一片朦胧。
它俩站在笼里，双臂攀着栅栏，
互相交换着看不清世事的目光。

[①] 伍德沃德游乐园在圣弗朗西斯科（旧金山），内设动物园、植物园和游乐场，弗罗斯特幼年时喜欢和妈妈、妹妹一道去那里游玩。

一只猴若有所思地捂住鼻子，
好像是记起了什么，或好像是
想到某个一百万年前的主意。
它紫色的指关节针刺般灼痛。
已知的结果被这场心理学实验
再一次加以了科学的证明，
若非那孩子放肆地靠近笼子，
要宣布的就只是这次实验结果。
一只猴臂伸出笼子猛地一拽，
火镜成了猴子的，而非孩子的。
两只猴子马上退到笼子的深处
着手进行它们的调查研究，
不过它们缺乏必需的洞察力。
它们居然咬玻璃并倾听其味道，
还砸掉了透镜的手柄和镶边。
谁也看不出名堂，只好坦率放弃，
将其藏在它们睡觉的草堆下面，
以备对付被囚禁者无聊的日子，
然后又索然回到栅栏跟前
为自己作番交代：谁说猴子
懂什么或不懂什么就那么重要？
它们可能弄不懂何为凸透镜。
它们可能弄不懂太阳是咋回事。
重要的是知道如何应付局面。

空前的一步

在佛蒙特州的一间卧室里
有一个双扇木门的壁橱,
壁橱里有我的一双皮鞋,
鞋尖朝着里墙立正并步,

(里墙外是摇摇欲坠的烟囱)。
这对皮革已松垂的老冤家
过去总互不相让你追我赶,
但现在齐头并尾亲密融洽。

它俩爱听我在卧室里说话
并喜欢问我一两个问题,
关于谁已旧得不能走路,
关于谁承受了太多的压力。

我去年在蒙托克①湿了一只鞋,
因为我不得不保全一顶礼帽。

---

① 蒙托克,位于纽约长岛南岸东端一小镇,以其有两百年历史的蒙托克灯塔而闻名,是著名旅游胜地。

弄湿另一只是在克利夫饭店①
当时有一阵太高的浪潮。

是我两个完全不同的外孙
把我拽进了这两次冒险。
但等他们长大能读此诗时,
希望他们别以为这是责难。

如今我爱用舌头舔那双鞋,
而要是我的味觉没出毛病,
我能从一只鞋尝出大西洋,
从另一只鞋品出太平洋。

一只脚踏进一个大洋,
这是空前的一步,或称扩展。
这双可靠的美国产皮鞋。
我应该卖个应值的价钱。

但我却自豪地把它们献给
我的博物馆,并开始沉思:
差不多快成不能再穿的皮鞋,
厚脸皮没必要再扮薄脸皮。

---

① 旧金山一家濒临太平洋的海滨饭店。

我恳请大家尽量多多原谅，
原谅我今天过分兴高采烈，
仿佛是我丈量了这片国土
并使合众国确定了疆界。

· 单声独韵 ·

迷失在天空

云,雨的源泉,一个风暴之夜
为露珠的源泉张开了一道裂痕;
我趁这个机会,目光那么急切,
在深蓝色的天空寻找我的命星。

可那块天幕上的星星寥落稀疏,
看不出哪些星所属的星座相同——
星光都很暗淡,叫人难以认出;
见自己又一次完全迷失在天空,

并非不知感恩的我也愕然长叹,
"我在天上何处?但别告诉我!
裂开的云啊,请为我裂得更宽。
就让我对天空的迷惘把我吞没。"

荒　野

大雪和夜一道降临,那么迅捷,

压向我路过时凝望的一片田野，
田野几乎被雪盖成白茫茫一片，
只有些许荒草和麦茬探出积雪。

这是它们的——周围的树林说。
所有动物都被埋进了藏身之所。
我太缺乏生气，不值得被掩埋，
但孤独早已不知不觉把我包裹。

尽管孤独乃寂寞，但那种孤寂
在其减弱之前还将会变本加厉——
白茫茫的雪夜将变成一片空白，
没有任何内容可以表露或显示。

人们要吓唬我不能用茫茫太空——
那无人居住的星球之间的太空。
我能用自己的荒野来吓唬自己，
这片荒野离我家近在咫尺之中。

将叶比花

树的叶片可以始终青翠悦目，
树皮木质也可永远给人满足；

但你若不使树下土松软肥沃
就不会有满树繁花累累硕果。

但我这个人也许是性情孤僻,
从不喜欢叫树开花或结果实。
叶代表光滑,而皮代表粗糙,
树叶和树皮就足以把树代表。

有些巨树开的花如纤尘细沙,
它们倒不如压根儿就不开花。
晚年我所喜欢的植物是蕨类。
苔藓也轮到了它应有的机会。

我曾叫人用简洁的语言回答:
哪样更美,是树叶还是树花。
他们都没有这般风趣或智慧,
说白天花更艳,晚上叶更美。

黑暗中相倚相偎的树皮树叶,
黑暗中凝神倾听的树皮树叶。
说不定我过去也追逐过鲜花,
但如今绿叶与我的忧郁融洽。

踏 叶 人

我整天踏落叶而行,直到我厌了秋色。
天知道脚下叶片有多少种形状和颜色。
也许是因为恐惧,我一直都用力过猛。
我实实在在地踩踏又一年的陨箨枯叶。

整个夏天它们一直在我头顶扬扬得意,
此刻却从我身边飘向它们的安息之地。
整个夏天我都觉得它们对我悄声威胁,
此刻它们似乎也希望拉着我一道去死。

它们像劝同伴般劝我心中那位逃亡者。
它们碰我的眼睑嘴唇,邀我一同陨灭。
但它们走我就必须走,这完全没有道理。
抬起来吧,我的腿,准备踏来年的积雪。

关于削顶扩基

石块从我们头上滚下!
你这座老迈的矮顶山,

你上一次真正的塌方
已经是很久很久以前。

你的山顶已变得太矮,
你的山脚已变得太阔,
因为只要你喜欢试试,
便会有石块滚下山坡。

然而就在说这话之时,
一块石头砸在了屋顶,
另一块石头冲进窗户,
因窗玻璃缺乏坚固性。

当那一双双惊恐的手
正在拼命想拔开门闩,
泥石流已经破门而入,
就像没有发酵的面团。

于是没人留下来唠叨——
对一座老山说长道短;
于是那山继续用山顶
来把自己的山脚加宽。

它们尽可以那样以为

伤悲也许以为这是因为伤悲。
忧虑也许以为这是因为忧虑。
它们尽可以自信地那样认为,
这一对自以为是的孪生兄弟。

但要凝成他头上的这层雪霜
得需要许多年头的严霜冷雪——
从他年轻时就开始降的银霜,
积在他床头矮屋顶上的白雪。

但每次当那屋顶白茫茫一片,
屋顶下黑暗之中的那个头顶
都会将其夜的颜色减去一点,
同时又把雪的颜色加上一分。

伤悲也许以为这是因为伤悲。
忧虑也许以为这是因为忧虑。
然而它俩谁也不是那个盗贼,
不是它俩偷了他的满头乌丝。

强者会沉默不语

眼下这片土地会得到耕耘和灌溉,
任何杂草的前途都几乎不予考虑。
锄头填了认可标签①的平坦地带
全都要留给精心挑选的少数种子。

耙平的一块地里很少有两人干活。
人总爱单干,他们的地相距遥远,
一个人在一片田野里把种子撒播,
另一个人在颠簸的推车后面蹒跚。

冲着这原始大地上新耕耘的黑土
一株无叶的李树新开出满树白花;
但真不知道这天气是不是太冷酷,
蜜蜂会不会来对它的美做出评价。

风一阵紧过一阵从农场吹向农场,
但却没吹来人们希望的时髦风气。

---

① 参见美国《家政杂志》散发的"认可标签",人们可用这种标签对各种消费品表示认可。

也许在另一个世界多少有点风尚,
但强者在看到它之前会沉默不语。

最佳速率①

不管是风流之疾还是水流之湍
都比不上你们俩所拥有的速率。
你俩可以循一道光线直上云天,
你俩能够溯时间长河穿越历史。
你们被赋予这种能力不为倥偬,
多半也不为可以去想去的地方,
而是为在急速消耗的万物之中
你们可拥有能保持静止的力量——
避开你们说的任何静或动的事。
两个像这样拥有最佳速率的人
一旦结合就不会分手各自东西,
也不可能被外力拆散各奔前程,
只要你俩承认生活该天长地久,
共同生活该比翼双飞风雨同舟。

---

① 这首诗是诗人送给其二女儿伊尔玛和她新婚丈夫的结婚礼物,伊尔玛于1926年10月15日与约翰·佩因·科恩结婚,但婚后并不幸福,八年后即与丈夫分居。

弯月圆规

趁两场大雨之间湿淋淋的间歇
我悄悄溜出家门去看沉沉黑夜。
一弯朦胧的月亮把弯弯的月光
罩在夜半迷雾中一座锥形山上,
仿佛她的测量有决定性的魔力,
当在她的圆规弯脚下被量之时,
仍立在原处的锥形山居然升高。
于是爱将把一张脸捧在手中……

望不远也看不深

人们沿沙滩而立。
都转身看一个方向。
他们背朝着陆地,
整天凝视着海洋。

若有船在天边出现,
总是渐渐露出船头;
镜子般水汪汪的沙滩

映出停滞的海鸥。

或许陆地更富于变幻；
但不论真理在何方[①]——
海水依然涌向海岸。
人们依然凝视海洋。

他们没法望得很远。
他们没法看得很深。
但这何曾成为障碍
遮挡过他们的眼睛？

表达方式

有些事物从来都模糊不清。
但由于一场涤污荡浊的雨，
今晚的天气格外清朗明净。
群山似乎都近在眼前，
星星似乎都剔透晶莹。
而你也仿佛来到了我身边，

---

① 参见本书第 343—344 页《见过一回，那也算幸运》及其注释。

还有你可爱而刻薄的口吻:①
"所以我们不能说凡事都不清。"

意　志

我发现只胖得起鼐的白色蜘蛛
在白色万灵草上逮住一只飞蛾,
一只宛如僵硬的白丝缎的飞蛾——
与死亡和枯萎相称相配的特征
混合在一起正好准备迎接清晨,
就像一个女巫汤锅里加的配料——
蜘蛛像雪花莲,小花儿像浮沫,
飞蛾垂死的翅膀则像一纸风筝。

是什么使那朵小花儿枯萎变白,
还有路边那无辜的蓝色万灵草?
是什么把白蜘蛛引到万灵草上,
然后又在夜里把白蛾引到那儿?
除邪恶可怕的意志外会是什么?
没想到意志连这般小事也支配。

---

① 弗罗斯特爱把他的小女儿玛乔丽叫作"可爱而刻薄的玛吉"。

睡梦中唱歌的小鸟

一只半夜时还似睡非睡的小鸟
用它天赋的歌喉唱了半曲歌谣。
正因为它通宵只唱出这么半曲
而且是在并不太高的灌木林里;
正因为它唱歌像是在口技表演
而且在刺痛不友好的耳朵之前
它突然灵机一动便让歌声骤停,
所以它没有陷入可预见的险境。
要是像那样在睡梦中哼上半曲
就会使它轻而易举地被谁捕食,
那它就不可能在轮回的长链中
穿过万事万物相生相克的夹缝
沦落到我们这里成为一只小鸟,
而我们却是这颗星球上的人类。

雪　问

在一场大雪下得最紧的时候
我在雪上看见了我的影子,

于是我向后扭头仰望天空,
因为我们仍然爱望天询问
地上万事万物的原因。

如果是我投下了这团黑影,
如果我就是这黑影的原因,
那么衬着暴风雪无形的影子,
我有形的影子倒可以显示
我到底该有多黑。

我向后扭头仰望天空。
整个天空一片湛蓝;
暂停飘洒的纷纷雪花
不过是凝在薄纱上的霜结,
阳光正透过薄纱闪耀。

清朗并更冷些

风,季节气候的调酒师,
在我的《巫术天象启蒙》中说
要把这个秋天制成万灵药,
你首先要把夏天慢慢煨炖,
既不用汤匙也不用漏瓢,

直到差不多既不稠也不稀。
(这就像用星宿算命,
二等星以下的天体
统统都不复存在。)

然后再把剩余的冬天
弄一点到圣劳伦斯河以北。
招来刮掉树叶折断树枝的风,
招来滂沱丰沛如倾如注的雨——
要比季节允许的更冷些。

再掺和一些粉状雪。
如果这显得很像是巫术,
如果这像是女巫的杂烩浓汤,
(胡说八道,科顿·马瑟!)[①]

那就等着看这浓汤澄清。
我可以整天整天地等。
风会调出一壶醉人的酒。
人类喜欢这酒——喜欢这酒。
天上诸神也不会不屑一顾。

---

① 科顿·马瑟(1663—1728),美国牧师及学者,一生著述颇丰。他曾支持1692年的马萨诸塞州塞勒姆市的"巫术审判案"(该案有19人被判死刑,150人被判监禁)。

不等收获

一阵成熟的芳香飘过一道墙头。
我终于离开惯常走的那条大路
开始寻找那拖住我脚步的缘由,
结果我果然看到了一株苹果树,
它已经自己卸下了夏日的负担,
只剩下一树绿油油的细小叶子
正在轻轻地摇动像淑女的绢扇。
因为那儿刚刚下过一场苹果雨,
树下地面上形成了红红的一圈,
一棵树能给人的苹果全在那里。

愿常有果实不等收获便瓜熟蒂落!
不管苹果还是被疏忽的其他什么,
愿它们多多打破我们固定的计划,
这样嗅瓜果之香可不避瓜田李下。

大概有些地方

我们坐在屋子里谈论屋外的严寒。

每一阵聚足力量的狂风对这幢房子
都是一次威胁。但房子已久经考验。
我们想到那棵树。要是它不再长叶,
那我们应该知道它一定是死在今晚。
我们承认对桃树来说这里过于偏北。
人到底怎么啦,这是气魄还是理智——
他的生存环境可以不受任何局限?
你常常说人类的野心注定要扩展,
一直扩展到每一种生物的北极地区。
为什么人的天性这么难改,竟不知
虽然在是非之间没有一条明确界线,
但大概有些地方的法则却必须服从。
实际上今晚我们对那树已无能为力,
但我们禁不住有几分被出卖的感觉,
恰好在天气冷得砭人肌骨的时候,
西北风偏偏又如此凶狂,不留情面。
那棵树没有叶片,也许不再会有。
要知道结果我们得一直等到春天。
但要是它已注定不会再绽出新芽,
它有权谴责人心无限制这一特点。

试　车

我自言自语，像是在祈祷，
当你供给它所需的油料，
它将招来使你头发竖立的气流。
它将发出一阵疯狂的怒吼。
它将拼命震动其底部肋板。
它将越来越快，直到你的神经
以为它会在一声巨响中失事。
但你要坚守住你的阵地
像他们在战争中所说的那样。
它固定得很牢，安置得很稳。
它每个部件能产生的效果
都经过仔细的考虑和论证。
你轻轻一按它就会风驰电掣，
你一松手它就会和你一道停止。

不大合群

你们有些人会高兴我为我所为，
其他人也不会太严厉地惩罚我

就因为我做一件虽说没被禁止
但也没被明确要求和期望的事。

过于严厉地惩罚我肯定不正确，
这只能再次温和地向你们证明
城市对男人的约束力并不太强，
和它城墙高过屋顶的时代一样。

你们可以嘲笑我不能逃离地球。
留下我，但给我愿接受的宽松。
理解之道在一定程度上是欢乐。
你们不该认为我有过反叛行为。

任何人都可以把我判处死刑——
只要他肯让自然来执行这判决。
我将把呼吸遗赠给空气普通股
并为有教养的悔悟支付遗产税。

早防，早防

那个形容枯槁的丑老太婆，
那提着桶来擦楼梯的嬷嬷，

就是当年的美女阿比莎格[①]，

就是曾走红好莱坞的影星。
有多少巨星名流背时倒运，
叫你没法不怀疑气数会尽。

早辞人世可逃脱晚年悲境，
但若是命中注定寿终正寝，
就得想办法死得不失身份。

设法垄断所有的股票交易！
如果必要也不妨组阁登基，
这样就没人叫你丑老婆子。

有些人凭其学识维护尊严，
有些人仅凭诚实保持体面，
他人之法亦可为你的手段。

沉湎于对昔日辉煌的回忆
既防不了晚年被漠然视之

[①] 诗人为了押韵巧妙地借用了 Abishag（阿比莎格）这个名字。据《圣经》记载，阿比莎格（又译亚比煞）是服侍大卫王的美女（见《旧约·列王纪上》第1章第2—4节）。

也防不了临终时独卧枕席。

最好买些友谊守候在身旁,
这样便可以死得体面风光,
有总比没好。早防,早防!

·十度磨炼·

预防措施

年轻时我根本就不敢激进,
生怕年迈时我会变得保守。

生命周期

那老狗只回头狂吠而懒得起身,
我还记得它是小狗时很有精神。

莱特兄弟[①]的飞机

这架双翼飞机是人类航空的雏形。
它的名字最好叫第一架摩托风筝。
时间绝不会把发明者的姓氏弄错,

---

① 威尔伯·莱特(1867—1912)和奥维尔·莱特(1871—1948)于1903年驾驶他俩自行设计的飞机升空飞行了59秒,开辟了飞行器重于空气的飞行时代。

因为在蓝天上书写着双重的莱特。①

邪恶倾向之消除

枯萎病会不会把栗树摧毁？
农人认为当然不会。栗树的
生命之火会在根部继续燃烧
并不断催生出新的枝条，
直到另一种寄生生物
开始把枯萎病孢菌灭除。

坚　持

让混乱风狂雨急！
让情况云遮雾蔽！
我依然等待形式。

---

① 此行中原文 write（书写）和 Wright（莱特）发音相同，故而成趣。

黄　蜂

它总爱昂首挺胸傲然而立，
立于弯得很艺术的金属丝。
自信地翘起它灵巧的翅膀，
气势汹汹把它的螯针摇晃。
这可怜的自大狂没法弄懂
它与芸芸众生没什么不同。

谜语一则

它眼中有灰尘，它以扇为翅，
它有一条可以用来唱歌的腿，
并有一口染料用来代替螯针。

算账之难

千万别问随便花钱的人
他把钱花在了什么地方。
这种人从来就不想记住

也不想清算，那每分钱
都被他用来做了什么。

并不在场

我曾转身对上帝说话，
想谈谈这世界的绝望；
但却把事情弄得更糟，
我发现上帝并不在场。

上帝曾转身对我说话
（请诸君切莫见笑）；
上帝发现我并未到场——
至少有一大半没到。

在富人的赌场①

时间已到半夜可我还在输钱,
不过我依然镇定而且不抱怨。

只要《独立宣言》能够保证
我的权利在牌点上与人平等,

那么谁开这赌场对我都无碍,
就让我们来看看另外五张牌。

---

① 这首诗写于20世纪美国经济大萧条时期,诗名中的"富人"原文用的是拉丁词Divés,而Divés这个词可让一般英语读者联想到《新约·路加福音》第16章中那个关于狠心富人死后下地狱受苦、穷人拉撒路死后升天堂享福的寓言(而这正是大萧条时期美国穷人唯一的精神寄托);末行中的"另外五张牌"暗喻罗斯福新政第二阶段出台的若干措施。

· 异国远山 ·

复仇的人民——安第斯山

你们都喜欢听关于黄金的故事。
有位国王①曾用黄金堆满囚室,
各种形状的黄金饰物黄金器皿
从囚室的地板一直堆到屋顶。②
他想用这些金子赎回他的自由,
可满满一屋子赎金居然还不够。
他的俘获者收下了全部金子,
可依然不肯让那位国王获释。
他们叫国王发出了一道命令,
要他的臣民献出更多的黄金。
于是他的臣民尽力四下寻找,
找遍了所有仓库、宫殿和神庙。
但当看上去已再也榨不出油水,
征服者却宣布那国王犯有死罪,

---

① 指印加帝国末代君王阿塔瓦尔帕(1502—1533)。他于1532年11月被到南美洲寻"黄金国"的西班牙殖民者皮萨罗(约1478—1541)诱捕,次年被杀害。
② 据史书记载,囚禁阿塔瓦尔帕的那间牢房长6.6米,宽5米,高2.7米。

罪名是他曾发动过一场战争，①
结果一根绞索要了国王的性命。

可实际上强盗们弄到手的财宝
与国王可希望的相比实在太少，
还不到一半，或不到三分之一，
或不到十分之一，微不足道。
而当国王刚刚在绞索下断气，
仇恨就发出了一阵可怕的狂笑，
仿佛地狱突然裂开了一条通道。
好吧，既然征服者喜欢黄金，
那这种东西就应该无影无踪，
叫征服者从今以后休想再见到。

全国民众不再去想他们的国王，
像玩游戏似的开始把金子掩藏。
他们发誓要让黄金都回到地下，
回到它们原来所蕴藏的地方。
他们一门心思寻找山罅岩缝。
一场埋金藏宝的运动迅猛异常。
人们今天还夸耀地谈起这事，

---

① 皮萨罗处死阿塔瓦尔帕的罪名是："篡位，杀弟，崇拜偶像，反对天主教并图谋组织反抗西班牙人。"

说是许多曾有过记载的宝藏
都在那时候消失于冥冥黑暗,
在仇敌的眼前永远熄灭了光芒。

自从野蛮的日耳曼人洗劫罗马
把所有的黄金烛台席卷回家,
这次自我洗劫是最壮观的洗劫,
这次自我毁灭是最壮观的毁灭。

一个被严刑拷问的印加王公
在气息奄奄生气不多之时,
告诉强盗们只要潜入某个深湖
便可得到他们似乎想要的东西。
强盗们潜入湖底但一无所获,
他叫强盗们潜水直到他们淹死。
征服者们一个个气急败坏,
对被征服者的迫害更变本加厉。
传说中的印加国是个黄金国,
遍地都是像太阳般闪光的金子,
可垂涎三尺的强盗却难遂心愿,
白白从秘鲁一直寻找到巴西。

被征服者们随着时光的流逝,
都不知不觉成了温和的老人。

但他们至死都没吐露藏金秘密,
而是怀着已复仇的满足心情。
他们谁都知道有一个藏金岩缝
在一个部落窑洞深深的底层,
在厚厚的柴灰和木炭下面,
在人类和野兽破碎的骨骸下面,
在一次次盛宴留下的垃圾下面,
一笔有人最想要的无价财宝
在它最后的安息地卷成一团,
那是一根有一千环的硕大金链,
金链曾装饰在一座宫殿门前,
金链的每一环都有一百斤重,
曾环环相扣拉在宫门玉柱之间,
并在每根玉柱上盘绕十匝
(似乎要把高大的玉柱坠弯)。
有人说金链早已被运往海滨,
有人说运过了东边的安第斯山,
有人说是运进了北方的丛林,
运链者当时排着纵队肩扛金链,
指挥队伍的是一名太阳祭司①,
他们曾一路扬起漫天尘沙,
长长的金链在阳光下金光闪闪。

---

① 印加人崇拜天体,建有许多太阳神庙。

不管人们还会传说些什么
（这类传说永远都没有个完），
那条金链如今还深埋在土中，
既不会锈蚀，也不会腐烂。
而强盗们都已经遭了恶报。①

最好亦最狠的复仇方式
就是发现仇敌想要什么东西，
然后不管那东西有多么宝贵
都让它从地面上永远消失。
让仇敌的贪婪永远得不到满足，
让仇敌永远难遂炫耀的欲望，
让仇敌永远登不上想登的高位，
没法优雅，没法清白，没法风光。
剥下他们身上华丽的外表。
叫他们把忍饥挨饿的滋味尝尝，
并叫他们死于美梦破灭后的绝望。

去送凶信的人——喜马拉雅山

有一个去送凶信的人

---

① 皮萨罗本人也于1541年在利马死于内讧。

在驿路上刚走了一半，
这时候他猛然意识到
去报凶信有生命危险。

此刻他走到一个路口，
见有一条路通向王宫，
另一条路则伸向群山，
伸向陌生的茫茫荒原。

他选择了去荒原的路，
穿过了克什米尔谷间，
穿过遍地的杜鹃灌木，
最后到了帕米尔高原。

在高原上的一条深谷
他遇见一位年轻姑娘，
那姑娘把他领回了家，
不然他也许还在流浪。

她让他了解她的部落：
那是在很久很久以前，
一位来自中国的公主
前去嫁一位波斯王子，

可她半路上有了身孕，
卫队不得不停止前进。
不过那并非公主的错，
孩子的父亲是个天神。

看来留下是谨慎之举，
不回中国也不去波斯。
于是他们便就地住下，
在那片牦牛出没之地。

中国公主生下的孩子
建立了一个新的王室，
他的命令人人都服从，
因为他是天神的儿子。

从此在喜马拉雅山谷
就有了一个新的民族；
送信人听完这段故事，
也决定留在那里居住。

至少他和那些人一样，
他们有一个共同之处：
即他们都有正当理由
在停下来的地方止步。

至于说他要送的凶信，
是说伯沙撒行将归西，①
干吗要去告诉伯沙撒
他很快就会知道的事？

夜空彩虹——莫尔文的小山

一个有雾的晚上，我俩互相指引，
摸索着走下莫尔文②的一道山岗，
穿过刚淋过雨的田野和树篱回家。
这时候出现了一阵使人困惑的光，
就像古罗马人认为他们在孟菲斯③
从高地上见过的那种奇异的光芒——
一轮旧太阳的碎片在再一次聚拢
成为新太阳之前发出的那种光芒。
那光在我们眼中像黏糊糊的颜料。
紧接着明月当空，又是一番景象，
月亮湿漉漉的，好像是浸在水中，

---

① 伯沙撒是古巴比伦伽勒底国末代国王。一日他大宴群臣时，忽见有手指在粉墙上写字，请先知但以理解之，方知大限已到。（见《旧约·但以理书》第5章）
② 莫尔文是英格兰中部一地区，这首诗记述了诗人于1914年8月与爱德华·托马斯在该地区山坡上散步时的一段共同经历。
③ 孟菲斯乃埃及一古城。

伫立的我俩也浸透了似水的月光。
纠缠在地上的红花草和花楸浆果
已尽其所能吸足了甘露般的雨水,
连空气也仿佛湿得可以拧出水来,
空气的压力早已变成了水的重量。
然后空中出现了一道小小的彩虹,
一道月光造出的小小的七色彩虹
像一道门廊竖立在我俩的正前方。
于是我们俩有幸目睹了那种奇观,
那种再没有另外两人见过的奇观,
可如今只剩我一人来讲述那景象。[①]
一种奇观!那道弯弓一样的彩虹,
(为了防止那些金杯被人发现)
它没有随我俩的前行而一道移动,
而是从它门廊上方带露的三角墙
收起了它赤橙黄绿青蓝紫的两端
并让两端连在一起形成一道光环。
而我俩就站在那转动的光环之中,
一对被上帝选中的相知相惜之友,
时间和敌人都不可能把我俩分开。

[①] 参阅《旧约·约伯记》第1章第15—19节,该章节讲述四名家仆接踵而至向约伯报告他遭灾祸的凶信,送信人都说了这句话:"只剩我一人死里逃生来给你报信。"

· 培育土壤 ·

培育土壤
—— 一首政治田园诗

唷,提蒂鲁斯!你肯定把我忘了。
我是梅利波斯,那个种土豆的人,①
你曾同我谈过话,你还记得吗?
很多年以前,恰好就在这个地方。
时世艰难,我一直为生计而奔波。
我已被迫卖掉我河边低地的农庄,
在山上买了座价钱便宜的农场。
那是个前不巴村后不着店的地方,
只有适合牧羊的树林子和草场。
不过牧羊是我下一步要干的行当。
我再也不种土豆了,才三十美分
一蒲式耳②。就让我牧牧羊吧。
我知道羊毛已跌到七美分一磅。
不过我并没打算出售我的羊毛。

---

① 提蒂鲁斯和梅利波斯是古罗马诗人维吉尔《牧歌》中的两个人物,前者是一位热爱农事的诗人,后者是一个刚刚失去了土地的农民,维吉尔在其《牧歌》第1首中借这两个虚构人物之口讨论了农民的困境。

② 谷物、水果、蔬菜等的计量单位,在美国约等于35升。

我也不曾卖土豆。我把它们吃了。
以后我就穿羊毛织物并吃羊肉。
缪斯照顾你，让你以写诗为生，
你以农场为题材并把那叫作农耕。
哦，我没责备你，只说日子轻松。
我也该轻松过，只是不知怎样轻松。
但你该对我们劳动者表示点同情。
干吗不用你一个诗人作家的天赋
为我们的农场向城里人做点广告，
不然就写点什么来提高食品价格，
或者写首诗来谈谈下一届选举。

啊，梅利波斯，我倒真有点儿想
用我手中的笔来谈谈政治问题。
千百年来诗歌一直都注意战争，
可何为战争呢？战争就是政治——
由痼疾变成暴病的血淋淋的政治。

提蒂鲁斯，我的感觉也许不对，
但我觉得这革命的时代似乎很糟。

问题是这时代是否已陷入绝望的
深渊，竟然认为诗歌完全有理由
脱离爱的更迭——欢乐与忧伤

脱离季节的轮回——春夏秋冬，
脱离我们古老的主题，而去判断
难以判断的谁是当代的说谎者——
当在野心的冲突中大家都同样
被叫作说谎者时，谁是头号骗子。
生活可能充满悲剧，十分糟糕，
我会斗胆如实叙述生活，可我敢
指名道姓地告诉你谁是坏人吗？
《艾尔森船长》的命运令我害怕，①
还有许多碰上华盛顿的人的命运
（他曾坐下来让斯图尔特为他画像，②
但他也曾坐下来制定合众国宪法）。
我喜欢稳稳当当地写些典型人物，
一些综合了典型特点的虚构人物，
以此证明有邪恶的化身这种东西，
但同时也请求免去我一项义务，
别让我当陪审员去说那声"有罪"。

我怀疑你是否相信这时势不妙。

---

① 《艾尔森船长》是一首美国民谣，讲述艾尔森船长因抛弃沉船上的旅客而受惩罚的故事。美国诗人惠蒂埃（1807—1892）曾据此民谣片段创作叙事诗《艾尔森船长的大车》（1857），但后来事实证明艾尔森船长是无辜受罚。

② 吉尔伯特·查尔斯·斯图尔特（1755—1828），美国肖像画家，曾为乔治·华盛顿画过肖像。

我眼睛总盯着国会，梅利波斯。
议员们所处的位置比我们的都好，
所以任何事情要出错他们都知道。
我的意思是说他们完全值得信赖，
要是他们认为地球要更换地轴，
或是某个天体正开始使太阳膨胀，
他们肯定会提前给我们发出警报。
可眼下他们就像课间休息的孩子，
在院子里玩的时间长如他们的会期，
他们的游戏和比赛还没组织起来，
正各自嚷着要玩捉迷藏、跳房子、
抓俘虏或玩跳背——一切太平。
就让报纸去声称害怕大难临头吧！
没什么不祥之兆，这点我放心。

你认为我们需要社会主义吗？

我们已经有了。因为社会主义
在任何政体中都是个基本成分。
天下并没有什么纯粹的社会主义，
除非你把它视为一种抽象的概念。
世上只有民主政体的社会主义和
专制统治的社会主义——寡头政治，
后者似乎就是俄国人拥有的那种。

通常专制统治中这种成分最多，
民主政体中最少。我压根儿不知
纯粹的社会主义为何物。没人知道。
我不怀疑那就像是用抽象的哲理
把各种不同的爱统统解释成一种——
一种肉体和灵魂的不健全状态。
感谢上帝，我们的习俗使爱分离，
这样在朋友相聚之处，在养狗之处，
在女人和牧师一起祈祷的地方，
我们就避免了陷入尴尬的境地。
世间没有纯粹的爱，只有男女之爱、
儿孙之爱、朋友之爱、上帝之爱、
神圣之爱、人类之爱、父母之爱，
当然这还只是大致地加以区分。

诗歌本身也会再次重归于爱。

请原谅我这样比拟，梅利波斯，
它使我远离主题。我说到哪儿啦？

可你不认为该更加社会所有化吗？

你的社会所有化是什么意思呢？

为人人谋幸福——比如发明创造——
应该使我们每个人都从中受益——
而不仅仅是那些搞开发的大公司。

有时候我们只能从中深受其害。
照你的意思来说,野心已经被
社会所有化了——被尝试的第一个
习性。接下来也许就该是贪婪。
但习性中最糟的一种还没受到限制,
还没社会所有化,这就是发明能力,
因为它并不为卑鄙的自我扩张,
它仅仅只为它自己盲目的满足
(在这点上它与爱和恨完全一样),
结果它的作用对我们是有利有弊。
甚至在我俩说话时,哥伦比亚大学
的某位化学家就正在悄悄地发明
用黄麻制羊毛,而他一旦成功,
成千上万的农场主将失去羊群。
每一个人都为自己要求自由,
男人要爱的自由,商人要贸易自由,
作家、空谈家要言论和出版自由。
政治野心早已经受到过教训,
遭到过迎头痛击,它并不自由,

在有些事上它得体面地有所节制。
贪婪也受到过教训，要稍稍克制，
但在我们了结它之前它还需教训。
只有白痴才以为贪婪会自己收敛。
但我们无情的抨击曾教训过它。
人不可让自己的野心无限膨胀，
也不可任其发明能力尽情施展，
不可，若要我说的话。发明能力
应该受到限制，因为它太残酷，
会给毫无准备的人带来意外的变化。

我就推举你来对它加以限制。

我要是独裁者，就会告诉你该咋办。

你会咋办呢？

   我会让万事万物都顺其自然，
然后把功劳成就都归于其结果。

你会成为一种安全第一的独裁者。

别让我说的对我自己不利的话
诱使你采取反对我的立场，

不然你也许会和我一道陷入麻烦。
梅利波斯,我不怕预言未来,
而且不怕,接受其结果的评判。
听好,我将冒一次最大的风险。
我们总是过于外向或过于内向。
眼下由于一种极度的扩张
我们是如此外向,以致想再次
转为内向的可能性也微乎其微。
但内向是我们必须达到的状态。
我的朋友们都知道我喜欢交往。
但在我喜欢交往的很久以前
我个人的性格非常非常内向。
与此相同,在我们国际化之前,
我们是民族的,我们都充当国民。
在这块调色板上,更确切地说在这
房间周围的盘子上,颜料尚未混合,
所以当颜料在画布上混合之后,
其效果会显得几乎是专门设计的。
有些想法是那么混乱,那么混淆,
它们使我想起这块调色板上的画:
"看发生了什么。肯定是上帝画的。
快来看我捏的意义非凡的泥饼。"
真难说哪种混杂最令人厌恶,
是人的混杂,还是民族的混杂。

别让我似乎要说这种交流和冲突
到头来不可能成为生死攸关的事。
完全可能。我们会融合——我不说
何时——但我们必须为这场融合
注入我们保留的力量所能注入的
最成熟、积淀得最久、最具活力、
最具特色并最有地方色彩的东西。

提蒂鲁斯,有时候我困惑地发现
商业贸易也有好处。我干吗要
把苹果卖给你,然后又买你的呢?
这不可能只是要给强盗们创造机会,
使他们能拦路抢劫并征收运输税。
说从中得到享受,这想法又太平庸。
我估计就像与人斗嘴或与人调情,
它会有益于健康,而且很有可能
使我们富有生气,使我们变得完美。

走向市场是我们注定的命运。
但虽说我们终将送许多东西到市场,
有更多东西仍从不上市或不该上市;
依我之见更多的东西应该被保留,
比如说土壤——不过你我都知道
有些诗人争先恐后地出卖土壤,

甚至把下层土和底土也送上市场。
甭说土壤,就是卖光所有的草
也是农事中一项不可饶恕的罪孽。
这教训就是,晚一点动身去市场。
我给你说说教好吗,梅利波斯?

说吧。我认为你已经在说教了。
但说吧,看我能不能听出点名堂。
我不说你也知道,我的论点
并不是要把城里人引诱到乡下。
就让爱土地的那些人拥有土地吧,
他们对土地爱得那么深那么痴,
以致他们会上当受骗,被人利用,
被商人、律师和艺术家们取笑。
可他们仍然坚持。那么多土地
还未被利用不一定使我们不安。
我们无须试图去将其全部占用。
这世界是个球体,人类社会则是
另一个稍稍扁平更为松软的球体,
后者依附于前者,随前者慢慢滚动。
我们有自己可以不被打破的圆形。
这世界的大小与我们已不再相干,
就像宇宙的大小与我们不相干一样。
我们是球,因同一圆形之源而圆。

你我都是圆的,因为头脑是圆的,
因为所有推论都是在圆内转圈圈。
至少这能够说明为什么宇宙是圆形。

你所说的是不是一种行为方式,
而我应该按照这种方式去行事?
用循环论证的方法来进行推理?

　　　　　不,我是说不要因为
土地似乎有要人去使用它的权利,
城里人就被诱回乡下。除了农民
别让任何人假装去耕种土地。
我只是作为他们中的一个对你说话。
你该回到你那座被抛弃的山区农场,
被贸易抛弃的可怜的土地,而且
不要让任何人看见你来市场——
久久地隐居在那里。只种植生产
你所种植生产的,并把产品消费光,
或把庄稼犁入其生长的土中做肥料,
以培育土壤。因为天下还有什么
比贫瘠硗薄的土壤更糟糕的呢?
什么更需要我们这类人的同情呢?
我将与你订个契约,梅利波斯,
使每个行动每项计划都适合于你。

我身边的朋友都有他们的五年计划，
这种计划在苏维埃俄国已成时尚。
你上我那儿来吧，我将向你展示
一个五年计划，我这么叫不是因为
这计划需要十年或十一二年来完成，
而是因为构思这计划至少需要五年。
你靠近点儿，让我们共同商量——
若要限制贸易，先要自我限制。
你将回你那座被抛弃的山区农场，
做我命令你做的事。不管怎么说，
我会当心只命令你做你想做的事。
这就是我这个独裁者的风格。
培育土壤。让那座农场与世隔绝，
直到那农场没法再包容其自身，
而是向外溢出葡萄酒和一点儿油。
我将回到我那过时的社会思想
并将尽我所能与它一道不合群。
我原有的想法，我最初的冲动是
走向市场——我将把它抛弃。
来自那种想法的想法也将被抛弃。
如此这般，直到我本性的极限。
我们过于外向，如果不自己收缩
就会被迫收缩。我被培养成了
拥护州权自由贸易的民主党人。

那是什么？自相矛盾。似乎一个州
应有自己的法律，然而它却不能
控制它卖些什么或买些什么。
假若某个说话频率和思想频率
都比我快的人来到我身边，于是
我上当受骗，沉默不语，灰心丧气，
那该怎么办呢？我会甘心让他
取代我成为更经济划算的生产者，
更妙不可言、美不胜收的生产者吗？
不。我会不声不响地悄悄走开，
走得远远的好让我的思绪恢复。
对我来说，与思想和食品的生产
过程相比，思想和食品毫无意义。
我曾寄给你的一首歌中有如下叠句：

> 让我做那样的人
> 　去做已被做的事——

我的份额至少使我免于空虚无聊。
不要互相接近并不让人互相接近。
你会看出，我这个建议的妙处是
它没必要等待轰轰烈烈的革命。
我命令你进行一场一个人的革命——

这是即将来临的唯一的革命。
我们相互之间是过于分不开了——
因为有货物要卖,有想法要说。
有个青年带着半首四行诗来找我,
问我是否认为他值得再下番功夫
写出剩下的半首,写出另外两行。
我被人用来担保年轻人在学校
公开发表的歪诗,担保这些诗不被
疑为剽窃,并帮助欺骗他们的家长。
我们聚在一起,从互不信任中拥抱
尽可能多的爱,大家挤得太紧,
谁都难以突出。溜走吧,悄悄溜走,
那首歌唱到。溜走,待到一边去。
别加入太多的团伙。要加入也只
加入美利坚合众国和你的家庭——
但除学院之外别经常脚踏两只船。
咱俩说定了吗,牧羊人梅利波斯?

或许吧,但你说得太快而且太多,
在你面前我的脑子简直没法转动。
等我回家以后我能理会得更清楚,
从现在起一个月之后,当我砍木桩
或修篱笆之时,我将回想起当你
打断我一生训练的逻辑的时候,

我都想了些什么。我同意你的看法,
我们是过于分不开了。而离开人群
回家意味着恢复我们的知觉。①

致一位思想家②

刚迈出的一步发现你的重点
决定性地压在了左边。
下一步竟然把你抛向右方。
再一步——你会看到你的窘况。
你管这叫思想,但这是行走。
甚至说不上行走,那只是晃荡,
或像一匹厩中马左右摇晃:
从影响到问题再回到影响,
从形式到问题再回到形式,
从正常到疯狂再回到正常,
从束缚到自由再回到束缚,
从声音到意义再回到声音。

---

① 这首"政治田园诗"表达了诗人对20世纪30年代美国经济大萧条时期出现的政治思潮的担忧,诗中亦不乏对富兰克林·罗斯福之政见的嘲讽。

② 这首诗原名为《致办公室里的一位思想家》,笔尖直指(椭圆形办公室里的)富兰克林·罗斯福总统,以致弗罗斯特的妻子恳求丈夫不要将其发表,但诗人只是将标题稍加修改,仍将其收入了1936年出版的《山外有山》。

如此反复。这种成双配对
的方式几乎令一个人恐慌。
你刚刚才宣布抛弃民主
(带着一种彬彬有礼的悔悟),
转而去依靠独裁的权威;
但要是你想要收点小费,
你马上又会转动舌头和笔,
摇身一变又成为民主斗士。
一个如此优秀的理论家哟,
即便这使你显得茫然不知所措,
使你成为人们忍不住嘲笑的主,
也请你不要因此变得太糊涂。
就算你心中压根儿就没方向,
我也不认为你必须一如既往
继续用你所具有的天才
多少有点道理地左右摇摆。
我承认我并不真正喜欢
改邪归正或洗心革面,
不过转变立场也有其地位,
这姿态也并非说毫不优美。
所以你若觉得在论理之时
你必须忽左忽右地改变主意,
那请你至少不要煞费苦心,
请相信我的直觉——我是诗人。

· 遐想幽思 ·

已发出的信号

在远古时代的阿齐尔①
有人曾拾起一块小圆卵石
用红色为我画上小圆点,
并把它投给我,穿过岁月——
确切地说穿过了一百万年——
穿过了重重冰川的阻隔:
两个圆点和一条波纹线,
那么生动,似乎在发信号。
但看上去不甚明了的是
那两个小圆点是不是两滴泪水,
两滴从两只眼睛滴下的泪水,
而那条线是不是一声颤抖的叹息。
但不是,因用的颜料是红色。
那不是泪珠,而是血滴。
那条线想必是砍缺的刀口。
发信号者当时肯定必须死去,

---

① 阿齐尔是法国南部一村镇,1887年在其附近发现一洞穴,内有中石器时代的手工制品,包括绘有彩色线条、圆点和几何图案的卵石。

而他想让今天的某个人知道
他的死是为了献祭而牺牲。
几乎已弄清楚,但仍然费解。
要是有人能肯定当时的动机
也是一种动机,那就好了。
哦,把这送到我手中的人哟,
你不是一名普通的送信人
(你的身份标志是一把石铲)。
让你这么久不代表任何意义,
这总使我感到悲哀。没有回信——
我担心没有任何回音
能穿越冰川的阻隔
传给我那位无名的请求人。
假如他的灵魂就站在旁边
迫不及待地给予我们暗示
并成功地使暗示被传达,
那还有谁会看不出
完整地存在于这图形和色彩
中的隐喻和象征!
我为何不进行类比推理呢?
(在有些人眼中我太善于此道。)
哦,我的理解力竟如此迟钝,
足以使一个灵魂悲叹
或在树上或灌木丛中呜咽。

我有这块绘红色图案的燧石，
两个圆点和一条波纹线。
这图案的意义无人知晓，
不然我会怀疑这完全属于我，
属于现代，与远古毫无关系，
我们谁也不会对它感到满意。
虽然我们都想把信号传远，
虽然我常让信号传到远方，
但要跨越灵魂之间的深渊，
永远都会有一道时间的极限，
超越极限信号便注定要偏向。
两个灵魂相遇时可能会相隔太远。
那块因遥远而悲哀的河滩卵石
可以怀着极度的渴望哀求，
但它的信号不可能传得这么远。

见证树[*]

（1942）

---

[*] 《见证树》初版有献词："献给 K. M. / 感谢她为此书所做的工作。" K. M. 指凯瑟琳·莫里森。弗罗斯特在妻子去世（1938 年 3 月 20 日）后曾向她求婚。她虽然拒绝嫁给诗人，但却答应做他的私人秘书，并在弗罗斯特的余生中一直担任这个角色。《见证树》获 1943 年度普利策诗歌奖，这使弗罗斯特成为第一个四次获得该奖的诗人。

山 毛 榉

在我想象中的界线在树林中
成直角转弯的地方，一溜铁丝网
和一道真实的石墙已被竖起。
而在离开这个角落的旷野里，
在这些石块被冲来并堆积的地方，
一株树，因被深深地挫伤，
给人的印象也是一棵见证树①
并成了我并非不受约束的物证，
成了我记住这一事实的物证。
于是真理被确立并被证明，
尽管被蒙昧和疑惑所包围——
尽管被一个疑惑的世界包围。

——《穆迪·弗罗斯特集》②

---

① 美国移民在查勘新移居的土地时，习惯把地角处的某棵树剥去部分树皮并刻上标记以作为界桩，这种作为界桩的树被叫作"见证树"。

② "穆迪"是弗罗斯特的母亲婚前的姓氏。

桑　树

撒该曾一度

爬上这棵树

看我主耶稣。①

——《新英格兰初级读本》②

---

① 《新约·路加福音》第19章第1—4节中记载：耶稣路过耶利哥城，身材矮小的收税官撒该怕人群挡住视线，于是便爬上路边的一棵桑树看耶稣。

② 《新英格兰初级读本》是由本杰明·哈里斯编的一册加尔文教派学校课本（约1683年出版），在此书中，这三行据《路加福音》第19章第1—4节内容编的无标题歌谣是字母Z的实用范例（撒该的西名Zaccheus第一个字母为Z）。

· 一叶知秋 ·

丝织帐篷

她宛若原野上的一顶丝织帐篷，
当夏日正午时一阵和煦的柔风
吹干露珠，根根牵绳变得温和，
它便会在绳索怀中悠悠地晃动，
而它中央那根雪杉木的支撑柱，
它那伸向无垠天空的高高篷顶，
那显示出它灵魂之自信的篷顶，
似乎对每根拉索牵绳都不欠情，
仿佛它并不受绳索控制，而是
由无数爱慕和期盼的丝带松松地
与周围世界之万物连在一起，
只有当某一根丝带被夏日柔风
一时的任性逞强轻轻拉紧之时，
它才会感到最轻微的一丝束缚。

所有的发现

为观测洞察，头脑总爱深入，
不过它是从哪里深入的呢？
或者说它沿库柏勒①的途径
所深入的到底是什么呢？
它的深入会有什么结果呢？

它将会缩回到什么地方去呢？
它因此会取走或留下什么呢？
头脑对这些问题已经思考过
一会儿，而且仍在继续提问。
这就是头脑捉摸不定的现象！

然而那种不易穿透的晶核
已经被穿透，它的水晶内壳，
它那每个点每个面都放射出
阴极射线的内壳，终于发光
以回应头脑的强行深入。

---

① 库柏勒，古代小亚细亚人崇拜的自然女神，在古典神话中被称为"大神母"，即众神以及世间一切生灵之母，她使自然界死而复生，并赐予大地丰收。

寻求目光之回应的目光
可使星星闪烁，可使花儿开放，
大地和天空就这样浓缩，
于是谁也不必害怕广袤无垠。
所有的发现都是我们的发现。

幸福会以质补量

哦，多风多雨的世界哟，
你不被迷雾笼罩的日子、
你不被阴云遮弃的日子，
或说你不被裹尸布覆盖的日子，
以及那轮灿烂的太阳
不被完全遮离视线的日子，
甚至不被半遮半掩的日子，
从来都是这么得少，
以至我不能不纳闷
我为何有这种持久的感觉——
总感觉有那么多的光和热。
如果我猜得不错，
我这种感觉可能完全
来自于最美好的一天，
那天早晨碧空如洗，

整个白天万里无云，
傍晚时分也天朗气清。
我深信不疑
我心中美好的印象
可能全部都来自那天：
那天当我们离开小屋
穿过烂漫的花丛去树林
排遣寂寞的时候，
大地上只有我俩的阴影。

请　进

当我走近树林边的时候，
忽然听画眉一阵啼鸣，
若说当时林外正值黄昏，
树林中已是一片幽冥。

树林里太黑，漆黑一团，
鸟儿即便有灵巧翅膀
也没法为过夜另择高枝，
不过它还能继续歌唱。

那片在西天消散的晚霞，

那抹渐渐隐去的余晖，
依然还辉映在画眉心中，
使它还能够哀歌一曲。

在黑咕隆咚的树林深处，
画眉的歌声依然悠扬，
歌声仿佛是在叫我进去，
去暗中与它一道悲伤。

但不，我是出来看星星；
并没想到要进入树林。
我是说请我我也不会进，
何况我从没受到邀请。

我可以把一切都交给时间 [①]

对时间来说，似乎它绝不会
吹嘘自己能与巍巍雪峰作对，

[①] 诗人曾把这首诗印在他1941年的圣诞卡上寄给友人，以此方式告诉朋友他已渡过了一次难关，因为在此之前的六年中，他曾先后失去三个亲人：小女儿玛乔丽于1934年死于败血症，妻子埃莉诺于1938年死于心脏病，儿子卡罗尔于1940年因抑郁症而自杀。

让雪峰匍匐在地如滚滚流水，
让雪峰趴下它也不欣喜若狂，
而只是若有所思，神情端庄。

这有何妨，即使陆地变孤岛，
即使旋涡会冲刷沉没的暗礁
像弯弯皱纹围住微笑的嘴角；
即使在这样一场巨变的时候，
我也能像时间那样不喜不忧。

除我自己一直所拥有的之外，
我可以把所有一切交给时间。
但为何要说趁海关打盹儿时
我已带过了安检厅的违禁品？
因为我还保留着我不愿给的。

及时行乐

老人看见一对少男少女
在暮色中相亲相爱地走过，
他不知这对情侣是回家
还是从村里去到野外，
或是上教堂（钟声正敲响）。

(他俩是陌生人)他等到
他俩听不见说话声时
才轻声祝愿他俩幸福。
"祝你们幸福,幸福,
抓紧时间及时行乐。"
这古老的主题属于老年。
正是老年把及时摘花①
的主题强加于诗歌,
以告诫人们提防那种危险:
因被过多的欢乐充溢
而过度陶醉的情侣
居然会拥有幸福
却不知道自己拥有。
然而该叫生活抓住现在吗?
须知与未来相比
现在总是太短暂,
而现在与未来加在一起
也少于过去的千年万年。
现实生活过分为了感官,
现实太急迫,现实太混乱——
现实现实得没法想象。

---

① "摘花"原文为 gather-roses,语出英国诗人罗伯特·赫里克(1591—1674)的名句"玫瑰堪折莫迟疑"。

风 和 雨

1

那久远的一天曾让秋叶
在更冷的日光中纷飞飘零。
那儿曾吹过一阵季末的风,
当风吹遍那座森林的时候
我怀着唱歌的希望扑向风,
让它也把我吹向死亡。
我踏进尘土的脚步并不协调,
却不曾努力要缩短大步。
我歌唱死亡——但要是我早知道
这许多次死亡,那么我肯定会在
我的死期来到之前就死去!
哦,难道该让一名少年不受警告
以致他唱出的一首首悲歌
都好像是他的预言么?
若对生活的另一半不闻不问,
只歌颂美好而不咏叹不幸,
那唱歌的舌头就毫无价值。
然而,命运对那名少年

在幸福的悲哀中唱出的歌
似乎除了应验就别无选择。

2

灼热荒原上的野花
为了滋润它们的根
总会设法开放
在小溪从雪山上引来的水边。
但有些事情仍然并不完善。
在我想到枯花因水而吐艳之前,
我会看见它们被水冲倒。
我要汲起除盐之外的所有海水,
天上的云所能携带的所有海水,
把水全都交给乌云,
让翻滚的云把水卷到陆地,
毫不吝惜地全都倾泻在花上,
让开败的花在洪水中失去花瓣,
(有谁会关心花蕾的未来呢?)
而且雨下得越大
我越要冲到雨中分享我的一份。

不仅仅是滋润根,淋湿嘴,
还要让水重重地浇在我头上

带着消除一场干旱的全部激情。

说出的总是比该说的更多。
屋外的雨同屋里的酒一样浓烈,
同阳光触摸肌肤一般奇妙。

在下雨的时候
我从来就没法待在屋里;
我得走进黄昏——我最喜欢的时辰,
去看天空卸下负荷。
雨曾是我眼睛采集的眼泪,
如今这眼中已没有一滴泪水。

它的极限

他曾经以为他独自拥有这世界,
因为他能够引起的所有的回声
都是从某道藏在树林中的峭壁
越过湖面传回的他自己的声音。
有天早晨从那碎石遍地的湖滩
他竟对生命大喊,它所需要的
不是它自己的爱被复制并送回,
而是对等的爱,非模仿的回应。

但他的呼喊没有产生任何结果，
除非他的声音具体化：那声音
撞在湖对岸那道峭壁的斜坡上，
然后在远处溅起一大团水花，
但在够它游过湖来的时间之后，
当它游近之时，它并非一个人，
并非除了他之外的另外一个人，
而是一头巨鹿威风凛凛地出现，
让被弄皱的一湖清水朝上汹涌，
上岸时则像一道瀑布向下倾泻，
然后迈蹄跌跌撞撞地穿过乱石，
闯进灌木丛——而那就是一切。

鸟的歌声绝不该一成不变

他经常宣称而且可能还相信
房前屋后园子里的所有小鸟
由于整天都听见夏娃的声音，
所以早用她意味深长的腔调
为它们的歌声添了一种意味。
不可否认，当呼声笑声高扬，
让那么柔和生动的意味飘飞，
只能对鸟儿产生不多的影响。

尽管如此，她已在鸟的歌中。
而且她融入鸟儿歌声的声息
已经在树林里存留了那么久，
所以它也许永远都不会消逝。
鸟儿的歌声绝不该一成不变。
这就是她来帮助鸟儿的因缘。

被骚扰的花

她往后缩，他很镇静：
"正是这样才带劲儿。"
他用花瓣娇嫩的花
抽打他摊开的掌心。
他微笑，想引她回眸一笑，
但她要么是没看见
要么是故意狠心。
他注视了她一会儿，
为一个女人和一种困惑。
他手指一弹扔掉了那朵花，
然后另一种微笑
像手指尖似的
抓住了他的嘴角
并使他突出的嘴咧开。

她站在齐腰高的
金穗菊和凤尾蕨丛中,
她光亮的头发已凌乱。
他使她伸直双臂,
仿佛她使他的双臂
渴望拥抱她——不是伤害;
仿佛他腾不出手来
摸她的脖子和秀发。
"要是咱俩都想这样,
而不是我一个人——"
她觉得她听见他这样说;
不过他每吐出一个字
他的嘴唇都吮吸一下,
这种努力使他透不过气来,
就像是老虎含着根骨头。
她不得不偏开身子。
她不敢移动脚步,
唯恐一动就会唤醒
那在一个野蛮人心中
沉睡的追求邪念。
就在这时,她母亲的呼唤
从花园里越过墙头传来,
这使她惊恐地偷看了一眼,
看他是否可能听见呼唤

并趁她母亲过来之前
扑上来把事了结。
她所看见的令她遗憾：
一只手像爪子般垂下，
一条胳膊像锯子般抽动
仿佛是为了有说服力，
一种讨好的笑容
把那个大鼻子分成两半，
一双眼睛变得躲躲闪闪。
一个姑娘只能看出
是一朵花毁了一个男人，
但她看不出的是
那朵花也许
并不臭也并不卑贱；
那朵花只是尽了责任，
而她自己不足的勇气
早已可怕地结束了
那朵花开始做的事。
她看并看见了最糟的。
那条狗或那个随便什么，
遵从野兽的法则，
除了在夜晚外就是懦夫，
早已转身匆匆逃去。
她开始听见他跌跌撞撞，

在逃跑中手脚并用。
随即她听见他大声咆哮。
哦,对这么年轻的一位
她吐出的尖刻言辞
就像粘在舌头上
扯不掉的嚼子。
她为此把嘴一噘,
厌恶感仍挥之不去。
她母亲揩干她腮上的
唾沫,拾起她的梳子,
然后拽着她朝家里走去。

固执的回归

天色渐晚,该是他走近屋子的时候,
但暴风雪使他看不见前方任何房子。
雪化成冰水顺着他的脖子直往下流,
像床上一只淘气的猫吮吸他的气息。

雪花打在他身上又从他身上被吹出,
竭尽全力迫使他骑在一堆积雪之上,
使他压出一个鞍印并冷静考虑归途。
他用敏锐的目光凝视眼前飞雪茫茫。

既然他想进一道门他就会进那道门,
不过目标和速度都受到如此的拖累,
他可能要摸索好一阵才能摸到门柄,
在关心他的人看来他可能稍稍迟归。

云　影

一阵风发现了我摊开的书
并开始翻动书页左盼右顾,
想找一首吟咏春天的旧词。
我试图告诉她"没这种诗"!

因为谁会写诗把春天吟咏?
但风对我的解释无动于衷;
这时一团云影飘过她脸庞,
生怕我会使她找不到地方。

寻找紫边兰

我已感觉到脚下草地的寒气,
头上却是红日当空;
而描述这般景象的短歌小诗

就是我的低唱高咏。

我循一条绵延数英里的路线
绕那座桤树林寻觅。
那天该是各种兰花吐艳之时,
我却不见任何踪迹。

但在镰刀割倒高高的草之前
我依然继续前行;
直到我看见那条小径,那条
狐狸出没的小径。

于是我尾随狐狸并终于发现——
恰好就在那一刹那
当色彩正显于花瓣,它定是——
我远道来寻的兰花。

紫叶片亭亭玉立,在桤树下,
在那漫长的一天里,
既无轻风也没有莽撞的蜜蜂
来摇动它们完美的姿势。

我只是跪下来拂开桤木树枝
观赏它们,或至多

数数它们在矮林深处的花蕾,
白得像幽灵的花蕾。

然后我起身静静地漫步回家,
路上我自言自语
秋天就要到来,树叶会飘零,
因为夏天已过去。

马德拉群岛之发现[①]

哈克卢特的一首诗[②]

一位被偷来的女士出现在船上,
不过她是从她丈夫那里被偷来
还是自己不得已要偷渡私奔,
船货清单上都没有明确记载。
大家只知道她是被偷来的女人。
傍晚狂风骤起时,娇弱的她
被悄悄领到了这个乡村码头。

---

① 马德拉群岛之发现有多种说法,其中一种说法是于1344年前后被英国冒险家罗伯特·梅钦发现的,当时他带着情人安妮·达菲特从英格兰私奔去布列塔尼,但船被大风吹离了航线……

② 哈克卢特(约1552—1616),英国地理学家,著有《英格兰民族重要的航海、航行及发现》(1598)。

她竟然没看看那条要命的船。
为了使这段磨难早一点开始，
她情人不得不帮她关键的一把，
迫使她的双脚离开了海岸。
她紧紧依偎他的那种方式
似乎更能说明她别井离乡
并非是完全违背她的意愿。
可身边没有任何女性伙伴，
把英格兰的法律抛在身后
去寻求某个缥缈的爱情乐园，
这已经开始预示她前途黯淡。
他们那条小船被暴风雨所困，
更像在海上颠簸而不是航行。
它忽而一颠一簸地往前一冲，
忽而又因帆被撕裂而旋转急停，
忽而船头扎入水中，船尾翘起，
直到那些海盗水手诅咒发誓，
说要是上帝让他们逃过此劫，
他们将到何处去朝圣。
当一左一右两排相撞的巨浪
未能使他们的小船碎骨粉身，
或当狂风未能折断他们的桅杆，
他们便狂笑，仿佛阴谋得逞。

这可不是女人漂洋过海的季节。
因为那女士得久久地待在舱底,
而所有的水手心里都明白
她很可能在下面被颠簸致死。
不过当大海的狂怒稍稍平息,
她被扶上甲板倚在桅杆之旁,
她整天都昏昏沉沉地躺在那里,
或与她的情人面对面席地而坐,
阴郁地互相吸收对方的目光,
她虚弱而迟钝的头不住地摇晃。
他最想从她目光中看见的
是她承认女人希望被人支配,
可实际上她并不那样希望。
难道是他的直觉愚弄了他?
他不知道,他俩谁也不知道。
他们只能像别的情侣那样说:
"你告诉我,那我将告诉你。"

有时候当她露出宽容的微笑,
他便让她独自去遐想一会儿,
自己则走到船头靠上栏杆,
让船长给他讲一段故事。
(他得继续讨那位船长的欢心。)
那条船似乎曾是条奴隶贩运船。

他们曾贩运过一对黑人情侣，
但贩运者对爱情都是些旁观者，
他们对他俩的爱漠不关心。
对啦，当时船上发生了热病，
这病可以毁掉贩奴者的财运。
那黑人青年属于第一批发病者，
"把他扔到海里去，"他们嚷道，
"趁这该死的病还没开始蔓延。
因为我们得让船舱保持干净。"
但那个姑娘与他们展开了争斗，
她就像丛林里的一只野猫，
这很容易使那些人勃然大怒。
于是有人脑子里冒出个邪念，
想把深深的海底当一张婚床。
于是汤姆对迪克或哈里①说：
"这对情人显然应该结婚。
我们在海上举行过许多次葬礼，
这回变变口味，来次婚礼怎样？
要不就喜事丧事一块儿操办，
来一次婚礼加葬礼又如何？
他俩如胶似漆，不管这黑鬼
得的什么病，她也许都已染上。"

---

① 汤姆、迪克和哈里是英语中最常见的男性人名，通常用来泛指某人。

于是他俩被剥得一丝不挂，
面对面地被拦腰捆在一起，
天下多少情人因外力肆虐
而被迫劳燕分飞，各自东西，
但这对情人临死却有爱相伴，
在他俩被抛进大海之前，
他俩亲吻，吸着对方的气息。
他俩互相搂紧对方的脖子，
拥抱着沉入冰冷与黑暗，
用自身充当婚宴去喂鲨鱼。

当一个男人与其他男人交谈之后
再回到一个女人身边之时，
他往往会隐瞒一些血腥肮脏，
以免对她造成过分的伤害刺激。
"那海盗船长刚才讲什么笑话？
只听他笑却不见你露笑脸。
他好像是在自己打趣自己喝彩。
我听见他高嚷'多带劲儿呀！'
是你们男人之间的什么笑话吗？
你要是不想说，可以不告诉我。"
在一阵缺乏同情的考虑之后，
他说："好吧，如果你想知道！"
"我不相信！那不是真的！

没发生过这种事!你说是吧?"
见没法减轻极度晕船的症状,
她又一个人缩回到了底舱。
此时她的心几乎要停止跳动,
她的灵魂已快要离她而去,
不过眼下还弥留于她的肉体。
她想她已经得到了她的报应。

他对船长说:"快下命令吧,
把我们送到最近的陆地;
让我们站到一个不颠簸的地方,
看那样能不能缓解她的病情。"
他们把她送到一座无名小岛,
船在那个海湾里停泊了一阵
等着看她的病情是否会好转,
但最终还是把他俩丢在了岛上。
她的情人眼睁睁看船扬帆而去,
但一整天都没敢告诉她实情,
因为她对他的感觉已很迟钝,
连爱情本身也渐渐变得黯然。
他再也不能使她露出一丝微笑。
她最后在遐想幽思中香消玉殒。

她孤独的情人没急着离开小岛,

而是留下来为她刻了块墓碑，
墓碑上并列着她和他的名字，
四周还雕刻了一圈藤蔓花饰，
而这就是她唯一的结婚证明。
然后他利用一棵倒下的大树
凿了一条独木舟渡海逃生；
他平安地到达了非洲海岸，
可一上岸就被摩尔人囚禁。
不过那些摩尔人可真够奇怪，
竟相信了他只身渡海的航行，
于是把他送去向国王邀赏。
最后他终于回到了故国海滨。
他发现的那座小岛后来被证实，
而那名被偷的女士殒命的海湾
不是以她而是以他的姓氏命名。[①]
不过历史总是这样可能出错。
很快就这儿不是，那儿也不对，
不管时间的奖赏公平不公平。

---

① 即马希库湾。

· 以少见多 ·

彻底奉献

在我们属于这土地前她已属于我们。
在我们成为她的人民之前，她属于
我们已有一百多年。在马萨诸塞，
在弗吉尼亚，她早就是我们的土地，
可那时我们属于英国，是殖民地居民，
那时我们所拥有的尚未把我们拥有，
我们如今不再拥有的却拥有我们。
我们保留的某种东西一直使我们软弱
直到我们发现正是我们自己没有把
自己彻底奉献给我们赖以生存的土地，
于是我们立刻在奉献中获得了拯救。
（这奉献的行动就是战争的伟绩。）
我们不过如此，但我们彻底奉献自我，
献身于这片正在向西部拓展的土地，
不过她依然朴实无华，未载入史册，
她过去是这样，将来也定会如此。

三重铜墙

无限的空间如此广袤
所以上帝赐予我皮肤
作为我的内层防线。
我自己又亲手用木材

或用花岗石或用石灰
修筑起一道外层防线,
一道罪恶攻不破也爬不上的
坚如磐石的墙。

然后我们中有些人
又商定出一条国界。
于是在无限与我之间
便有了三道铁壁铜墙。

我们对地球的影响

我们要天下雨。它没有电闪雷鸣。
它没有因我们的要求而愤然作色

从而刮阵狂风。它没有误解我们，
它的给予也没有出乎我们的预料；
它没有因为我们承认希望下场雨
就给我们来场洪水把我们都淹死。
它让一阵亮晶晶的雨珠轻轻降下。
当我们让清水注入谷物的根之后
它又为我们一阵一阵地降下细雨
直到松软的土壤恢复其自然湿润。
我们也许怀疑善恶之比有失均衡，
担心大自然恶太多，却又忽视了：
若把自古以来不管太平或兵祸时
包括人性在内的自然作为整体看，
那么它对人类的善肯定稍多于恶，
即便说只多微不足道的百分之一，
不然我们的生命不会持续地繁衍，
我们对地球的影响不会日益增加。

致一个小坏蛋

(波伊提乌式的安慰)[①]

你喜欢偷用你父亲的斧子,就像
你爱用他的猎枪钓竿去打猎钓鱼。
你砍我的云杉树直到它纤维断裂,
直到它放弃亭亭玉立而嚓嚓倒地。
然后你拽住它的树枝并弯下身子
冒雪把散发着清香的它拖回家去。

我本可以为你买一棵同样好的树,
同样会被烛火烤得树脂吱吱作响,
而那点花费对于我算得了什么呢?
但人家白白施舍的树毕竟不一样,
毕竟不同于靠冒险远征弄来的树。
我不能用悔罪使你的圣诞节泡汤。

是你的那些圣诞节损害我的树林。

[①] 波伊提乌(约480—524),古罗马晚期哲学家及政治家,曾用拉丁文翻译亚里士多德的著作,因涉嫌反对东哥特人对罗马的统治而被捕并处死,在狱中时写成《哲学的慰藉》一书,书中称只要能找到生活中麻烦和灾难的原因,人便可以得到安慰。

但即便这种利益冲突会引起杀戮，
它们也更多地被认为是善的对立，
而不被认为是善与恶之间的冲突；
这使战神看上去并非十足的白痴，
虽他在战场上总同时把双方援助。

我那棵囚禁在你凸窗里的云杉树
虽然被金丝银带装饰得花枝招展
但已失去了在我山坡上的立足处，
已失去了天上的星星，哦，但愿
它树尖举向你天花板的信仰之星
让我怀着圣诞之情接受它的命运。

今天这一课

即使我们生活的这个动荡的时代
真像我听哲人们说的那样黑暗，
即使我确认这些哲人都名副其实，
我也不会咒自己同它一道下地狱；
我不会离开我一直安坐的这把椅子，
而要专心把历史往回翻一万页，
回到那些无可置疑的黑暗时代，
一边温习温习我的中古拉丁语，

一边追溯普遍原因和诗人情谊，
（无论如何——我应该，我应该）
同那些能安于天命的诗人交谈，
那些诗人生不逢时，命运乖蹇，
因此没成为圣哲大儒一代宗师，
只能在树林中把狄俄涅①咏叹，
或吟诵"春天将百花撒遍大地"②，
使古老的拉丁诗渐渐开始押韵，
从而使人淡忘了古老的时间长河，
从而使我们生活的现代社会开始。

我会说，哦，宫廷学校的老师③，
你不是查理大帝或任何人的弄臣；
请作为一名教师告诉我这名教师，
你并不知道自从查理大帝当政
你就再没有机会成为伟人，是吧？
你的光芒似乎像是射进了浓雾，

---

① 狄俄涅是西方古典神话中的提坦女神，后来的神话传说把她与赫拉相混，说她是宙斯之妻，爱神阿佛洛狄忒之母。
② 此句原文是拉丁文，出自《剑桥拉丁诗歌集》(1915)，该书英文版由乔治·F．惠彻（1889—1954）翻译并题献给弗罗斯特。
③ 指英国神学家及教育家阿尔昆（约768—804），他于公元781年应查理一世（即后来的查理大帝）之邀到法兰克王国主持宫廷学校，其间把盎格鲁-撒克逊文化传统介绍到欧洲大陆。

浓雾使你光芒黯淡并把你遮隐。
那个时代也许真应该受到谴责,
它使你未能获得维吉尔那种名声。
不过也没人听说过你有那种要求。
想必你不会认为你的学问足以
来评判这个对你已有详论的时代。
我们拥有今天,而且我知道有哪些人
深谙如何使自己的诗文出格脱韵,
使自己的辩解看起来自相矛盾。
他们总试图用太多的社会细节
去理解一个太广阔的社会环境。
要是你我能弄懂那么多统计资料——
你我的精力不能再应付的可怕资料,
那我俩也许会不寒而栗,胆战心惊,
因为我们已不可能恢复人类常态,
但却必须心如明镜地继续活着,
不然就死于自然科学的扩张延伸。
我们这样感觉——而我们并非特殊的
　　神秘主义者。

我们不能评判我们所置身的时代。
但面对它的愚昧,就让我们假装
我们的学识足以使我们知其有害。
又一个一千年很快就要结束。

让我们为此庆贺，我远方的朋友，
让我们为此来一场公开的辩论：
是我的现代还是你的中世纪更糟。
作为知名教授，你我应该有资格
展开一场非常精彩的学术争论，
看我俩谁处的时代应该得低分，
评判愚昧，或许我应该说高分。
我恰好能听见你对这问题的看法：
世上总有那么些令人遗憾的事，
苟且偷安的和平或残酷的战争。
当然，当然，我和你观点一致。
一切信仰的基础都是人类的不幸。
这问题完全值得一开始就提到。
你也许会补充，世上只有非正义，
这世界没给诗人留下选择的余地，
但怎样看这祸因，是悲剧还是喜剧。
这些也完全值得一开始就讨论。
但让我们接着谈谈我们的分歧，
若有分歧的话。让我来提个话题。
（在我俩观点不同时我们是对手，
请记住这点并一定得板起面孔。）
太空使现代人苦恼，我们讨厌太空。
太空的注视会证明我们非常渺小，
渺小得就像转瞬即逝的微生物，

在它的显微镜下,我们也许就像
在这颗最小的星球表面上蠕动。
但在这点上我们有任何优势吗?
你们被贬低成毫无价值的虫豸——
上帝几乎都不能容忍的虫豸,
这与微生物名称不同但实质一样。
我们都是因比较而被贬低的人类,
一个因同上帝比,一个因同太空比。
我一直认为现代人被贬得更低,
不过这肯定只是我独特的想法。
修道院的圣人和天文台的圣人
都会从这同一抱怨中得到安慰。
所以科学与宗教实际上互相交汇。

我恰好能听见你在召唤学生上课:
来学学如何用拉丁语唉声叹气。
你也许想用也许不想用 Eheu①。
哦,十二位武士,今天这一课
是学不高兴时如何做到彬彬有礼。

---

① 拉丁文叹词,可用以表示悲痛、遗憾、怜悯等等。

罗兰和奥里佛①都应召而来，
还有一个个窘迫的贵族和骑士，
他们都已在战斗中经受过考验，
如今却在学校里坐下来尝试
看能否像贺拉斯那样撰文赋诗，
能否像基督徒一样接受训导：
要时时刻刻用心考虑来生来世。
人终有一死，所以得服从上帝。
艺术和宗教都喜欢忧郁的心境。
地球终归不是灵魂获救之地，
但要是它能被置于国家控制之下，
我们全都会自然而然地获得拯救，
它与天国的分隔也可以消失；
它满可以顷刻之间就成为天国。
（也许这要等到下一个千年期。）

但这些都是共相，或者说普遍现象，
不受时间、空间或人种的局限。
我们既不是虚无亦非上帝的遗憾。
通常当哲学家们聚集到一起，

---

① 罗兰（相传是查理大帝的侄子）和他的朋友奥里佛均属于查理大帝手下的十二武士。他俩在隆世福山谷战斗中牺牲，后来成为包括《罗兰之歌》在内的许多传奇文学所歌颂的英雄。

不管他们大胆地想有什么发现，
不管他们是据何特殊情况进行推理，
他们是哲学家，而出于老习惯
他们都会结束于普遍的完整体系，
像任何一只兔子那样毫无创见。
我告诉你，一个时代本质上会像
另一个时代，你还一句话都没说，
除了我借你之口说出来的这些。
我正按我的方式进行全部的辩论——
但对你有利——请告诉你们国王——
我承认你说的每个时代都既有光明
又有黑暗，你我的时代同样黑暗。
我是自由主义者。你是贵族之一员，
你可能不清楚我这话是什么意思。
我是说具有如此利他主义的品行
我在争论中绝不会偏袒任何一方。
我会抓住他那只握着权杖的手，
身子往椅背上一仰并偷偷发笑，
然后告诉他我曾读过他的墓志铭。①

---

① 史书并无查理大帝自撰墓志铭的记载。旁人替他撰的墓志铭内容大致是：此墓中安息着伟大的罗马人的皇帝查理的肉体。他曾荣耀地拓展法兰克王国的疆土。他四十七年的统治使国家繁荣昌盛。他死于公元 814 年 1 月 28 日，享年七十岁。

他的墓志铭使我最近去了趟墓地。
墓地里唯一的另一活人离我很远,
他拎着一个洒水壶在墓地另一边,
在一个特别的角落里默默祈祷。
他在那儿是要让死去的花儿复活
(你别误以为那些花早化为尘土);
但我去那儿只是为了读读墓碑,
看墓碑上一般都必须写些什么,
看它们说一个人可以期望活多久,
近来我对这问题越来越感兴趣。
看来在这一点上人们有许多选择:
凝固在墓碑上的寿数长短不等,
短则几小时几月,长则许多年,
有个人在世上活了一百零八岁。
但虽说我们每个人可能都倾向于
等待并注视国家的某种发展,
或想看到科学发明会有什么结果,
但我们在世的时间总有个限度,
我们都注定有朝一日要撒手人寰,
国家和整个人类也终有其末日,
连我们赖以生存的地球也可能
在某一天突然莫名其妙地毁灭。
(于是才会有那么多文人悲泣,
有那么多我倾向于嘲笑的泪水。)

我过去或许也曾为天下人悲叹,

叹其一命呜呼,叹其痛失良机,

叹其财运、官运或桃花运不济,

实际上这全是对我自己的嘲讽。

我会和其他人一样接受我的遗憾。

上帝只顾他自己,不保佑任何人。

我会记住你的教诲:人终有一死。[①]

如果需要段墓志铭来概括我的一生,

我愿自己为自己写一个短句。

我也许会在自己的墓碑上这样写道:

我与这世界有过一场情人间的争吵。[②]

[①] 阿尔昆用拉丁文为自己撰写的墓志铭是篇较长的韵文,其大意是:"嘿,旅行者,请在我坟头小坐,/请用心把我这番话琢磨,/你会因此而认识自己的命运:/你的皮囊将会同我的如出一辙。/你今天怎样,声名显赫,我一直都闻名遐迩,旅行者,/而我的此刻将是你的彼刻。/我在世时曾徒然寻欢作乐,/而今我为尘土任蛆虫吃喝。/所以请记住与其善待肉体,/不如对灵魂多加关怀体贴,/因灵魂永存,肉体将泯灭。/你为何要追求土地财富?/你看我这墓穴多么窄小,/你的墓穴也会同样逼仄。/你为何迫不及待要紫袍加身?/那要不了多久就会被蛆虫吞没。/你的肉体和荣耀终将会消失,/正如秋风一来百花都得凋落……"墓志铭的结尾两句是:"我在世时名叫阿尔昆,学问是我的爱好。/当你静读这篇铭文时,请为我祈祷。"

[②] 这行诗后来被刻在弗罗斯特的墓碑上。

· 中途小憩 ·

中途小憩

正是那一阵小憩使他意识到
他正在攀登的那座山有道坡
犹如一本书竖立在他的眼前
（虽然掩在花中但仍是本书）。
矮茱萸、金线草和五月铃兰，①
他一边阅读一边触摸那些花，
花正在凋谢，种子即将成熟；
但重要的是那道坡使他想到：
阅读的目光就像思索的目光，
不同于蔑视敌人的严厉目光，
也不同于对战争的平静注视。
它是阵不屈不挠的徐徐清风，
虽然可以被运动和帮派惊扰，
但它总会有沉思冥想的时候。

---

① 均为多年生植物：矮茱萸即御膳橘；金线草株形美丽，根如金线；五月铃兰是一种百合科植物，开小白花。

致冬日遇见的一只飞蛾

这是在衣袋里暖透的没戴手套的手,
树林与树林之间的一个栖息之地,
你这黑眼褐斑银光闪闪的飞蛾哟,
为啥不合上翅膀安歇,却仍在展翅?
(凭那些特征,我不知你究竟是谁,
不知飞蛾是否像花一样需要我帮助?)
现在请告诉我是什么用虚假的希望
引诱你进行这场没有尽头的冒险,
引诱你在这隆冬时节寻求同类的爱?
请停下听我把话说完。我当然认为
你会不辞辛劳飞向那么虚幻的一位,
在自勉自励中把自己累得筋疲力尽。
你不会找到爱,爱也不会找到你。
你让我感到可怜的是某种人情味,
那种古老的无可救药的不合时宜,
那就是世间一切不幸的唯一原因。
但去吧。你没错。我同情也没用。
去吧,直到你翅膀湿透,被迫停止。
你肯定是天生就比我更具有智慧,
所以知道我一时冲动伸出的这只手,

这只能帮你越过附近每道鸿沟的手,
可以够着你,但够不着你的命运。
我够不着你的生命,更不用说救你,
因我暂时得竭尽全力救我自己的命。

值得注意的小点
（用显微镜看到的）

除如此白的稿笺外,一个在任何
纸上都不可能被我看到的小点
开始爬过我已经写下的字行。
刚才我懒懒把笔悬在稿笺上方,
结果一滴墨水挡住了它的去路,
这时它的奇特之处引起我沉思。
它绝不是我呼出的气吹来的尘埃,
而分明是一只活生生的小虫,
具有它能声称属于它自己的意向。
它稍稍一停,像是怀疑我的笔,
接着又开始疯狂地向前爬动,
爬到我手稿上墨迹未干的地方;
然后它又停下,尝了尝或闻了闻——
显出厌恶,因为它又拼命逃开。
我显然在和一种灵性打交道。

它看上去太小，小得没地方长脚，
但想必它长有足够多的脚，
用以表明它是多么不想死去。
它惊恐地逃奔，狡诈地迂回。
但它动摇了，我能看出它犹豫；
最后在稿笺中央的开阔地带
它终于绝望地把身子蜷作一团，
准备听天由命，任我怎样处置。
我并不比你们任何人更有柔情，
也没有集体主义的标准化的爱，
那种正在席卷这个现代社会的爱。
但眼下，这可怜的小东西哟！
既然它并非我所知的邪恶之物，
我让它蜷在那儿直到我相信它睡着。

我有自己的意向，而且不管遇见
怎样伪装的意向我都能认出。
没人能知道我会有多么高兴，当我
在任何纸上发现丝毫意向的流露。

迷路的信徒

如我所知他们都热情而高尚，

他们弃金色诗篇去追求的财富
不是从黑暗矿井里挖出的黄金
而是一种金灿灿的神圣光芒。

神灵跟我们开奇怪的宗教玩笑，
不管对哪尊神我们都感恩戴德。
还不曾有人离开诗人的行列
是为了联合一家家有钱的银行。

诗歌蒙受的损失，背信的危险
通常总是朝着相反的方向。
有些人像雪莱那样心灰意冷[①]
于是转向去尝试看再来次普选

能否抄近路引我们到最后阶段——
那些印在精美书页上、为美而
洋溢着金色激情的诗行未带给
我们的阶段——我是说黄金时代。

若这不可能（没十拿九稳的事），
那至少可以接受没有金光的贫穷，
忍受没有金光所必须忍受的现实。

[①] 参见雪莱《心灰意冷时写于那不勒斯附近的诗行》（1818）。

这历来是诗歌抗拒诱惑的美德。

缪斯会为他悲哀,他很久以前
就隐入了城市某条深深的街道,
他那位与他分食面包皮的新娘
对社会的败坏和他一样沉重。

这已证明,即便在开玩笑时
与如此危险的朋友进行争论,
你们一心一意追求的千年天国
不会因国家控制的金钱的恩惠

或因保皇派或教皇派的政治主张
就出现在人类发展的最后阶段,
而是像书一样在你身边的书架上,
或甚至像神一样在你的心中。

他太相信我的爱,故未屈尊作答。
但在他悲伤的目光中,有种
东西是关于一个天国,(一个
尚未降临人世)他欲追求的天国。

十 一 月

我们看见树叶纷纷飘落,
然后几乎像是在流浪
顺着小路慢慢飘走,
最后终于结束其行程,
在一天的暴风雨中
零落成泥,化为乌有。
我们听见一声喊叫"完了"。
一年的树叶全被浪费。
唉,我们总夸耀自己
会储藏,会节约,会保存,
但却只是凭着忽略
睡觉时间的浪费,
喜极而泣的浪费,
只是凭着否认和忽略
交战各国的浪费。

猎 兔 者

那位猎手静静地

潜伏，漫不经心地
让猎枪平卧，
独自望着那片
桤树丛生的
雪白的沼泽地。
而他的猎犬
像着了魔似的
在不远处折腾，
欢天喜地地吠叫，
嬉耍着追逐，
把身影朦胧的野兔
赶到他枪口下，
让他开火
并造成一次死亡，
一次他（和我）
都没有能力
理解的死亡。

松动的山

（用望远镜看到的）

你昨晚熬夜（东方三贤士[①]就没睡）
看了黄道带狮子座的流星雨吗，
那场一年一度凭手或凭器械
那么神秘地抛向我们的流星雨？
它们不过是摩擦燃烧的碎石尘埃，
无疑是直端端冲着我们头顶而来，
像一群手持火把火炬的叛乱分子
在反抗漫漫黑夜自古以来的统治。
虚幻的闪光，空包弹的迸发，流星
绝不会到达地球，除非作为灰尘，
你脸上丝毫也不会感觉、露珠上
也不会留下一丝一毫痕迹的灰尘。
然而这场流星雨给了我们一个暗示：
那座靠近我们的松动摇晃的山，
那座近来显得在阳光中闪烁的山

[①] 指《新约·马太福音》第2章记载的前往伯利恒朝拜初生耶稣的三位智者，相传他们是研究天象以测未来的星象家。

是巴利阿里投石器①中的某种东西，
是那个皮肤黝黑的残忍的外星巨人②
依然保留在黄道带的某种东西，
但由于他背地里还在犹豫不决，
不知进入我们的轨道最好在何时，
所以我们绝不可能受到它的撞击。

快到 2000 年

为开始这个旧世界
我们有过一个黄金时代——
其金并非采自金矿的金，
于是某些人说有迹象
第二个黄金时代已到来，
那个真正的千年王国③，
它将结束于最后的

---

① 人们推测，地中海西部的巴利阿里群岛之所以得其名，是因为该岛的古代居民擅用投射器具（巴利阿里是希腊文 βελεαρες 的音译，意为"投掷"）。
② 此行原文为 The heartless and enormous Outer Black，语焉不详，无从考证；疑指希腊神话中的大力神赫剌克勒斯，因为传说狮子座即由赫剌克勒斯打死的那头涅墨亚狮子幻化而成。
③ 亦称"千年天园"或"千禧年"，基督教神学用语，指基督复活并为王的一千年。

金光闪耀。若果真如此
（科学应该知道）
我们会从正在除草的
花坛和正在评注的书上
抬起头来
观看这个辉煌的结局。

· 微乎其微 ·

在一首诗中

评判可无忧无虑地进行,
可调侃可针砭亦可打油,
如它一如既往畅所欲言,
稳稳地保持节拍和节奏。

我们对失势者的同情

先由下而上,然后又一头栽下,
我们看到两条狗在玩轮圈杂耍,
参议员无一敢进场将它俩踢开,
怕它们隔着托加袍① 咬他一下。

一个问题

一个声音说,地球上的人哟,

---

① 托加袍是古罗马人穿的一种宽松衣袍,美国人用来指参议员之职位。

看看天上的我并老实告诉我
是否灵魂和肉体的全部伤疤
都还不足以作为出生的代价。

比 奥 夏

我喜欢玩味柏拉图的看法
智慧并不非得那么阿提卡,
可以拉哥尼亚甚至比奥夏。①
至少我不会让智慧系统化。

秘密安坐

我们爱围成圈跳舞并东想西猜,
可秘密却安坐圈内并明明白白。

---

① 阿提卡、拉哥尼亚和比奥夏均为古希腊地名,它们派生的形容词 Attic、Laconic 和 Boeotian 分别可译为古雅的、简洁的和愚笨的。

平衡者[1]

如凯撒之名即凯撒那么真实，
经济学家谁也比不上他明智
（尽管他爱浪费，瞧不起资本，
而且还把节约称之为小气）。
当我们的财富分配极不公平，
他脑子里却想到了公共卫生，
为了让穷人不必偷偷行窃，
我们时不时应该有个平衡者。

不彻底的革命

我主张进行一种不彻底的革命，
因一场彻底革命的麻烦就在于
（去问可敬的玫瑰十字会会员）[2]
它总会让同一个阶级登上峰顶。

---

[1] 此诗和下一首都在暗讽富兰克林·罗斯福和他的新政。
[2] 玫瑰十字会乃十七、十八世纪间流行于西方的一个宗教秘密社，自称有古传秘术。

所以当局训练有素的管理者们
应该让制定的计划能半途停顿。
千真万确，革命是治病之良药，
但也是件应该只做一半的事情。

自　信

我相信感觉实际上蔑视
在舷窗玻璃和镶窗玻璃
的那两圈黄铜环后面的
只有一英寸之隔的危险。

答　复

感谢你，孩子，除了在极乐世界
我还不曾遇见过一位被赐福的人。

· 回归 ·

非法侵入

我的确没设禁止入内的告示,
我这片土地也没有围上栅栏。
然而这片土地是属于我的,
当时我的确受到打扰和冒犯。

不管是谁那么放肆那么随便
不经我允许就闯入我的地盘
在我的树林小溪旁奔走忙碌,
都使我度过了不自在的一天。

他当时也许正在翻石头书页,
翻看早已绝种的三叶虫画册,
这地方就因这种化石而闻名,
但是几乎没有化石的所有权。

使我一再掉头看钟的并不是
我可以失去的节肢动物标本
和岩石标本所具有的价值,
而是他对标本属谁全然不理。

最后他终于稍稍表示了承认：
他到我厨房门口来讨杯水喝，
这也许是他不得不找的借口，
但这使我的财产再次属于我。

一个自然音符

四五只三声夜鹰[①]
从它们出生的岩脊
飞到这开阔地边缘
来给我们一阵叫声。

有两只六月时是一对——
你曾老说它们够吵，
可这是一大家子，
羽毛丰满的一大家子。

全都不合拍地乱叫！
我没有参与那玩笑
除非它们是来走亲戚，
来假装向我们告别。

---

① 参见本书第7页《荒屋》脚注。

我留意过此事的日期,
那是九月二十三日,
我记得它们最后一次来
是在九月二十三日。

咏家乡的卵石

我经营着一片遍地卵石的牧场,
卵石像满满一篮鸡蛋令人动心,
虽说它们无人稀罕,一钱不值,
可我依然想知道这是否有意思——

若是我捡块卵石寄给远方的你。
你住的地方有三十尺厚的土层,
每一英亩沃土都够你丰衣足食,
土细得就像面包房筛过的面粉。

我会给你运去一块光滑的卵石,
让你能够抚摸并竖在你庭院中,
像一尊古老的帕拉斯[①]女神雕像,
以守护西部并保持古老的传统。

[①] 即智慧女神雅典娜,她亦是雅典人的保护神。

别在石上刻字,对质询和嘲笑,
你尽可以用下面的话进行自卫:
"这是我祖父精神的真实写照。
再说它来自他来自的那个地方。"

未到上学年龄

转过了一个又一个路口,
风吹袭的树林没有尽头。
我仅仅遇见了一座房子,
我仅仅交上了一个朋友。

一个孩子在那房子外面,
开始他疑惑地犹豫不安,
但他终于迎风对我说话,
风使他不得不高声叫喊。

他脸蛋上沾有苹果黄粉,
吃剩的苹果攥在他手心,
他扬起小手顺着路指去,
像一位将军在发号施令。

他母亲从屋里探出头来

关注她这个小小的儿子
当她看见我在她家门外,
一时间不知出了什么事。

那孩子的口齿不太清楚。
但我慢慢也听出了眉目。
他说某个我能去的地方——
他不能但我能去的去处。

他不能去,因为他太小,
恐怕他当时四岁都不到。
对啦,他要我去趟学校,
那儿有面大旗,你知道

那面有红条白条、蓝底
和白星星的壮观的大旗,
他打赌说那天旗没挂出,
我愿去看他是否正确吗?

轻松地迈出重要的一步

在地图上两段齿线之间
有一条脑袋凹陷的长蛇。

齿线是山，长蛇是溪流，
凹陷的舌头则是个湖泊。

标在一个地名前的圆点
应该是一个小小的镇子。
而我们只消再攒点儿钱
就可以在那儿买座房子。

曾因为车轮陷入了水沟，
我们离开了闷热的汽车，
偶然敲了一座房子的门，
如今我们在此安居乐业。

在浩瀚的大西洋的这边
这房子已经历了三百年，
其间主人姓名一再变换。
我们要让它再过三百年。

以我们的姓氏在此牧耕，
远离喧嚣但非弃世绝尘，
让土壤肥沃，牛羊成群，
常修补篱笆，修葺屋顶。

那将是十万个日日夜夜，

其间有每日的头版新闻,
会有六场大规模的战争,
还有四十五个美国总统。①

有文化的农夫和金星

一首过时的科普集锦曲
关于最近傍晚时分见于西方
天际的一种神秘之光

暮色中我突兀地敲响那扇房门
使厨房里顿时响起一阵嘈杂之声,
椅腿碰响地板,刀叉敲响杯盘,
人声则像候选人们在唇枪舌剑。
一个魁梧的农夫猛地把门打开,
他和他的一大群孩子涌了出来,
我们以平等的地位相向而立,
当时正是敲门有益的大好时机。

"我停下来是想说你们真幸运,
在家门口便可欣赏那美丽的星星。

---

① 弗罗斯特曾在致友人的信中解释说:"三十个总统的八年任期加十五个总统的四年任期恰好等于三百年。"

如此遥看那晚霞中唯一的光芒
你也许会以为那是西坠的太阳,
是太阳没按它正常的方式下落,
而是悬在西边天际慢慢地收缩,
缩得那么微小,仿佛已经消隐,
但实际上却在那儿注视夜晚来临——
就像某个死者被允许逗留人间,
有足够的时间看他是否被怀念。
我未见落日西坠。难道它已沉西?
有谁敢发誓说那团光不是落日?
今晚你能否让我在此留宿过夜?
如果不能,给杯牛奶喝也行。"

"过路人哟,很高兴你问起那光。
你心头预感到这事有点不正常,
所以不问个明明白白清清楚楚,
你自然不会心安理得继续赶路。
真是凑巧,你刚好求助于我们,
你来之前我们正在说这件事情。
那儿有一颗名叫天狼星[1]的恒星,
但这团光的性质与之大相径庭。
此光出现在那里已经有好几年,

---

[1] 即大犬座 α 星,夜空中很明亮的一颗恒星。

尽管有时候我们以为它已消散。
你会听见各种说法，遇见有些人，
他们会告诉你那是伯利恒之星①
正照耀着某个躺在马槽里的圣人。
但过路人哟，应把那视为迷信。
干吗需要一颗篮球般大的星星？
在咱俩看来那压根儿就不是星星，
而是一种最近才发明的新型电灯，
被那个新泽西人升起来做实验，
所以现在可预料未来将大有改变，
人类发展将受到决定性的推动，
我们将被变成将要成为的新的人种，
除非半个世纪以来的激烈争论——
猴子变人的学说——是奇谈怪论，
出错的不是《圣经》，而是达尔文。
我们将变成什么，争论相持不下，
我想你对此肯定会有自己的看法。"

"作为自由主义者，我非常乐意
被任何显然更优秀的人种取而代之，
不管那个人种的皮肤是什么颜色。

---

① 指耶稣诞生时出现在伯利恒上空的那颗星。参见《新约·马太福音》第2章。

（可白人是怎样的一个人种啊！）
我曾听一个家伙举行公开演说，
讲普韦布洛印第安人及其建筑风格，[①]
他宣称这该死的世界若由他们继承，
祖先留下的这份遗产才算值得。
不过就说这话的那位演说者而言，
在印第安人受到进一步迫害之前，
他早已赚到了旅费，买到了船票，
登上了他返回故里的'五月花号'。
但听我说，你的谈吐像挺有见识，
你该不会认为那团光不是颗星星？"

"认为？我知道它不是颗星星。
任何无云的夜晚都可对它做出说明。
你会看见它只被允许升得那么高，
在西天它大概也只能升到半道，
然后就悠悠缓缓地被拉回大地。
你若住在城里，对此也许不注意，
我猜你是住在城里。城市生活
会妨碍你注意天空里发生些什么。
这计划毫无疑问是要努力尝试

[①] 普韦布洛族印第安人生活在美国亚利桑那州东北部和新墨西哥州西北部地区。他们居住的村落建筑由梯形多层平顶的城堡式结构组成。

以太阳在白天普照大地的方式
用一团像人造太阳的巨大电光
把黑沉沉的漫漫长夜照得透亮。"

"繁星闪烁可使夜空更有色彩，
而且在一些有智慧的人看来
星光比任何灯光弧光都更适用，
因为它们的目的只是烁烁闪闪，
而不是要彻底驱除宝贵的黑暗。
我们需要黑夜来与白天交替，
以便过度紧张时分散下注意力，
中断一下我们太长的逻辑思维，
问问我们的前提是对还是不对。"

"瞎说，瞎说，真是感情用事！
这么说话对你有百害而无一利。
我算是了解你了，让人类永远
免除黑暗的希望也不能使你激动。
有人总把无知与天真混为一谈。
让黑暗包裹我们吧，浓密的黑暗。
奴隶永远都不知感激他的解放者，
而这往往使解放者感到苦涩。"

"总之，你认为那颗星是爱迪生

先生用来医治这个世界的专利药品。"

"你说对了——我的确这般认为。
我在泽西城的儿子说他有个朋友
认识那个老人,说没人像他那样
专注于白炽灯并且放弃睡眠。
那老人证明科学已使速度跌价。
现在需要一种廉价的照明工具。
若让我们一天有廉价的二十四小时,
而且二十四小时分秒都不浪费,
那谁敢说有什么事我们做不到呢?
在睡眠和缓慢中浪费时间是犯大罪。
那老人自己就已经放弃了睡眠,
这使那张脸浮肿并变得粗暴。
你会认为那丑陋的外观非常可怕,
认为那是下床下错了方向的缘故。①
认为那也许是人类仇恨的根源,
而且很可能是引起战争的原因。
只要人们不从错误的一边下床,
这世上将既无杀戮也没有战争。
你知道人类被创造得多么精巧:

---

① 西方迷信认为,从正确的一边下床会带来好运,从错误的一边下床会使人整天脾气暴躁。

我们一手充满仁爱一手充满仇恨。
仁爱之手使我们彼此相亲相爱，
然而我们却用仇恨之手互相争斗。
但争斗不能比攫取掠夺更为激烈，
不然我们很快就会斗得两败俱伤，
这样争斗还斗不满一局就会结束。
可两败俱伤的情况也非常糟糕，
所以要是我们开始一天时从正确
的一边下床就能避免冲突争斗，
那我们欢迎这药方。但他却说
经过实验发现，床没有正确的一边。
问题就在于，有了那种爱的处方，
床却没有正确的一边供我们下床。
我们不能被托付给我们的睡眠，
而必须逐步养成永远不睡的习惯。
他认为桌子椅子将会永远存在，
但卧床——他坚信不出五十年
这种家具就将从地球上一去不返。
他肯定集中心思想过床的事情，
我们没有必要为这种事伤脑筋，
因为我们凡夫俗子没那份智力。
智力最好是留给他那一类伟人，
除了造福于我们他们没别的目的。
这世上还有那么多弄不懂的事情。

当人类还在河边洞穴里栖身之时,
为了把洞穴附近的翼手龙①吓跑,
并未限制生火时不能烧何种东西,
这难道不是对今人的一种告诫?"

"一九二六年不可思议的世界。"

---

① 一种古代爬行动物,属飞龙类,生存于侏罗纪与白垩纪之间。

绒毛绣线菊[*]

（1947）

---

[*] 弗罗斯特把《绒毛绣线菊》初版献给他孙子普雷斯科特、外孙约翰和哈罗德以及外孙女埃莉诺·弗朗西斯、莱斯利·李和玛乔丽·罗宾等。

一株幼小的白桦

那棵白桦开始褪去绿色的胎衣,
渐渐露出它胎衣下白色的树皮,
若是你喜欢这幼小纤细的白桦,
那可能早就注意到了这种变化。
它不久就会一身素白高大巍然,
使白日成双,把黑夜劈成两半,
树皮白皙如雪,唯有树冠青翠,
这周围的树就数它最勇敢无畏;
凭着天生丽质它不怕依偎蓝天,
恐怕轻信的美人也没这么大胆。
某个爱回忆往事的人将会回忆
有次在顺着墙根砍除灌木之时
他大开杀戒却偏对它刀下留情,
那时它的树干还细如一根蔓藤,
后来慢慢长得像钓鱼竿那么粗,
但最后终于长成那么一棵大树,
连你雇来的那位最能干的帮工,
也知道它在那儿就是让人赞颂,
知道他若是趁你读书或者外出时
将它砍倒,那他将会被解雇。

它是美的化身，是上天的赐予，
它将作为装饰品度过它的时日。

总该有点希望

肯定会照眼下的方式发生，
不久之后，牲口不爱吃的
白花绣线菊和绒毛绣线菊
就将挤掉牲口爱吃的牧草。

然后能做的事情就是等候，
等枫树白桦云杉破土而出
挤过头顶的绣线菊属灌木，
以类似的方式把它们挤走。

在这乱石中耕耘得不偿失。
所以趁树木在增长其年轮，
趁它们的长树枝横行霸道，
你最好去忙乎些别的事情。

等树木成材时再将其伐倒，
于是你的土地将恢复原貌，
将摆脱花艳但无用的杂草，

再一次准备为牧草所拥有。

我们可以设百年为一周期。
这样深谋远虑就不会干预
一种我们可能都有的美德,
除非有一个政府出面干涉。

要学会忍耐并学会向前看,
有些事我们只能听其自然。
虽说希望不可能养殖牛羊,
但据说它可以把农人滋养。

后退一步[①]

不仅仅是沙子和碎石
又开始继续流动,
而且大量的巨砾卵石
裹着吞噬一切的泥沙
也轰轰地互相碰撞着

[①] 据诗人自述,写这首诗的灵感来自他目睹的一场山洪,当时他正乘火车穿越亚利桑那,见暴雨造成的一股巨大山洪冲向一座横跨干涸河床的桥,一辆刚上桥的汽车急速倒车,刚倒回桥头,桥就被洪水冲垮。

开始冲下那条山沟。
一座座山头裂成碎片。
在这场全球危机中
我感到脚下大地在晃动。
但凭着后退一步
我避免了坠入深渊。
一个撕裂的世界从我身边
逝去。然后风停雨住,
太阳出来把我晒干。

指 令

抽身离开我们难应付的这所有一切,
回归一个因失去细节而简单的年代,
一个像墓园里的石雕因风吹日晒
而变得凋零衰飒支离破碎的年代,
在一个如今已不再是市镇的市镇里,
在一座如今已不再是农场的农场上,
有一幢如今已不再是房子的房子。
要是你让一个实际上只会使你迷路
的向导为你引路,那里的道路
也许会显得仿佛一直是个采石场——
昔日的城镇,一块块巨大的基石,

早已不再佯装有屋顶遮盖的模样。
在一本书中有段关于这古镇的记载:
除大车的铁轮留下的辙痕之外,
岩壁上划有从西北向东南的直线,
那是一条巨大的冰川雕凿的作品,
而那条冰川的底部支撑着北极。
你千万别介意来自那条冰川的寒冷
据说依然还逗留在潘瑟山这一侧。①
你也不必介意会经受一系列考验,②
比如说来自四十个地窖口的窥视,
就当那是来自四十只木桶的目光。
至于说那片树林在你头顶上骚动,
使它们的树叶发出窸窸窣窣之声,
就权把那归咎于树林的狂妄无知。
试问约二十年前它们都在哪里?
现在竟自命不凡地以为已经盖过
那几株被啄木鸟啄空的老苹果树。
你自己谱写一曲令人振奋的歌吧,
唱这条曾是某人干活后回家的路,
那人说不定正徒步走在你的前面,

---

① 潘瑟山是阿迪朗达克山脉之一山峰,位于美国纽约州东北部。"这一侧"指靠佛蒙特州这一侧。

② "一系列考验"之英文原文"the serial ordeal"可能使一些英美读者联想到亚瑟王的圆桌骑士在寻找圣杯的途中所经受的各种考验。

或赶着辆嘎吱嘎吱作响的运粮车。
这番探寻的顶点就是这地方的顶点,
有两种村社文化曾在这儿相互交融。
如今那两种文化都早已经湮灭。
若你因舍弃得够多而获得了自我,[①]
拐进梯级路后就在身后竖块招牌,
标明除你我之外任何人不得进入。
然后请像回到家里一样无拘无束。
这儿如今只留下鞍伤般大小一块地。
当初那里是孩子们玩耍的游戏室,
现在散落在一棵松树下的破餐具
便是当年游戏室里孩子们的玩具。
先悲叹这等小玩意儿竟使他们快活,
再悲叹那幢房子如今已不再是房子,
而只是一个被野丁香覆盖的地窖口,
像生面团上的凹坑正慢慢合拢。
认真说来这是幢房子,不是游戏室。
你的终点和你的命运是一条小溪,
小溪就发源于那座房子里的水,
像一股清洌的泉水刚刚冒出泉眼,
那么高洁那么原始以至不汹涌。

---

① 《新约·马太福音》第10章第38—39节云:"不背着十字架跟随我者,不配做我的门徒。获得生命者将失去生命,但为我舍弃生命者将获得生命。"

（我们知道谷间溪流在汹涌之时，
会把它们的碎片挂在荆棘枝头。）
在泉水边一棵苍老的雪松下面，
在老雪松拱起的树根形成的洞中，
我一直藏有一个摔坏的高脚酒杯，
它像有魔力的圣杯，恶人看不见，
因此恶人像圣马可所言不可能得救。①
（我是从孩子们的屋中偷得这酒杯。）
这儿就是你的泉水和饮水之处。
喝下去你便可超越混乱重获新生。

太为河流担心

顺着这长谷望去，可见一座大山，
有人说过那儿就是世界的尽头。
那这条河怎么办，它既然已经形成，
就必须找个地方流入，直到流干？
我没见过这么急的水腾不起云雾。
唉，我通常总是太为河流担心，
以致不把流出山谷的事留给它们。

---

① 《新约·马可福音》第4章第11—12节云："天国的奥秘只对你们明言，对外人讲则只用隐喻；让他们看，但却看不明，让他们听，但却听不清……他们就难以得到救赎。"

实际上这条河会流进那条峡谷——
谷名叫"别再问与我们无关的事",
因为我们迟早都得在某处停下。
太远的远处没地方供我们迷路。
让黑暗一下子从四面八方紧紧地
包裹我们,这也许是一种幸运。
这世界如我们所知是一乘象轿,
而驮轿的象站在一只海龟的背上,
海龟则匍匐于大洋中的一块岩石。
在科学吹灭孩子们眼前的灯光
并告诉他们故事结尾在梦中之前,
她还能把一个故事讲多长多久?
"你们会梦见故事并在明天讲出。"
我们曾被熔化,我们曾是云雾。①
什么使我们燃烧,什么使我们循环,
也许伊壁鸠鲁的信徒卢克莱修
会说那是可构成万物的某种东西,
我们无须像他老师那样进入太空
去证明那是努力,是爱的尝试。②

---

① 《新约·雅各书》第4章第14节云:"你们的生命是什么呢?那不过是一片云雾,转瞬即逝。"
② 卢克莱修(约公元前99—前55)在其哲学教诲长诗《物性论》中用伊壁鸠鲁的原子学说来解释宇宙现象,以为支配宇宙的不是变化无常的推动力,而是一种可用无限的结合方式构成万物的原子。

我家乡邮信箱里一封没贴邮票的信

昨晚你家的看门狗叫个不停,
于是你一度起床点亮了灯。
其实那并非有人来撬门拗锁,
而是我往你家的乡邮信箱里
投下了这封没贴邮票的短信,
告诉你只不过是一个流浪者
借用你家的牧场露宿过夜。
一株株形同黑桃牌点的幼杉
围成了一片片林间空地,
在黑暗中显得那么整齐均匀,
简直就像城里的一个公园。
我决定在一棵杜松下过夜,
那棵杜松垂得低低的枝叶
就像一条毯子把我遮盖,
既可挡住露水又可保暖,
但却一点不妨碍我的视线
使我整夜都能看到头顶苍天。
大概是凌晨两点钟左右
我身下一块石头的棱角
从草丛和蕨丛间渐渐冒出,

我醒了过来，但不敢翻身，
甚至不敢分开交叉的双腿，
唯恐宝贵的热量白白散失，
我下半夜再也没法暖和身子，
这时候由于两颗星星的结合
而形成的一团巨大的流火
拖着一条光带划过西天。
眼见在天国恒定不动的苍穹
有这番毋庸置疑的动静，
于是我这个流浪的占星家
自己也感到了同样的骚动，
只是在内心。在脑海里
两段被久久深埋的记忆
战栗着扑向对方，一块儿
轻声交谈，一块儿悄然而行：
于是人们百思不得其解的一切
一下子全都变得清晰明白。
请原谅，我非自愿的主人哟，
如果我显得有点言过其实。
不过你自己可能也同样看见了，
哪怕是透过生锈的纱窗，
上天显现给你客人的征兆。
个人最了解个人的洞察力。
你也有过你自己的机会。

想必也曾有事情发生在你眼前，
而你肯定也想到过一些事情，
即使不因为像这样在外露宿，
那也是因为你所从事的工作，
在你干得挺不错的农活中。
而这在一定程度上驱使
我自己，不花一分邮费，
告诉你我信中所说的这些。

致一位古人

你因这两样东西而永垂不朽。
一样由你变成一样由你造就。
真遗憾你的名字已无从考究。

实际上我们只要朝远处凝眸，
就会见一样东西在小河之洲，
另一样在你曾经做饭的洞口。

发现这样一处古代人类遗迹
似乎同发现人类一样有意义，
如同与一个活人面对面相遇。

我们据泥沙厚度算你的年月,
我们议论你生性可能很粗野,
而这一点令我们都大惑不解。

你造出这石器,你变成白骨,
而这白骨更是你的独有之物,
看来单凭它就足以流传千古。

你使得我想问要是我想不朽,
是否我非得靠写诗获得成就?
难道凭我这把老骨头还不够?

· 夜曲五首 ·

长 明 灯

夜里她总得把一盏灯点燃
放在阁楼上她的床边。
这使她常从噩梦中惊醒,
但却便于上帝守护她的灵魂。
笼罩她的黑暗被赶跑,
而我仍然日夜被黑暗笼罩,
如我所料,在我的前面
还有最浓的黑暗令我胆寒。

若是我烦忧

在对面那座高高的山上,
在我以为没有道路的地方,
一盏车灯闪出炫目的光彩
开始蹦下一道花岗石台阶,
像是一颗星星刚落到地上。
在与那山相望的我家树林中
我被那并不熟悉的光所触动,

它使我感到不再那么孤独，
因若是今宵黑夜令我烦忧，
旅行者也没法消除我的忧愁。

故作勇敢

难道我不是一走夜路就抬眼望天
小心翼翼地盯着头顶上那些星星，
那些坠落时很可能砸上我的星星？
这是我不得不冒而且冒过的风险。

查明有何事发生

我可以去干更糟糕的工作
也不愿充当这夜空观察者，
因为天上若掉下任何星星
观察者都得将其情况查明。

即使坠落的星星只有一粒，
即使那粒星星小得像珍珠，
我仍然得查实并做出报告
是某个星团有粒星星短少。

我肯定有充分的理由踌躇，
唯恐惊吓了教会或者政府，
譬如说宣布有颗星星坠落
从十字星座或从仙王星座。

要弄清哪颗星星我没看见，
我将不得不翻看星宿清单，
核对看得见的每一颗星星。
这可能使我通宵忙个不停。

在漫漫长夜

我要在那堕指裂肤的地方，
在罗盘针始终竖立的地方，
和一位寂寞的朋友一道
建起我的水晶玻璃小房。

我们会朝炉火上浇油，
会因没书读而背诵旧章。
我们会从小屋鱼贯而出，
去观看美丽的北极光。

要是埃图卡肖和库德鲁图①
这两个爱斯基摩人来访,
那儿会有生鱼和煮熟的鱼,
还有够大家喝的油汤。

作为一个热心的知情者,
我会对另外一个人说,
我们可以在鸭绒上安心休息,
另一个白天将会来临。

---

① "两位曾陪伴库克博士前往北极的爱斯基摩人。"(《绒毛绣线菊》初版原注)

· 尖塔与钟楼 ·

特殊心情

有一次我跪在蓬茸茸的草上
合着一支集锦曲柔和的拍子
懒洋洋地用小刀戳着大地;
但意识到有些放学的孩子
在篱笆外面停下来朝里窥视,
我停住歌声并几乎停住心跳,
因为要窥视一种特殊的心情
任何目光都是邪恶的目光。

惧怕上帝

若是你竟然从低处升到高处,
若是你居然从白丁变成要人,
你千万要对自己不断地重复
你把这都归功于任性的上帝,
虽他给你而非给别人的恩惠
经不起过分吹毛求疵的检验。
保持谦恭。若你因未被允许

穿上符合你身份的那套制服
而打算用顺从的表情或声调
对这一不足之处进行番弥补，
那你千万得当心别过分外露，
别把遮掩你灵魂的那道幕帘
当成包裹你肉体的这身衣服。

惧怕人类

当一位没有情人护送的姑娘
半夜从朋友家出来独自回家，
她会恨不得一口气回到家里，
而这并非因为她想到了死亡。
高楼林立的城市似摇摇欲坠，
但她可以相信今晚不会倒塌。
（它在倒塌之前便会被拆除。）
除了一家银行里的保险柜旁
城市的所有窗户都没有灯光。
（金钱应该感谢有这份保险。）
但是有她该信任的小小街灯
在风尘中那么珍贵那么安稳。
她的恐惧正被这无礼者说出

而且正在使她的出现被误解。
但愿我匆匆打那儿经过之时
我本来的意图不会被人误解。

屋顶上的尖塔

若万一证明出，来世永生
就是我们生活的屋顶上的尖塔，
是把居所变为膜拜之地的尖塔，
　　那将会怎么样呢？
我们夜里不会去尖塔上睡觉。
我们白天不会去尖塔上居住。
我们永远都没必要去那儿生活。
尖塔和钟楼与屋顶的关系
意味着灵魂与肉体的关系。

天生的氦气

宗教信仰是一种最轻的气体。
它经浓缩后在我们体内旋动，
从而使我们脱离重力上升——

像纸样薄的鸟骨间充溢的气体
为鸟儿的飞翔增添更多的浮力。
某种像氦的气体肯定是天生。

更新的勇气

我听见世人说个没完,
说他们再也不会重犯
古人曾经犯过的错误,
兴戎起衅,狠毒凶残。

心头的悲伤尚未消失,
肉体的创伤尚未愈合,
他们又开始大谈特谈
子虚乌有的人类联合。

但是他们都天生聪明,
所以认为人性的特征
并非那个最卑劣的人,
那个使他们厮杀的人。

他们还会告诉你更多
只要你告诉他们该用

其断断续续的更新和
更新的勇气去做什么。

艾奥特下加符[①]

别在我身上寻找大写的I,
也别在我头上找那个小点。[②]
要是我身上有任何I像,
那便是希腊语中的下加符ι。

我小得需要恳求别人注意。
你将发现我所依附的字母
不是阿耳法、艾塔和欧米加[③]
而是表示你的希腊字母γ。

---

① 艾奥特是希腊文字母表中第九个字母I(ι)的音译。"艾奥特下加符"是希腊文中写在α、η和ω下面的小ι。
② 希腊字母艾奥特的大小写I和ι相当于英文中的I和i,而I在英文中意为"我"。
③ 阿耳法、艾塔和欧米加分别是希腊字母表中的α、η和ω。

· 远走高飞 ·

路 中 央

在那座小山之巅
路似乎已到了尽头
像是伸向了蓝天。
所以在拐弯的远方

路似乎拐进了树林,
拐进了凝滞的寂静,
永远有树挺立的地方。
可想象力还会想象,

驱动我汽车的汽油,
还有我负重的车,
虽说可由近去远,
却限制在道路中央,

既没有任何可能
领略蓝天暗示的高飞,
也没有丝毫希望
享受绿林暗示的静躺。

天国玄想曲

主哟,我一直爱你的天国,
不管这对我是福分或灾祸,
我一直都爱它高远清朗,
或爱它阴沉萧瑟;

直到因为过分地仰望
我脚下一绊打了个踉跄,
这一跤摔得我低人一等,
从此拄上一根拐杖。

主哟,我对你所统治的
从第一重到第七重的
每一重天的热爱
应该受到你的奖赏。

这可能不会使我奢望
当有朝一日我升到天国
我的头皮会被化成星座
镶嵌在你的天穹上。

但如果那似乎是为了
照顾我过甚的名望,
那至少应该让我上升
而不该让我下降。

怀疑论者

远方那颗为逗乐而撩拨我光感的星
那颗把两粒黑原子煎成白原子的星,
我不相信我相信你说明的任何事情。
我对未必真实的事实真相没有信心。

我不相信我相信你是天上最远一颗,
我不相信我相信你靠近最远一颗星,
我不相信那种使你面红耳赤的颜色
大爆炸之后会那么迅疾地远远而去。

这宇宙也许无边无垠也许并不很大。
实际上往往有这种时候,这时候我
很容易感到宇宙紧紧地把我给包裹,
就像那依然把我包裹在其中的胎膜。

两盏导航灯

我碰巧从未比较过
天幕上那两盏导航灯,
那两盏巨大的导航灯。
太阳只满足于白天。
在我所知的任何时候
他都不曾照耀过夜晚。
然而他是光中之王,
他可以凭借其支配权
一口气制服黑暗,
把黑暗之处也变成白天。
他不得不抑制其伟大。
月亮虽有华光与优雅,
却没学会弄清她的位置。
那些最著名的天文学家
把黑夜留给她作为领地。
可是在许多清朗的夜晚
她却不屑于在夜空露面。
某些古怪或任性的念头
非要把她引出幽暗,
把她自己置于太阳旁边,

像示巴去把所罗门觐见。①
人们可以宽容地认为
她并非想与太阳比高低。
使她去觐见太阳的
只是太阳能凭其如意环
变冬天为春天的名声,
一种滥用她的阴柔、
不负责任的神力。

一件罗杰斯群像②

多么年轻多么谦恭,
他们等候在街上,
婴儿抱在他们怀中,
行李放在他们脚旁。

他们招呼的一辆电车
当啷啷地径直驶过,
这时他们开始猜想

---

① 示巴女王觐见所罗门王之事见于《旧约·列王纪上》第10章和《旧约·历代志下》第9章。

② 约翰·罗杰斯(1829—1904),美国雕塑家,曾创作一种小型群像雕塑,作品反映历史、文学和幽默题材;这种群像的石膏复制品曾售出数千件。

是否把等车街口弄错。

没人这样告诉他们
作为对旅行者的帮助,
没人曾这么深深感动
被罗杰斯这件雕塑。

有感于成为偶像

波浪涌回,用最后一点力量
把一束海草缠在我的腿上,
并用含有沙粒碎片的急流
把我的脚下掏空,使我趔趄,
我若不移动脚步早已被掀翻,
就像某个错误的情人的偶像。

希望顺从

我看见它闪过吗,
那种密立根[①]微粒?

[①] 罗伯特·密立根(1868—1953),美国物理学家,因研究电子电荷及光电效应之成就而获1923年诺贝尔物理学奖。

好吧,就算我看见了
我进行了很好的尝试。
但我的话不能引用。
如果我有啥缺点,
那就是我希望顺从,
希望按吩咐去看见。
我有几分怀疑
我看见的不过是眼皮
稍稍眨了一下。
说实在的我认为
我看见的是一次眨眼。

悬崖居所[①]

那儿黄沙像金色的天空,
金色的天空像沙漠平原。
放眼望去不见房屋人家,
除非在远远的天边,
那道石灰岩悬崖上的
黑点不是污迹或阴影
而是一个古老的洞穴,

---

① 指史前印第安人在今美国西南部地区崖洞中的栖身之所。

曾有人常爬进洞穴安息
抛开他无法摆脱的恐惧。
我总看见他脚底的老茧——
他和他那个饥饿弱小
的民族最后消失的部分,
哦,那是在一万年前。

大有希望

这出戏似乎要永远一场接一场。
别为演员打斗这等小事而恐慌。
我所唯一担心的事是那轮太阳。
只要照明不出问题我们就无恙。

难以形容

沿着水沟边的那一溜冰柱
摸起来就像我的仇恨军火库:
而你,你……你,你说……
你给我等着!

杰斐逊的一个问题

哈里森也热爱我的祖国,
但却想让它被完全翻新。
他夜里是弗洛伊德的维也纳人,
白天却是马克思的莫斯科人。
这并非因为他是俄罗斯犹太人。
他是地道的清教徒似的新英格兰人。
他酷爱星期六的猪肉和菜豆。
但他的思维却像他十几岁的时候:
对他来说热爱祖国的意思就是
把祖国彻底炸个粉碎
然后再让它被完全翻新。

卢克莱修对湖畔诗人[①]

"我爱过自然,此外我爱过艺术。"[②]

主任[③]哟,成人教育也许显得愚蠢。
那有什么关系?在过去的一天晚上
我曾对要不要你这个位置犯过犹豫。
幸亏我犹豫(让我们别那么没正经!)
因我当时想到伊壁鸠鲁和卢克莱修
说自然的意思是那整个讨厌的体系。
但你说在大学的术语表中,对兰多
那首四行诗中的"自然"之解释,
唯一可能的意思该是"美丽的风景"。
此说使自然与艺术相对显得荒谬。
算你说得对,若你对这个词有把握。
愿上帝保佑主任并使他名符其位。

---

① "湖畔诗人"指华兹华斯、柯尔律治和骚塞,他们曾一度住在英格兰西北部风景如画的湖区。

② 引自英国诗人兰多(1775—1864)的《我不曾与人斗》(1853)一诗。该诗全文如下:"我不曾与人斗,因没人值得我去斗;/我爱过自然,此外我爱过艺术;/我向着生命之火烘暖过双手;/如今火快熄灭,我也准备离去。"

③ 指当时任哈佛大学英语系主任的霍华德·芒福德·琼斯教授。弗罗斯特与他曾就兰多这首诗中"自然"一词的解释有过一次连续的争论。

· 刍荛之言 ·

寓言告诉我们

一位名叫拉封丹的盲人,
一位只依靠自己和拐杖的盲人,
一位人世间最自负的盲人
顺着村里街道笃笃嗒嗒而行。
此时在他的前方有一个豁口,
一条为铺水管而挖出的深沟。
那盲人本可以凭拐杖发现险情,
但有人对他的安危却过分担心,
他不仅高声向他发出警告,
而且还迎面冲过去伸手拦他。
盲人认为这阻拦是多管闲事,
愤怒地挥杖朝阻拦者打去,
可这一击未中,他却身子一扭,
一头栽进了他面前的那条深沟。
伴着一阵冷酷无情的欢天喜地,
工人又开始干活,把他埋在沟里。

寓　意

这故事的寓意几乎无须挑明，
所有那些试图独来独往的人，
所有那些自负得不要帮助的人
毫无疑问都注定要遭受不幸。

使其微妙

如果人们长久地坚持一种理论，
这理论便可被视为教义来遵守：
譬如说肉体可以被我们所抛弃
以便精神能够获得完全的自由。
于是当人类的四肢都萎缩蜕变，
当头脑成为了残存的唯一东西，
我们就会与海草一道躺在海滩，
每天让柔和或汹涌的潮水冲洗。
在进化过程反方向的另一终端
我们曾像一团团水母躺在海边。
可如今我们像摊脑浆躺着梦想，
怀着已退化的生物的唯一愿望：

哦，但愿潮水能尽快涨得够高
以免我们抽象的诗行变得枯燥。

干吗要等科学

尖酸刻薄的科学也许想知道
既然她已让事情如此，以致
我们不得不离去或者被抹掉，
我们多想逃离她得意的恐惧。
我们是否可以求她告诉我们
我们如何才有希望乘上火箭
离开这个星球去另一颗星星，
穿过零下温度并花上半光年？
既然现在任何外行都有办法，
干吗还要等科学来提供措施？
若有人记得五千万年前的话，
那我们离开这个星球的方式
应该与五千万年前来时相同。
我有一套理论，但不起作用。

大小不论

当时没有人关心他孤寂的境遇,
所以他像个快发疯的前沿哨兵
沉迷于一种戏剧化的荒唐魔力,
不过脸上并非没有几分难为情,
他向黑暗的空间伸出他的双臂,
极富感染力地让双臂绝对平行。
然后他骂了一声"真他妈该死",
又将手缩回为了自己暖和暖和。
他想如果他能把他的空间弄弯,
让它把自己裹起来并自我亲近,
他的知识就不必使他如此不安。
他早已经倾其全力,尽其所能。
他拍了拍胸口以核实他的钱包,
然后为他的整个宇宙暗自庆幸。

进 口 商

有位要人的太太去过亚细亚。
她带回来的东西会令你惊讶。

竹子、象牙、翡翠和清漆、
制作酥油茶的各种方法、
用来驱魔避邪的烟花爆竹、
用于宗教仪式的连篇废话、
可保全面子的借口托词、
鉴赏各种花瓶的高雅情趣，
还有陈腐得不值一提的
反对美国人发明创造的议论——
大部分成批生产的商品
都注定证明我们灭亡的命运。
什么摩天大楼、安全剃刀、
电话和报纸，都不过是
我们对我们应归功于一个
亚洲人的真理的回避。
但她展示的最妙的东西
是一个从西藏带回的祈祷轮，
凭借花园中小溪流水的冲力
它可不停地重复"饶恕，饶恕"；
就像风景画中别致的机器
不停地击打着一个日暑——
最为原始的机械装置
拼命地进行着成批生产。
想教那些亚洲人成批生产？
先教教你老祖母怎样吃鸡蛋。

设 计 者

如果有什么东西能结束这一切，
那么我将认为那个未来的世界
绝不会惦念他们没有过的幸福。
对于死者，任何能使正在进行的
一切突然终止的核爆炸现象
都绝不可能有什么明显的差异。
即使在核爆炸发生的那些日子
也只有很少的人有很多话要说。
而任何人都可能会问他们是谁。
他们究竟是谁呢？社会设计者
的指导者？旗帜上写着想再有
机会来改变我们生活方式的人？
这些人至少该认为这点很重要：
那就是人类历史不应该被缩短。

他们没有神圣的战争

强得能行善的国家寥寥无几。
其数量看来大概限制在三名。

行善是大国强国能做的好事，
而小国弱国都只能做做好人。
小国做好人意味着站在一边
当名义上的盟友看一场战争，
待战争结束时又看天下财产
在获胜的大国强国间被瓜分。
上帝哟，你注意到这点了吗？
对这个问题你是抱什么态度？
诸如古巴和瑞士这样的国家
不可能希望担当全球性使命。
对小国而言没有神圣的战争。
他们充其量惹点恼人的纠纷。

爆炸的狂喜

我曾经去找那位医生诉苦，
说过去人人都能从事农耕，
用一种简单方式挣钱谋生；
可如今这个地方也像别处，
挣钱就得用心学科学技术；
每天都有更多要学的东西，
务农的规矩变得如此严厉，
我似乎已难忍受这份辛苦。

但那位医生说:"没事没事,
你说的辛苦各国都在忍受。
他们的努力是种极度狂喜,
当狂喜强烈得叫人难承受,
它便会在一阵爆炸中获释。
那是一种炸弹送来的厚礼。"

美国 1946 "我不玩了"①

已经发明了一种新的屠杀工具,
而且首先用它赢得了一场战争,
他们怎么会急着手画十字高喊:
我不玩了——再玩下去不公平!

欠债之巧妙②

我猜想这些字眼的意蕴颇深,
所以把自己刻在石墙以求永存,

---

① "我不玩了""原文为 King's X,此语本是英美儿童退出游戏时的一种呼声。
② 此诗是弗罗斯特为其女儿玛乔丽的遗诗集《弗朗科尼亚》(1936)写的序诗。

就像刻在额上眉宇间的烦恼：
"务必在你的马死之前将它卖掉，
生活的艺术就是把损失转移。"
泰西封①是留下这段话的城市，
凭借战争和贸易，那座古城
也许曾一时间免于一蹶不振，
曾一时间免于变成一堆废墟，
但从它这么少的遗迹来看，
即便是向时间欠债之巧妙
也未能使它免于遭受其损失。
黄沙一直在挤入它那道拱门，
越过它地板上的棋盘花纹，
眼下不过是像蛇匍匐在地上，
满足于静静观看、沉思默想，
随后它便会振作精神进入大厅
直起身来紧贴墙上那段铭文。

---

① 泰西封，伊拉克中部一古城，位于底格里斯河沿岸，巴格达东南32公里处，曾以其辉煌灿烂而闻名。遗址现存一些高大的泥砖墙和宫殿，其中以萨珊王朝霍斯罗夫一世（Khosrow I，又译哥士娄一世）的巨大拱顶宫殿最为有名。

被间断的干旱

灾害祸殃的预言者停止了说话。
就在大厅外面有事情正在发生。
一场雨开始降临,虽说雨不大
但却非常有碍于他的旱灾理论,
而且所有的与会者都掉过头去。
一阵欢呼声震动了墙头的箴言。
他来了个莎士比亚笔下的行为:
善演说者无话可说时便会吐痰。①
不过他坚定的心中却依然坚信
一阵小雨对这场干旱于事无补。
这场干旱是人类应受到的报应。
地球很快会像月球不适宜居住。
若事情果真如此又有什么关系?
让人类来地球居住是谁的主意?

---

① 语出《皆大欢喜》第4幕第1场第75—76行。

致正常人

在我们相当于一个郡的某个州
有一座我欣赏的地区学校校舍，
而且我最欣赏的是校舍的位置。
照我看来，在落基山脉这一侧，
很少有公共机构建筑比它更高——
它高出海平面足足有两千英尺。
因为男女生合校它有两个入口。
但两道入口门似乎都紧紧关闭，
关闭的还有与门相配套的窗户，
这仿佛是说纯粹的学问是魔鬼，
这所学校从此以后将不再上课，
除非为忏悔者，他们在门阶上
就座，就像匍匐在神恩的脚下
为他们缺乏沉思默想进行补赎。

诗全集·尾声①

（1949）

---

① 弗罗斯特出版《诗全集》时已七十五岁。他也许没想到自己还能活上十四年，因当时他妻子埃莉诺、小女儿玛乔丽和儿子卡罗尔都已经去世。《诗全集》汇编了他此前出版的全部诗集，外加以《尾声》为辑名的三首新诗。

选择某种像星星的东西

啊,星哟,视野里最美的星,
我们承认高悬的你有权高傲,
对一些阴晦而卑微的乌云——
既然黑暗可显示出你的光亮,
那么对黑夜就不便加以评论。
高傲同某种神秘性相称。
但你矜持得完全沉默不语,
我们就不能允许,不能答应。
说点什么吧,让我们铭记,
让我们孤独之时能反复诵吟。
说点什么吧!星说:"我燃烧。"
可请你说说用的是什么温度。
谈谈华氏温度,讲讲摄氏温度。
请用我们能够听懂的语言。
告诉我们你由什么元素构成。
星给我们的帮助会出奇地少,
但最终会告诉我们某些事情。

星永恒不变像济慈说的隐士,[①]
从不屈尊降低它的身份,
它对这儿的我们会有点要求。
它会要求我们保持一点高度,
因此当有时候民众被左右,
把赞美或指责弄得太过分,
我们可选择某种像星星的东西,
保持对它的信仰并被它信任。

永远了结[②]

我所拥有的许多
都是欠昔日的路人,
因为他们的来来往往
开辟了这条路径,
今天我欠他们更多,
因为他们都已离去,

而且不会再回来

[①] 英国诗人济慈的十四行诗《灿烂的星》第4行为:"像世间耐心的隐士彻夜凝望。"
[②] 此诗的修订版见于本书《在林间空地》(1962)。

责怪我走得太慢，
让他们飞驰的马车
把我吓得躲到路边。
他们已找到别的地方
为匆忙和别的财产。

他们把这路留给我，
让我独行默默无语，
也许只对着一棵树
在心头自言自语：
"这条路得到一件
你的树叶做的外衣。

"不久后因缺乏阳光，
这景象会变得凄凉，
外衣将会变成白色，
但披这般轻薄的衣裳
树叶会在一层雪下
显示出它们的形状。"

接着时令进入冬季，
直到我也不再出门
到雪地上留下脚印，
那时只有些野兽，

胆小或狡猾的野兽
代表我去踏出脚印。

这种事多么经常：
我向人们偿还欠债
因为离开了一个地方
而且仍然不会忘记
与他们分享甜蜜
因为曾经住在那里。

从水平到水平

他俩之间谁也说不上谁比谁强。
他俩都是雇工。虽说派克的优势
在于有五十年耕地割草的经验，
但迪克上过大学而且年轻力壮。
所以要是他俩为平等来一场争论，
那可真是一场势均力敌的较量。

"你的毛病就在于不能紧扣主题。"
派克生气地说道。迪克很想说：
"你的毛病就在于乡巴佬没有逻辑。"
不过他说出的是，"什么是主题？"

"就是这些职业算不算真正在工作。
就拿医生来说——"

     他俩正用锄头
在为玉米地除草松土,这是在开始
全力以赴割晒牧草前的最后一遍。
向上伸展的玉米叶像一面面小旗
自由自在地围着他俩的双腿波动——
你说不清一亩地里有多少面小旗。
派克和迪克每次抬起头来,都看见
一只脚踏在马车挡泥板上的医生
依然在视线内,像个靠得住的人。
除了在康涅狄格河畔低洼地带的
布拉德福德①,任何人都不可能
久久地在人家视线内当一个例子。

"看他那么悠闲自得,好像他并不
在乎失去了一个患者。"派克说。
当他发现迪克又抬头多看了一眼,
他又补充道:"除草对迪克真够呛。
迪克希望能够同医生交换一下工作。
让我们叫住他,问他愿不愿为

---

① 在佛蒙特州奥兰治县境内,靠近康涅狄格河。

人类开个处方,让全人类完全
停止这整个一场恶作剧。
但求他给予同情会有什么用呢?
他们那种人不会懂得何为工作——
就像他们不知道何为勇气,勇气
要求有道德的人敢于面对枪林弹雨。"

迪克告诉派克对医生应公平一点:
"在我看来,他像是凯旋归来,
得胜回家,踏在挡泥板上的那只脚
像是他授予自己的一枚道德勋章。
我注意到你每次锄到河边之后
便会收起锄头,或把它扛在肩上,
然后优哉游哉地顺着垄沟回来,
再从这头开始拍泥土的马屁。
这难道不是完全一样的意思?
你自己说过你干活儿不偷懒耍滑。
你大概还会打赌说,凭这种法子,
你一天或至少一生可以干更多的活。"

"我替谁除草都只朝一个方向除!"
"说得不错。你这么除草就好比
我们读书一样,不是吗,比尔?——
我们每读完一行便会收回目光,

让它们闲着掠过书页回到左边。
另一种读法是从右至左再从左至右，
那叫牛耕式读法①，被认为挺别扭。"

被一个小伙子这般剖析这般看透，
派克不安而蔑视地轻轻哼了一声：
然后当他顺垄沟除草到河边之时，
他仿佛并不在意要谁理解似的，
旁若无人地停下活儿，扛起锄头，
开始一边往回走一边大发议论：
"人必须给自己留点空闲时间。
重要的是他不能被他不得不干的
那份赖以谋生的工作完全拴住。
再说我讨厌不停地与杂草作对，
我喜欢让我的敌人有休战的机会。"

"请注意你说这番话的影响。
如果我做出决定要当一名医生，
那就得怪你为我提供了理由。"

"我还以为你想当个印第安酋长呢——

---

① 针对"牛耕式转行书写法"而言，古埃及文和古希腊文都曾用过这种书写方法，即先从右至左再从左至右互错成行。

629

你说起过特库姆塞①的第二次降临。
记住你当时是多么嫉妒谢尔曼将军。②
威廉·特库姆塞·谢尔曼。特库姆塞？③
（他试图模仿迪克说话的语气声调。）
你曾希望你的中间名叫特库姆塞。"

"我想我可以改变主意。"

"你这么说
是要故意站在医生一边来气我。
你没有一点人们所说的社会良知，
不然你对社会等级的感觉就会不同。
你不能声称你是个社会空想家。"

"我这么说是想证明医生的想法
和你的想法一样，只会更加一样。
而且我认为，你工作的级别越高，
你的想法和他的想法就会越相像。

---

① 特库姆塞（1768—1813），北美肖尼族印第安人酋长，曾组织印第安人联盟，进行反对白人入侵的斗争。

② 威廉·特库姆塞·谢尔曼（1820—1891），美国内战时期联邦军将领，著有《谢尔曼回忆录》。

③ 谢尔曼在其《回忆录》中写道，他父亲"在1812年英美战争期间被肖尼人那位酋长吸引"，并"坚持将'特库姆塞'这个名字移植进了家族名册"。

你可能干得比让我看到的更糟。"

"这并不一样,大学生,有朝一日
我会让你知道为什么这并不一样——
不是今天,今天我想说说太阳。
五月不出所料是令人失望的季节,
六月也好不了多少,阴冷而多雨。
然后天上的太阳有了最长的白天,
但从感觉来说,可能谁也不曾认为
太阳在天空的存在异乎寻常。
它仅仅是停下来把夏天点燃,
然后就匆匆逃走,生怕岩石再度
熔化,它会被流淌的岩浆粘住。
每个人都得让自己有那么点空闲。"

"那正是医生在做的,给自己点空闲。
那也是我在学校时不得不做的,
不去了解那些我没法理解的东西。
你从你自身和太阳看到了这点,
但你却不愿在医生身上看到这点。"

"好吧,让我们心平气和地来看医生。
在某种意义上他可以说是个好人。
我承认,当冬天太阳进入天鹅座时,

当人人都渴望过圣诞节的时候,
他的确显得十分忙碌,那时他那匹
摩根马总是在飞奔,马蹄把雪球
抛向它身后那乘雪橇的挡雪板。"

迪克很想说"可天鹅座并不属于
黄道十二宫",但他对自己的天文学
知识信心不足。(他明年必须去
修一学期天文学。)而且再说啦,
何必让已平息的争论又开始呢?
他们俩都一心一意地松土除草,
淤积土那么细软,所以当谁的锄口
出人意料地在石块上碰响之时,
他俩都试图抢先发出一声迷信的
喊叫,以便留住种地人的运气——
一种使他俩感到更友好的竞争。

为了使派克觉得已体面地获胜,
而自己又不过分正式地承认失败,
于是迪克说:"比尔,跟你一块儿
干活真有学头。可你甭想我谢你。
我倒认为在这点上太阳和你一样——
既然你刚才提到太阳这个话题。
这大概就是我对太阳的解释。

它赐予我们夏天，但在我们意识到
我们必须为得到的感谢它之前，
它已逃走。它不想要我们的感谢。
它喜欢对感恩戴德置之不理，
而且总是避免被人当作神来崇拜。
我们的崇拜是它早已受够的东西，
在古代的秘鲁，在古代的波斯。
我是接着说呢，还是已说得够多[①]——
我这是表达我对你身份的敬重？"

"我想也是，"不知弥尔顿为何人的派克说，
"我认为这正是需要圣诞老人的地方——
在给圣诞节礼物时他来充当
我们父母的替身，以便他们能够
逃避感谢，而让他来充当替罪羊。
而且你会注意到，就连他也总是
顺着烟囱逃走，以避免被人感谢。
我们都知道他住在冰岛的赫克拉山，
所以任何人想给他写信都可以寄去，
不过人们说圣诞老人从来不拆信。

---

① 这行诗语出英国诗人弥尔顿的假面剧《科玛斯》(1637)，是在森林中迷路的埃杰顿夫人对伪装成牧羊人的科玛斯说的一句话（见《科玛斯》第779—780行）。

需要个圣诞老人。于是便有了一个。"

"我也听说过这些,还真有几分相信。"①
迪克对不知莎士比亚为何人的派克说。

---

① 这行诗语出莎士比亚《哈姆莱特》,是哈姆莱特的朋友霍拉旭与守夜的同伴谈论鬼魂时说的一句话(见《哈姆莱特》第1幕第1场第165行)。

在林间空地[*]

(1962)

"也许我会等到水变清洌。"①

---

* 这是弗罗斯特自1949年后出版的唯一诗集,其中收入了他在出版《诗全集》以后的13年中写的36首诗。

① 参见《诗全集》卷首序诗《牧场》及其注释。

马利筋[①] 荚果

由于招引来各种各样的蝴蝶
（虽来处不详，但它们永远
也不会回到它们原来的地方，
因它们不像蜜蜂有自己的蜂房），
马利筋把那个在和平与战争中
纵情挥霍的主题引到了我门前，
仿佛它以前不曾被引来过似的。
然后它显得像一种正褪色的花，
你不想高唱也该为它低吟一曲。
那些来自无限并在它上方造成
这种无声骚动的数不清的翅膀，
无疑用它们斑斓的色彩弥补了
这种黄褐色小草所缺的绚丽。
它虽质朴，但得承认它最温情。
不错，尽管它是一种会淌汁
流蜜的花，可它的乳汁味苦，
正如任何曾折断过它的叶梗
并大胆地尝过其乳汁的人所知。

[①] 马利筋，萝藦科多年生草本植物，原产美洲。

它尝起来就好像它可能是鸦片。
但它还会分泌出另外一种汁,
它的花渗出的蜜汁是那么香甜,
以至诱得那些蝴蝶都纵情狂饮。
它的蜜汁不会使蝴蝶酩酊大醉。
蝴蝶们饥渴的欲望都达到顶点,
它们都互相争夺想依附的花团,
互相把对方翅膀上的花粉碰掉。
在纵情狂饮之际,蝴蝶扬起了
一团由它们和花粉混成的云雾,
一团明显悬浮在草坪上的云雾。
凭着对这些短命蝴蝶奉献甜蜜,
这种朴素的小草设法在我们的
三百六十五天中造出了太甜美
的一天,以致生命会朝生暮死。
其他许多蝴蝶也将死去,但那
是在一番折腾之后,在它们
清晨才披上的五彩衫损耗之后,
以它们有名的一种失败方式:
在一扇格子窗的窗玻璃外边
从早到晚一刻不停地徒然撞击。

但挥霍是生命系统的要素。
蝴蝶替人类或神祇所做的好事

便是为它们纵情蹂躏的那些花
留下一种荚果作为它们的后代,
怀着一个遗传的永不安宁的梦。
它凭爪状的梗柄倒挂在枝头,
显出一种过分好奇的姿态,
怪得像只危地马拉长尾小鹦鹉。
它有点困惑。这是可食之物吗?
或是某种挥霍有益的难解之谜?
它几乎用其利爪解开了谜底。
如果那些花儿和蝴蝶都已消失,
那科学会把未来系于何处呢?
它似乎想说许多人居然都一事
无成的原因必须被客观地正视。
(而且应该被及时正视。)

离　去!

现在我要离开
这荒凉的人世,
我的鞋和袜子
并不使脚难受。

我把知交好友

留在身后城里。
任其一醉方休,
然后躺下休息。

诸君切莫以为
我是去向黑暗,
就像亚当夏娃
被驱赶出乐园。

忘掉那神话吧。
此番我弃尘世
既无佳人相伴
亦非被人所驱。

要是我没弄错,
那我只有服从
一支歌①的召唤:
我——定要——离去!

我也许会回来,
假如我从死亡

---

① "一支歌"指古老的美国民歌《哦,谢南多厄河》,这首民歌的副歌合唱部分歌词是:离去,我定要离去,/跨越宽阔的密苏里河。

所学到的东西
令我失望的话。

林间小屋
——给艾尔弗雷德·爱德华兹[①]

雾：
我不相信睡在这屋里的那些人
知道他们自己究竟在什么地方。

烟：
他们在这个地方已经住得够久，
已让树林从小屋周围退了一圈，
而且还在林中开辟了一条小路。

雾：
我仍怀疑他们是否知道在何处，
并开始担心他们永远不会知道。
他们开那条路只是为了去拜访
同样困惑的人，从而得到安慰。

---

① 爱德华兹自1945年加入亨利·霍尔特出版公司后就成了弗罗斯特的好朋友，他后来成了处理弗罗斯特遗产的遗嘱执行人。

他们的邻居也都几乎身处困境。

烟：
我是在星光下守护的一缕青烟，
我以不同方式来自他们的烟囱。
我不会让他们对幸福失去信心。

雾：
谁也不会只因为他们不知身在
何处就认定他们已经毫无希望。
我与你互相抑制，又互相补充，
我是在夜晚从花园里散发而出，
但我升得并不比那些花木更高。
我依恋他们的风景。这就是我。
我和你一样同他们的命运相连。

烟：
现在他们肯定已学会此地方言。
他们干吗不问红种人这是何处？

雾：
他们常问，但对此没人能回答。
所以他们有时候还问那些离开
讲坛顺便来看望他们的哲学家。

他们将问每一个他们能问的人——
傻乎乎地相信积累起来的事实
将会自行燃烧并把这世界照亮。
学问已成了他们宗教的一部分。

烟：
若某一天他们知道了自己是谁，
他们也许就会知道其身在何处。
不过认定他们是谁真是太难了，
不管对他们还是对旁观者来说。
他们总是鲁莽得叫你难以置信。

雾：
听，他们正在黑暗中低声交谈，
谈他们也许整天都在谈的话题。
熄灯并没有把他们的思想熄掉。
让你我装成屋檐上滴下的露珠
去偷听一下他们心灵中的骚乱——
一阵雾和一缕烟偷听一团阴霾——
看我们能否从高音中听出低音。

有谁能比烟和雾更好地评价
一种内心阴霾的同类的精神？

永远了结[①]

他们不会再回来
责怪我走得太慢,
让他们飞驰的马车
把我吓得躲到路边。
他们已找到别的地方
为匆忙和别的财产。

他们把这路留给我,
让我独行默默无语,
也许只对着一棵树
在心头自言自语:
"这条路得到一件
你的树叶做的外衣。

"不久后因缺乏阳光,
这景象会变得凄凉,
外衣将会变成白色,
但披这般轻薄的衣裳

[①] 此诗是本书《诗全集·尾声》中同名诗的修订稿。

树叶会在一层雪下
显示出它们的形状。"

接着时令进入冬季,
直到我也不再出门
到雪地上留下脚印,
那时只有些野兽
胆小或狡猾的野兽
代表我去踏出脚印。

难解亚美利加

哥伦布也许有过这样的幻想:
找到一条去印度的更佳航线,
同时也证明这个世界是圆的。
可航行所需的资金怎么办呢?
须知那位女王[①]资助他航行
不仅仅是为了什么科学发现。

请记住他早已经进行过尝试:

---

① 指西班牙卡斯蒂利亚王国女王(1474—1504)和阿拉贡王国女王(1479—1504)伊莎贝拉一世。

朝西边航行而最后到达东方。
可他到了吗？他甚至拿不出
一件霍尔木兹①的小装饰品
来使那女王免于王室的指责，
指责她白白花钱让他去探险。

总有那么些莫名其妙的差错
出在他去探查的每一片海岸。
他可能没有想到会一无所获。
不幸总是陪伴着他这位水手。
他偏离的不仅仅是一个度数，
他算的航线偏离了一个大洋。

为了加强这出戏的戏剧效果，
另一位名叫达·伽马的水手
几乎于同时凭借同样的手段
驶入了印度的卡利库特港湾，②
并用到手的大把大把的黄金

----

① 霍尔木兹海峡北岸一波斯古城，其遗址约在今伊朗东南部阿巴斯港和米纳卜镇之间。
② 在哥伦布第三次出发向西航行之时（1498年5月30日），葡萄牙航海家达·伽马（1460?—1524）绕过好望角向东航行到达了印度西海岸的卡利库特港（1498年5月22日）。

646

宣称他找到的是另一个俄斐①。

假若哥伦布当时充分认识到
他的发现胜过了伽马的黄金,
他会被后来的世人以为看到
了人类未来的生存试验场所,
看到了人类的一个新的开始,
那他可能会大胆地虚张声势。

他本可以骗骗巴利阿多里德②。
我就曾被他所作所为所欺骗。
要是我年轻之时曾有过机会,
我也许会把哥伦布当神赞美,
说他给予我们的超过了摩西
把以色列人领出埃及的意义。

但他所做的只是拓展了空间,
只是拓展了我们制定出法律
来互相挡道互相碍事的空间,

---

① 俄斐是《圣经》中记载的盛产黄金和宝石的地方。
② 巴利阿多里德是西班牙北部城市。美洲之发现一时并没给欧洲殖民者带来大量的黄金和其他财富,因此当时并未受到足够重视。哥伦布落魄于巴利阿多里德,在贫病交加中抑郁而死。

骗我们接受了这讨厌的时代，
在这时代我们居然得动脑筋
来考虑如何不失友好地排挤。

为这些显然并不稀罕的东西
他得到的不过是地牢和锁链①
以及很小的一点儿身后名声
（一个国家一座城市和一个
节日以他的名字命名），小得
他亲临那儿也许都不愿承认。

人们说他的旗舰像一个幽灵
怀着一种近乎于仇恨的敌意
仍然在探查我们多岩的海岸，
而且因为老穿不出一个海峡，
他一直都在诅咒每一个河口，
从北纬五十度到南纬五十度。

我预言有朝一日我们的海军
将会拖着这条幽灵般的弃船
并带着他通过库莱布拉运河②，

---

① 1500年，哥伦布因对美洲殖民地管理不善而被免去总督职务，并一度沦为阶下囚。
② 库莱布拉运河是盖亚尔运河的旧称，该运河即巴拿马运河之东南段。

而他对人类所有的现代成就，
对我们称之为的亚美利加人，
实际上会闭上眼睛不屑一顾。

亚美利加可真叫人难以理解。
由于不充分的证据比他根据
一本本书所加以证实的还少，
所以人们没法从外面理解它——
而且从里边也同样没法理解。
我们知道书本上的喋喋不休。

如我所说，哥伦布情愿错过
他会归因于拖拉机和播种机
耕耘播种之灵巧带来的一切。
他只会把这幸运的中断归因于
他自己的意志力，或最多
归因于安第斯山的某次地震。

崇高的目的使这位英雄粗鲁，
他不会停下来等着别人感恩。
且让他对他从来都不关心的
东西表示出他的傲慢与严厉，
除非那东西居然会挡他的道，
不让他远航去中国寻求财宝。

他这次出航可能已相当迟延。
他将会发现那个亚细亚古国
差不多已经厌倦了被人掠夺
尽管它正使其信仰被人怀疑。
他的侵袭不可能像科尔特斯
对阿兹特克人那样轻易得手。①

又一瞬间②

我推开房门,以便我最后一眼
会被引出书本,引到屋子外边。
我说在我闭上眼睛睡觉之前
我倒想看看天狼星会怎样用它
警觉的眼睛注视这若非留待
解释也是留待以后探究的一切。
但我刚刚把房门推开一条缝
我那位难对付的客人就穿过
我拨门闩的腿溜进了屋里。

---

① 科尔特斯(1485—1547),西班牙殖民者,曾率军征服墨西哥。阿兹特克人是曾居住在墨西哥中部的一支有高度文化的印第安人,1521年被科尔特斯率领的西班牙殖民军征服。

② 弗罗斯特曾把此诗印在1953年的圣诞卡上寄给友人,而有友人认为此诗似乎是诗人为他死去的爱犬吉利写的一首挽歌。

它看上去并不是天上的神犬,
而是人世间一条普通的跟车狗[①];
它被现代交通工具的速度甩下,
现在来找人收容——我被感动,
成了一个比以前更爱狗的人。
它像一口袋骨头摊在地板上。
它为自己的不幸发出两声悲叹,
然后脑袋扭向尾巴蜷缩成一堆,
好像决意要同这世界一刀两断。
我把清水和食物放到它跟前。
它转动一只眼睛向我表示感谢
(或者那也许只是礼貌的表现),
但它甚至没有抬一抬它的下巴。
它结实的尾巴砰砰地拍打地板,
仿佛在向我哀求,"请别再给我,
我不能解释——至少今晚不能。"
我能清楚地看见它的满脸愁容。
于是我用收留的口吻对它说:
"哦,老伙计,达尔马提亚·格斯,
你说得不错,这没什么可商量。
别强迫自己告诉我你在想什么,

[①] 即达尔马提亚狗,一种有黑斑或棕斑的白色短毛狗,据说原产于克罗地亚的达尔马提亚地区,曾被人用作马车护卫犬,故名"跟车狗"。

不管是因被主人遗弃的悲哀，
还是因自己逃离主人的忧伤。
一切都可以等到明天天亮。
同时你千万别觉得过意不去，
谁也没义务向我吐露心中秘密。"
那完全是一段单方面的对白，
而且我不能确信是在跟狗说话。
我困惑地止住话头，但却仍然
浮想联翩：我正式为它取名为
格斯，即达尔马提亚·格斯，
我开始让自己的生活适应它的
生活，为它提供所必需的物品
并陪它进行一英里赛跑练习。

第二天早晨我起床的时候
它已在门口等着我放它出去，
它的表情像在说："我已来过。
如果我现在必须返回什么地方
或去得更远，你千万别伤心。"
我打开了房门，它离我而去。
这下我要稍稍品尝一下悲痛，
这悲痛都因为狗的生命太短，
最多只有我们人类的四分之一。
它也许本该是梦中的一个幽灵，

尽管它的尾巴那么确凿无疑
并那么猛烈地拍打过我的地板。
此后我一直觉得事情太奇怪，
我甚至可以说，我不愿过分
坚持要使人相信它就是天狼星，
（记住我曾冒昧地叫它格斯）
那颗星哟，那颗天上最亮的星，
不是一颗流星，而是一个化身，
它前一天晚上来人世过了一夜，
用行动向我表示它并不怨我
曾那么长期地依靠它，然而
却不曾以它为题写过一首诗。①
它想表达的可能只是一个象征，
或是一丝暗示，一道光线，
一种我应该去探寻但不一定
非得要说找到的内在含义。

---

① 曾有读者和评论家认为《选择某种像星星的东西》写的是金星，诗人此注显然是针对这种看法而言。

逃避现实者——绝不是

他不是逃避者,过去现在都没逃避。
没人见过他边蹒跚而行边回头张望。
他的恐惧不是在身后而是在他身边,
身边的恐惧使他笔直的道路也许会
显得弯弯曲曲,但实际上仍然笔直。
他义无反顾地向前。他是个追求者。
他追求一个追求者,而那追求者又
把另一位已遥遥领先的追求者追求。
凡追求他的人都将发现他是追求者。
他的生命永远是一种对追求的追求。
只有未来也正是未来创造他的现在。
所有一切都是一串永无止境的追求。

为肯尼迪总统的就职典礼而作

"彻底奉献"之彻底奉献[1]

(一段有韵的刚开始的历史)

召唤艺术家前来参与
如此庄严的国典盛礼
看来是艺术家应该庆祝的喜事。
今天是我事业最辉煌的一天。
而谁第一位想到这一点,
他对诗的褒赞就是理解的褒赞。
我今日为答谢而带来的诗篇
将追溯今日之结果的开端,
追溯数世纪以来潮流的起源,
追溯现代历史的一个转折点。
这片国土曾一直是殖民地,
直到那个伟大的争端[2]看出,

---

[1] 1961年1月20日,弗罗斯特应邀在肯尼迪总统的就职典礼上朗诵自己的诗。一个诗人享受这样的荣誉,这在美国历史上绝无仅有。弗罗斯特专门为盛典写下了此诗。但那天白宫外阳光耀眼,加之疾风差点儿吹掉了诗人手中的诗稿,因此他朗诵了几行后便放弃了原计划,随即背诵了他的《彻底奉献》作为即席献诗。

[2] "伟大的争端"指1776年7月4日在费城召开的美洲第二次大陆会议。该会议通过了美国的《独立宣言》。

据此地的特点、语言和民族特性，
什么样的国家才能够统治
哥伦布发现的这块新大陆。
法兰西、西班牙和荷兰相继沉沦，
英雄的丰功伟绩已经完成。
伊丽莎白一世和英格兰获得胜利。
继而开始了这个时代的新秩序，
我们的创业先贤用拉丁文宣称
上帝对这种新秩序表示赞成。
（这难道没被印在我们仍揣在
钱包和口袋里的美元钞票上？）[1]
那些英雄们知道并了解那么多——
我是说那四个伟人：华盛顿、
亚当斯、杰斐逊和麦迪逊[2]——
像圣贤先知们一样无所不知，
他们肯定早就预见到了今日之事，
他们会使周围的帝国坍塌，
使每个人都向往一个以我们的
《独立宣言》为蓝图的国家。

---

[1] 一美元的纸钞背面印有拉丁文铭文 Novus Ordo Seclorum（这个时代的新秩序）和 Annuit Coeptis（上帝赞成我们的事业）。
[2] 乔治·华盛顿、约翰·亚当斯、托马斯·杰斐逊和詹姆斯·麦迪逊分别为美国第一、二、三、四任总统。

而这绝不是以无足轻重的民众
作为代价的贵族式的笑话。
我们看到各民族是多么严肃,
当他们试图去获得主权与政府。
他们在某种程度上暂时受我们
保护,而若是征得他们的同意,
我们想教他们懂得民主的含义。
我们可曾说过"时代的新秩序"?
若当今世界秩序显得并不安全,
那也是我们刚开始时的一种混乱,
所以必须在其中充当勇敢的一员。
假若一位执政者声称他不喜欢
一种他已经战胜过的动荡不安,
那正直的人们对他也不会赏脸。
人人都知道那兄弟二人[①]的荣誉,
他俩为美利坚献上了飞机,
使她能够驾驭狂风暴雨。
某些可怜的白痴心中一直在想
在当今之世界已不再有荣光。
可我们冒生命危险进行的革命
在自由的历史中已经证明
直到今天它仍然驰誉蕙声。

---

① 参见本书《莱特兄弟的飞机》及其注释。

一个民族投票的最伟大的结果
刚从和上次一样的选举中产生，
这选举如此严密但定会永远坚持，
我们兴高采烈也就不足为奇。
在令人如此振奋的空气之中
勇气胜过一切优柔寡断的僵持。
过去曾有一部人物传略史话
赞誉历代那些勇敢果断的政治家，
赞他们敢于撇开错误的追随者，
使统治首先适合崇高的目的，
为了一种强有力的人民之独立，
为了一种合法神圣的民主形式。
如今对生活有种更严峻的召唤，
获取者学习者向往者得更加勇敢。
对比赛场地应该少一点批评，
更多地专心致志于场上的竞争。
这会使我们中间的预言家看到
下一个奥古斯都时代[①]的荣耀，
一种有力量和骄傲的权力的荣耀，
一种青春抱负的荣耀渴望被检验，

[①] 奥古斯都时代，指古罗马帝国第一代皇帝奥古斯都（公元前63—公元14）统治时期，大约从公元前43年延续至公元14年。这个时期是拉丁文学的黄金时代，产生了维吉尔、贺拉斯和奥维德等伟大诗人。

毫不气馁地坚定我们的自由信仰,
这个民族愿按规则进行任何较量。
一个诗和力量的黄金时代
就在今天中午开始到来。

"彻底奉献"

在我们属于这土地前她已属于我们。
在我们成为她的人民之前,她属于
我们已有一百多年。在马萨诸塞,
在弗吉尼亚,她早就是我们的土地,
可那时我们属于英国,是殖民地居民,
那时我们所拥有的尚未把我们拥有,
我们如今不再拥有的却拥有我们。
我们保留的某种东西一直使我们软弱
直到我们发现正是我们自己没有把
自己彻底奉献给我们赖以生存的土地,
于是我们立刻在奉献中获得了拯救。
(这奉献的行动就是战争的伟绩。)
我们不过如此,但我们彻底奉献自我,
献身于这片正在向西部拓展的土地,
不过她依然朴实无华,未载入史册,
她过去是这样,将来也定会如此。

· 一束信仰 ·

碰巧有了目的

宇宙只不过是万事万物之一,
万物只是在绕圈旋转的球体。
它们有的很大,有的则很小,
但全都煌煌灿灿,光芒四耀。

它们想告诉我们一切都在瞎碰
直到有天它碰巧在一座丛林中
碰到一只患白化病的猿的脑袋
而即使如此它仍得在暗中徘徊,

直到有一年达尔文降临人世,
给我们说明进化是怎么回事。
可它们想告诉我们公共汽车
在到达我们之前没真正目的。

别信这鬼话,即使情况再糟
它也肯定从一开始就有目标,
要产生目的作为适合的东西:
我们曾是一个脑子里的目的。

谁的目的？他的她的或它的？
让我们把此问留给科学才子。
请给予我目的计划和意图——
那对我来说够接近万能的主。
但尽管帮我们的有头脑理性，
然而幸运的是我们仍有本能，
我们追求那启迪的最佳向导，
像一见钟情之类的热烈的爱。

无 无 歌

从不曾有过虚无，
有的永远是思想。
但当最初被注意时
它正好突然爆发
从而具有了分量。
它曾处于一种
原子一体的状态。
物质开始被创造——
确切地说是圆满，
一体而且尚未与
碰撞与对偶相关。
万事万物都在其中，

每一单个的事物

都在等待着

完全无保留地

从氢中带给人类。

它是仅有的树,

它将永远是树,

树干树枝和树根

小得那么可爱。

而这一切之本质

是那么地超小,

小得使我们的眼睛

看不见它的外表

从而使得虚无

成为整棵乾坤树[①]。

从入而出

再进入存在!

于是那画面出现

几乎近于虚无

只有思想的力量。

---

① 乾坤树乃北欧神话中的擎天柱,传说此树接天入地,连仙界、世界和冥界为一体。

说　法

曾经有一位射手
曾经有一个时刻
他射出了一支箭
在一个新的起点。
想必他当时曾发笑：
这其中是场喜剧。
因为他追射的猎物
是不存在的虚无，
虚无的毫无阻力
使他的箭被磨钝。

一个自己想出的概念

最近那个叫世人非信不可的信条，
那个进入孩子们教义问答的信条
便是宇宙乃一个自己想出的概念，
这简直是过去那种泛神论的翻版。

这种记忆的恢复可真是美妙绝伦。

可干吗不继续用使人困惑的声音

说上帝要么是宇宙,要么是一切?

但规矩是千万不要让孩子来选择。

"上帝哟,请原谅"

上帝哟,请原谅我跟你开的小玩笑,

而我也会原谅你曾跟我开的大玩笑。

基蒂霍克①
一九五三年重返该地访亨廷顿·凯恩斯夫妇②
(一只云雀为他们歌唱)

第一部

迹象、预感和预兆

基蒂霍克,啊,基蒂,

---

① 基蒂霍克是北卡罗来纳州戴尔县的一个小村镇,1903年12月17日,莱特兄弟在该村附近的基尔德夫尔希尔斯进行了第一次成功的飞行实验。

② 弗罗斯特动笔写此诗前,曾于1953年前往北卡罗莱纳州的基蒂霍克村拜访过凯恩斯(律师兼作家)和他的妻子弗洛伦斯。

这儿曾有一支歌，

你肯定知道是一支

象征性的美妙的歌，

那歌我很可能唱过，

在六十年前

当年轻的我出门南下

经过伊丽莎白城①

来这儿的时候。

必须承认，我当时

被命运弄得心烦意乱，

正独自在这世上

流浪漂泊，

那时你也许认为

我太懦弱，所以

不关心我是谁，不关心

我正被比我脚步更快的风

吹向何方——

像那封我读过后撕碎

并扔掉的信，那封

最好从没写过的信，

哦，但这不是吹嘘，

---

① 伊丽莎白城是北卡罗莱纳州东部帕斯阔坦克县县城，该县隔阿尔伯马尔海峡与南岸基蒂霍克村所在的戴尔县遥遥相望。

不是得意地宣称
自从纳格斯黑德①
使我的心情好转,
那阵风便使我心中
充满了一种需要:
对那种哀叹悲鸣——
说什么天下无人知晓
爱为何物,
我需要立即高声作答。
诗人知道得很多。
当白羊座、金牛座、
双子座和巨蟹座
无情地齐声嘲笑
我的答案时,
我也从来不曾
不对黄道带
做出我的回答。
我一直都想
重提旧事,歌唱
最初那次出逃,
我现在能看出
那可能(或应该)

---

① 戴尔县境内一小镇,是度假疗养胜地。

是我自己的飞翔①——

飞进未知，

飞进高尚，

飞离这些时间的沙粒，

这些时间眼看着从其

沙漏堆积的沙粒。

后来我遇见那位

飞行大师②并告诉他

有天晚上我来过这儿，

像个年轻的阿拉斯特，③

当时这地方曾被用作

某种"高飞"的场所，

早在他飞离此地之前。

若真假设我——

我曾抢在他之前先飞，

那人们所说的"第一"

会是什么意思呢？

为什么成为第一

就那么非常

---

① 英语 flight 一词既可作"逃"解，亦可作"飞"解，诗人在此一语双关。
② "那位飞行大师"应指奥维尔·莱特（1871—1948），因其兄威尔伯·莱特（1867—1912）去世时弗罗斯特尚未成名。
③ 参见雪莱的长诗《阿拉斯特》（又名《孤独的精灵》）。

非常重要呢?

说他不是第一的谎言

又怎么样呢?

我很高兴当时他笑了。

一个用金钱和花招

编造出来的谎言

曾久久流传,

直到赫伯特·胡佛

竖起这座纪念塔①

才算纠正了这个错误。②

在所有罪行中

最不可饶恕的就是

偷窃勇者和伟人的荣誉,

这甚至比盗墓

更应该受到谴责。

不过这个蹩脚的谎言

早已被揭穿。

---

① 在赫伯特·胡佛任总统期间,一座 60 英尺高的装有灯标的花岗石尖塔于 1932 年被竖立在莱特兄弟第一次成功飞行的现场——北卡罗莱纳州的基尔德夫尔希尔斯。

② 美国科学家兰利(1834—1906)于 1903 年进行的动力飞行器实验并未获得成功,但史密森学会博物馆却将兰利飞机的发明日期标为 1903 年,这导致了谁最先发明飞机的争论,并使奥维尔·莱特将第一架莱特飞机捐给了伦敦的南肯森顿博物馆(后于 1948 年索回,现收藏在华盛顿的史密森学会博物馆)。

而至于我这个玩笑,

只要我曾歌唱过,

我最有资格获得

飞机跑道的名声,

那是我的全部语言。

我不能让它显得

像我的主题一样

也许一直是个梦——

哈特拉斯角阴沉的梦,

罗阿诺克岛悲伤的梦,[①]

又一声深深的叹息,

叹人类的种子

被罗利[②]白白撒播,

叹穿斗篷的罗利,

叹另一番枉费心机。

由于人家太友好,

[①] 哈特拉斯在北卡罗莱纳州东海岸以西,是大西洋上航行的一个危险区域,1936年该地一座高约59米的灯塔因太靠近大海而被迫放弃。另一座灯塔被建在更深入陆地的地方。罗阿诺克岛位于阿尔伯马尔海峡峡口,属北卡罗莱纳州的戴尔县管辖。1585年罗利在该岛首建殖民地,但十个月后又放弃;第二次建殖民地是在1587年,但到1591年该岛上已渺无人烟。

[②] 罗利(1554—1618),英国诗人、军人及冒险家,女王伊丽莎白一世的宠臣,早期美洲殖民者。

像经常发生的那样，

我结束了本可以唱完的

会使人忧郁的

《诸神的黄昏》①。

我遇到一个

从伊丽莎白城来的

什么委员会，

他们每个人都

装备有一支枪

或一个小口大酒瓶。

(需要有人来问

那是不是长颈瓶？)

他们来柯里塔克②

猎杀野鸭子

或许是猎杀天鹅。

但那并不是他们

能追杀任何猎物的时节

除非他们自相残杀。

不过他们的不走运

居然使他们很快活

---

① 瓦格纳四联歌剧《尼伯龙根的指环》之第四部。"诸神的黄昏"在德国神话中象征世界末日。

② 北卡罗莱纳州东北角一县。

而且依然都彬彬有礼。
他们像对小兄弟一样
让我也参加了
他们的狂欢宴会——
为了礼貌之故，
他们对我的天真无邪的
担心和关切
无论如何都应该
被我小心珍藏。
他们温和的时候
总是多愁善感。
一个人为他母亲干杯，
另一个人则泣涕涟涟。
他们不得不让自己
装出对自己的百无一用
感到高兴，而我
却没有必要假装，
这使我感到几分悲哀。
虽说有点失礼，
但那夜我还是
溜到了辽阔的海滩——
那线被整个大西洋
拍打的海滩。
在那儿我又遇上了

一名夜间巡逻的

海岸警卫队队员,

他从宗教派别

问到我的灵魂,

还问我过去在什么地方。

至于说到罪孽,

当时我想到了

那些毁灭者

是如何在这岸边

毁掉西奥多西娅吗? ①

那是为了惩罚她,

但更为惩罚她父亲——

我们不知为何要惩罚:

并没有过招供承认。

人们认为她当时穿戴的

东西有时候还

在基蒂霍克某人的

---

① 西奥多西娅·伯尔(1783—1813)是时任美国副总统阿伦·伯尔的独生女,1807年她父亲因叛国罪受审时她到法庭旁听,据说她的美貌影响法庭做出了有利于她父亲的判决。伯尔在被宣告无罪后逃往英国,但于1812年返回纽约。西奥多西娅于1812年12月30日从南卡罗莱纳乘船去纽约接她父亲。该船很可能在次年1月的一场风暴中失踪,但人们有两种传说,一说该船的乘客在船上被海盗俘获后杀害,一说船被风暴冲到了岸边,乘客被猖獗于卡罗莱纳沿海地区的盗贼所杀。

财产中被发现。
我们不可能明白
伯尔对他女儿那种
不可思议的信心:
他太虔诚了。
我们就这样交谈着
继续我们的漫步,
一边是大西洋,
一边是被哈特拉斯角
隔开的帕姆利科湾:
"当时月亮正圆",①
正如那位诗人所说,
而我引用得恰到好处。
正是高挂中天的满月,
那轮虽说不大
但又亮又圆的满月,
用它引起潮汐的力量
使一切都圆满。
基蒂霍克,啊,基蒂,
同样是在这儿,
在完全相同的一天,
与世人见解相左的我

---

① 引用丁尼生的《亚瑟王之死》第180行。

曾向他们索要
同样深切的同情
为一个迷路的儿子
和一个淹死的女儿。

第二部

我的灵感本来有机会
像一个比喻一样
从这海滩跑道起飞
来一次语言的飞翔,
可当那机会失去时
我压根儿没有想到
人们有朝一日
会像鸟儿一样
把这片天空当作舞台。
不管是你还是我
当时都没想要飞。
哦,但我们曾飞过,
的的确确飞过。
不过那仅仅是因为
我们是卡图卢斯
所说的那种

微不足道的小东西。①

说真的,我们是精神。

我们不是那种

能随便束缚的东西。

在已用双脚缓慢地

走遍了这地方之后,

在已尽了自耕农

原地不动的本分之后,

我们从这里升起,

我们登上一架飞机,

于是平静的空气

像一场飓风

差点儿扯掉我们的头发。

于是我看到了这一切。

说教者们会谴责

我们本能地冒险

进入他们所称为的

物质世界,

---

① 参阅卡图卢斯《诗集》第1首第3—4行,卡图卢斯在这两行中谈到他自己的诗 "namquetu solebas/meas esse aliquid putare nugas",这句拉丁文可译为:"因为你已经习惯认为我微不足道的东西里还有点价值。"

虽说我们早就

从那棵苹果树堕落。

但上帝自己降入

肉体之中就是要

作为一个证明:

最完美的功德

在于实实在在的

冒险精神。

西方人会获得

一种更物质化的

生活方式——

一种并非不充满疑惧的

适当的方式。

所有想凭着

深入大地和天空

(请别忘了天空

不过是更远的物质)

而得以具体实现的

科学热情

都一直在西方。

如果说这不明智,

那请告诉我为什么

东方似乎已结束了

它长期以来在沉思中的

停滞不前。
那场要赶超我们的
轰轰烈烈是怎么回事?
难道可能用竞争
来奉承我们?

精神会进入肉体
而且会竭尽全力
在一次次分娩中
永远朝气蓬勃地
冲入人世。
我们可以这样想:
它那种一般被认为的
大胆的行动
就我们人类来说
便是灵魂之缥缈
朝变得具有形态
的一次有力冲锋。
在快速起跑的时候,
当那条起跑线仿佛是
画在某块石板上的时候,
(那石板当然是摩押

或摩押附近的玄武岩）①

当一心要参加一场

跳高比赛的时候，

千万别介意谁是对手——

（我相信对手只是

我们自己——人类，

处于爱和恨交织的

对抗中的人类。）

曾有家无线电台

广播说："请开始

学习字母表，

那是 ABC，

有朝一日它们

会在一所大学校门上与一二三押韵。"

然后那家地区无线

电台又说："继续，

继续去弄懂，

懂的比你会唱的还多。

别因为有什么弄不懂

---

① 摩押是死海东岸一古王国，位于今约旦境内西南部。1866 年在迪班（巴勒斯坦一古城废墟）发现摩押石碑，该碑质地为黑色玄武岩，上面刻有三十四行可追溯到公元前九世纪的摩押文字铭文；这段现存的最古老的闪语铭文记述了摩押王米沙（约公元前 850 年前后在位）进行的战争，包括与以色列诸王进行的战争（参见《旧约·列王纪下》第 3 章）。

就惊慌失措地以为

天下有什么事不被允许。

公开或悄悄地闯入

一个又一个领域

而不要受什么良心谴责。"

于是像我还没写的一样,

一年又一年,

一英里又一英里,

越过爱琴海诸群岛,

雅典罗马不列颠法兰西,

永远向西,向西北方向,

直到那长期隐匿的意图

在我们的跳跃中

终于显露。

于是那电台叫嚣:

"飞跃——飞跃!"

正是我们美国

而非我们的朋友俄国

要将这场比赛

进行到底,

要赢得那顶桂冠,

或让我们说奖杯,

不过有一句铭文和

日期一道刻在那杯上:

"凡能跃起者

　都终将落下。"

地球依然是我们的归宿。

当我们不是数羊

而是数夜空的星星，

当我们满怀喜悦

抬起我们的眼睛，

当我们不去睡觉

而是彻夜不眠，

当我们为礼貌之故

像替普尔曼车厢[①]命名那样

替那些星星命名，

分出木星和火星，

以免把它们弄混，

这并非无意义的消遣。

有人一直鼓吹

需要考虑的一切

就是凭某种命名过程

来征服自然。

但这若非一种法则

便是个可预知的结局，

[①] 美国发明家普尔曼（1831—1879）设计并以其名字命名的一种豪华火车车厢。

即我们所见过
并为其加上了
名称的任何东西
我们都总想去照料——
我们都总想去摸摸，
更不用说牢牢抓住。

高谈阔论

有人说上帝说
我们的努力追求
便是其自身的奖赏。
但本人倒想知道
上帝在何处说的这话。

我们不太喜欢那说法。

让我们看看身在何处。
远方雾中那团
模模糊糊的黄色是什么？
去看看测程仪。
那是某座城市，
但不是纽约。
我们从刚才的地方

并没走出多远。
这儿仍是基蒂霍克。

我们本可以走远些,
即便是徒步而行。

千万别让我坠落。
尽管我们的飞机
不过是科学实验场
造出的飞行碎片,
一旦发动机熄火
它们就会坠落,
到不了任何地方,
尽管我们的飞跃
不过像蚱蜢一样
徒然从草中跃起,
终归还落进草中,
但别低估我们的力量;
我们已对无限
发动了一场袭击,
可以说已经使它
在理念上属于我们,
包括最遥远的
被霓虹灯映亮的

飘浮的尘埃。
我们的要求是要收回
长期以来被认为
事实上未加利用、
名义上被浪费的空间。

这就是我们扬名的原因，
尽管这星球如此小，
我们仍当仁不让地
获得了宇宙之中心
这个名声。
我们并不自诩
从这颗岩石星球上
发射了我们能宣称
属于我们自己的光线，
我不会不相信没有什么
新鲜得不能提及。
我们所做的一切就是
从我们的岩石，甚至
从我们的头脑反射。
而更好的部分是我们
从这头脑和这心
从智慧和思想
射出的光线。

在我们开始思考前，

天地间任何地方

都不曾有过一个

好思考的种族的踪迹。

我们不知有任何星球，

任何一个

（为了不坠落而）

被迫环绕

一个太阳的滚球场

永远旋转的星球

想到过要思考。

整体之神圣

飞行师哟，尽管你的飞行

充其量是种姿态，

尽管你的升降

不过是翻个筋斗

从不比一道闪电

更高的空中

狠狠砸在某人身上，

就在那人自家的后院，

但我并不叫你停下。

继续上升吧。

不过当我们考虑

什么能做什么不能时，

让我们使明星

继续扮演主要角色。

创造小小的

幼芽和煤块

不该是他所做的。

那两件事我们不能做。

但令人安慰的是

按照那份契约①

即使我们不能

控制整体，

至少也可以控制

某个不太大的部分，

于是只要耍点花招

我们就能把这部分

变成某种意义上的整体。

最适合我们的

恰当的担忧

就是我们积攒的财富

和积累的知识

---

① "契约"原文为covenant，恐指《圣经》中上帝与人类订的某个契约，如"挪亚契约""西奈契约"或"亚伯拉罕契约"。

所堆积的贝丘①
会被习性充斥，
我们会找不到地方
让思想得以表露。

搅 拌 工

我们这种向星星
或月亮示意的高飞
意味着我们赞成
它们的运动。
我们所做的
是像一柄巨大的汤匙
不停地搅动
以使万物保持运动，
像一名搅拌工所说，
那就是和谐，
那就是一锅粥！
物质绝不可凝结，
不可分离和沉淀。
行动就是语言。

---

① 贝丘，又称贝冢，考古学用语，指史前居住在沿海或湖滨地区的人类所遗留的文化遗物（如贝壳、陶器和石器等）之堆积处。

大自然从来不十分
确定她在其模糊的
设计中不曾出错,
直到有一天晚上
我俩双双飞来
像国王和王后
凭着天赐的权力,
挥着手中的权杖,
开始告诉她
既然由众星构成
她应该意味着什么。

有人仍然认为
这会飞的机器之神
是魔鬼撒旦,
幸亏有你,
才有这标志性的高飞,
幸亏有你,幸亏
有莱特兄弟,
幸亏他俩在他们的
家乡代顿,像格林①
那样有了飞的念头。

---

① 达赖厄斯·格林,美国作家约翰·汤森·特罗布里奇(1827—1916)所作幽默叙事诗《达赖厄斯·格林和他的飞行器》(1869)中的主人公。

占 卜 师

小时候在加利福尼亚的山间,
有只巨鹰抓住我并掂了一掂,
虽说我当时被吓得半死不活,
但毕竟从其利爪下得以生还。

这样的兆头本来非常难解释,
可回家后我父母却深信不疑:
那鸟中之王之所以把我扔下
是因为我不配做伽倪墨得斯①。

我真不配替朱庇特把盏斟酒?
这事至今还叫我想起来就怄,
当时除我之外谁都大胆断言
说我是朽木一根,不堪造就。

---

① 伽倪墨得斯是希腊罗马神话中一美少年,传说朱庇特(宙斯)化作巨鹰将他攫去做了酒童。

役 马

驾一辆极易散架的马车,
携一盏总是点不亮的提灯,
赶一匹不堪重负的役马,
我俩穿越黑暗无边的树林。

一个人突然从树林里钻出
不由分说就把马头抓住,
随之把刀伸向马的肋骨,
不慌不忙地叫马一命呜呼。

随着一根车辕折断的声响
那笨重的畜生倒在地上。
透过那黑暗无边的树林
黑夜吸入一口含恶意的风。

作为一对无论在何时何地
都绝对服从命运的夫妻,
对任何不得不归因之事
都最不愿将其归因于仇恨,

所以我们认为那杀马之人
或某位他必须服从的主
是希望我俩从车上下来
徒步去走完我们剩下的路。

结　束

那透亮的屋里的高声交谈
使路过的我们都跌跌绊绊。
哦,那儿曾有过最初一夜,
但今宵今夕却是最后一晚。

在他也许说过的所有话中,
不管真心实意或言不由衷,
他从来没有说过她不年轻,
没说过她不是他心爱之人。

唉,有人宁愿把全部扔掉
也不愿仅仅是扔掉一部分。
有人爱海阔天空信口开河,
有人则心口如一言而有信。

希望之风险

恰好就是在那里,
在果园与果园之间,
在光秃秃的果园
与青翠的果园之间,

每当果园里花蕾
竞相绽放、满园
一片洁白的时候,
便是我们最怕的时候。

因为在这个地方,
老天最容易变脸,
它会不惜一切代价,
来一夜风霜严寒。

探询的表情

那只冬枭恰好及时地侧身飞过
从而避免了把那块窗玻璃撞破。

然后它突然尽力地伸展开翅膀,
让双翼浸透傍晚最后一抹霞光,
它在进行一场超低空飞行表演,
为关在窗玻璃后面的那些少年。

难道就没人这样感受?

啊,海洋,尽管你浩瀚辽阔,
尽管你把我们与旧世界分隔,
而这可能已使新大陆欣欣向荣,
可最终还会使我们感到失落,
如果它不做任何预言过的事,
不让我们具备一种独有的特色。

虽说我们曾管这种作物叫 maize,
而且把它变成了一个英语词汇,
可似乎只有叫它 corn[①] 我们才舒心。
由于时时都怀有这种思乡之情,
我们曾那么不成熟地设法放弃
成为一个新生的民族的机会。

---

① maize 和 corn 均译为玉米,前者来源于泰诺语(属印第安语群阿拉瓦克语组),后者则来源于古英语。

啊，海洋，如今飞机使你变小。
我们的水手也几乎能以舟当桥。
我们跨越距离已这般不费功夫，
海洋对我们来说已没有必要。
我们周围的壕沟已不再是壕沟，
我们的大陆已不再是一座城堡。

哦，大海哟，去磨光空贝壳吧，
充分利用你紧贴海滩的机会。
我不能认为你就没一点过错。
从我们的大山深处涌出的泉水
汇成小河大川从陆地向你倾泻
直到有朝一日你完全失去咸味。　＊

我从岸边海草中拾起一枚贝壳，
一枚干得易碎的黑色的贝壳，
把它朝前方举起作为一种象征，
我大声说"为女人干点活吧——
我求你帮忙，把我扔回的贝壳
磨成一位女士的戒指或顶针"。

此前对海洋说话的也大有其人。　＋
但如果它对我的嘲讽并不想听，
那我知道还有一个地方可去，

693

在那儿我用不着再听它的涛声，
用不着再闻到鱼和海草的气味，
也不会在一阵风中回想起它们——

在遥远的内陆，只有在小学校
才会有人提到海洋这个名称，
当老师的经历没法解释这概念，
她只能用比喻和讲述告诉学生，
说海洋是一个很大很大的池塘，
讲辛巴达当年怎样在海上航行。

* 当笔者写作此诗时，人们似乎差不多都认可河水入海只能使海水更咸。

+ 其中有国王克努特①和拜伦勋爵。

罪恶之岛——复活节岛

（这么叫也许是因为它曾经出现过）

那尊原始的人头石像，
那尊如此巨大，但

---

① 克努特（约995—1035），丹麦国王斯韦因一世之子，曾先后征服英格兰和挪威，兼丹麦、英格兰和挪威国王。

工艺如此粗糙的石像，

犹如一幅简明的图表，

从中很容易读出

昔日的痛苦和悲伤。

只有一点例外，

那微微噘起的嘴唇，

那种轻蔑的效果

已使这块巨石的重量

被载上一条船

绕过了半个世界。

他们是那石上的岁月。

他们曾把楔子打入其中

直到它从岩壁上裂开。

他们又给它一副面孔，

然后用世人不知的滑车

替一位君王将它吊上山，

让它在一道悬崖上高耸。[①]

可他们给了它一副

什么表情？是在

嘲笑他们自己

---

① 复活节岛上的人头石像一般高 9.5 米至 12.5 米，重量一般为 5 吨至 8 吨。那些石像的由来及其文化象征均无从考证。

曾作为一个种族诞生？

嘲笑他们当初

被外来者威胁引诱

从而开始被人统治？

他们多疑的人群

是被什么计谋

哄得上当受骗，

哄得高高兴兴？

莫非他们被告知

他们可以并被鼓励

自己从它看出点什么？

凭着治理者的狡诈，

凭着欺骗和武力，

他们曾繁荣兴旺，

或说一度繁荣兴旺；

直到精力和资源

都不堪重负，

他们开始衰落。

他们纷纷离去

只剩余一些

只能被形容为

残渣余孽

和饶舌之徒的家伙。

他们被惩罚被收买；

一切都是徒劳，
什么也不起作用。
某种错误早已铸成，
没有书能说清楚；
某种合法的变化已发生，
没有人能看明白
除非作为一种收益。
但有一点非常明确：
不管他们炫耀的
是什么文明，
不管他们想达到的
是什么高度，
都没有一丝痕迹留下，
除了那种见者有份主义，
而那种主义已衰变
成一种信仰，
信奉当小偷，
以玩世不恭的冒险精神
坚持偷窃。

我们注定要繁盛

"辉煌吧,正在衰亡的共和国。"

——罗宾逊·杰弗斯①

库米的西彼拉②,迷人的女巫,
你说什么是真正的繁荣进步?
我可否与我的顾客商议商议
用信心将这种繁荣进步换取?
西彼拉说:"回罗马去看看吧,
然后你会告诉家里那些顾客:
即便它不是一种纯粹的幻觉,
有关它的一切也不过是传播——
把外套燕麦选票传给全人类。
在残存的卷帙③中我们会发现
国家的作用之一就是要产生

---

① 罗宾逊·杰弗斯(1887—1962),美国诗人。"辉煌吧,正在衰亡的共和国"出自杰弗斯的同名诗。

② 西彼拉,传说中的女预言家,她住的山洞在那不勒斯附近的古城库米,故称"库米的西彼拉";她发布的神谕结集为《西彼拉预言集》,又译《西卜林书》。

③ "残存的卷帙",指《西彼拉预言集》残卷。相传西彼拉曾欲将《预言集》九卷卖给古罗马王政时期第七代塔奎尼乌斯(Tarquinius,又译塔昆),因索价太高而两度遭拒,西彼拉被拒一次便焚书三卷,但仍索价如初,此时国王经占卜师点破方知该书是宝,遂以原价购下残卷,藏于罗马卡匹托尔山神庙。

自由主义者,或保守主义者。
这朵花蕾注定要盛开,直到
由盛及衰花瓣凋落随风飘摇;
而这是一种不可逃避的命运,
除非它宁愿枯萎而不肯凋零。"

不愿被人踩踏

在那条路的尽头
有把闲着的锄头,
我踩了它的锄口。
它愤然挺身而起
对准我的脑袋瓜
狠狠地砸了一下。
这事本不该怪它,
可我仍把它责骂。
而且我得说明白
我觉得它那一击
真像是恶意伤害。
你会说我是白痴,
可难道没这规矩:
干戈应化为玉帛,
刀枪应变成锄犁?

但我们看见了什么？
我踩的第一件工具
却变成了一种武器。

希望之泉

有位诗人居然曾怀着希望，
他希望爱情应该如此这般。
他曾说："只要爱情果真这样，
哪怕另一件事也许不如心愿，
我也会心满意足，没有遗憾。"
出于敬意我逐字引用他的话。
可有种古怪的遗憾令他心烦。
我愿意付出任何代价去得知，
他除爱之外还牵挂的另一件事。
不过请留心听我给你说说
我希望存在的另外一样东西。
作为一个对天文学着迷的人，
我总是希望有片更好的天空。
（我并不在乎世人会怎么过。）
我真想摆脱所有的限制束缚，
像用泼彩法绘磷光画那样，
让整个天空都布满月亮，

如同喜庆日里天上飘满气球。
那应该博得星期日报纸的喝彩。
但那并不像我所为。我的心
从童年起就只想得到少得多
而且得来容易得多的东西。
有些行星,那不眨眼的四颗,
被发现有许多月亮做伴。
伙伴越多当然乐趣也越多。
但我想要的只是另外的一颗。
且听我把我的咒语念对:
"我希望我可以,希望我能够"
给地球增添另一颗卫星。
我们从哪儿去弄另一颗?得啦,
难道你不知新月亮从何而来?
当有些聪明人问我,我的诗
从何而来,我总会感到绝望。
在纽约我就很容易告诉他们
我认为我得到我的诗,是通过
来自某根废弃的旧烟囱的鹳。
不管你信不信,阿卡狄亚人[1]
宣称他们还记得大地母亲

---

[1] 阿卡狄亚是伯罗奔尼撒半岛中部一山区,传说该地是宙斯的降生之处,故阿卡狄亚人声称是世界上最古老的民族。

当初生下她的那天早晨。
那使大地经受了巨大的痛苦，
就像济慈（或弥尔顿？）说的
她因高大的卡夫而受的痛苦。①
它差点儿没把她撕成两半。
它从她的太平洋边分离而出。
当时所有的海水和所有的风
形成一股洪流涌向那地点。
不管你信不信，阿卡狄亚人
那天是凭紧紧抓住一种叫作
西菲恩的树②才得以逃生，
那种树有一种了不起的特性，
任何力量都不能将其连根拔起。
那天人们在风浪中悬在树上，
身躯和双腿像燕尾旗迎风飘扬。
他们多数最终都被风浪卷走。

---

① 参阅济慈的长诗《许珀里翁》第2卷第54—57行："……紧挨着他的／是亚细亚，她的父亲是最高最大的卡夫，／她母亲忒卢斯生她时所受的痛苦／比生任何一个儿子还多……"济慈曾说，他之所以没写完《许珀里翁》是因为弥尔顿开始对他的写作产生决定性的影响。济慈诗中"卡夫"这个名字也许是取自英国小说家威廉·贝克福德用法语写的小说《瓦特克——一个阿拉伯传奇》，这本书于1786年翻译成英语出版，"卡夫"在该书中等同于高加索山脉。

② 一种记载于古希腊典籍但早已绝种的树，其树脂叫作Laser，曾被用作药物。

但当时也出现了这样的情况：
有些人在被迫松开双手之前，
他们的身子早已经不知去向。
今天在西菲恩树的树枝丛中
偶尔还会发现一只手的骨骼
绝望地死死抓住那些树枝，
科学对此迄今也没法解释。
最近在安蒂奥克的博物馆里
它一直是人们谈论的唯一话题。
那就是关于它来自太平洋。
要是从大西洋得到另外一只，
它不一定使人感到这么可怕。
因为若来自一个较小的大洋，
它就不一定有这般巨大。
自由主义者也许会反对说
我的看法对人类过于严厉。
那是我要准备面对的一件事。
刚刚停止工作的造物主
是那么经常地问他自己
如何使坚实的天空不致变软，
而这所需要的仅仅是清洗。
人类实际上永远不会被灭绝，
对此我无论如何该深信不疑。
改天我得对此进行一番探究。

世上一直都有座亚拉腊山①,
有人曾在那儿生下另外的人,
从而使人类又开始繁衍生息。

当非你莫属且形势需要时,
你要想不当国王真是太难

国王对他的儿子说:"这已令我厌烦!
王国是你的了,随你怎么处置。
我今晚就逃走。给,拿好这王冠。"

但王子及时地缩回了他的双手,
避开了他不知他想不想要的王冠。
于是王冠坠下,珠宝撒了一地。
王子一边拾地上的珠宝一边回答:
"父亲,我观望已久,我不喜欢这
王国的模样。我要和你一起逃走。"

父子二人就这样放弃了王位,
并化装成平民双双逃离了王宫。

---

① 即今土耳其东部的大阿勒山。《旧约·创世记》说诺亚的方舟在洪水消退后便停搁在此山上。

可他俩没走多远夜幕便降临，
于是在路边荒草丛生的斜坡上
精疲力竭的他俩坐下来看星星。
望着他希望属于他自己的那颗——
猎户座的 β 星、γ 星或 α 星，①
前国王说："远方那颗星的冷漠
使我非常担心我只能听天由命：
我不一定认为已逃脱了我的职责，
因为当非你莫属且形势需要时，
你要想避开不当国王真是太难。
你看当年尤利乌斯·凯撒有多难。
他简直没法阻止自己称王称帝，
结果只好被布鲁图②的匕首阻止。
不当王只对华盛顿才稍显容易。③
你将看到，我那顶王冠会追上我，
它会像个铁环在我们身后滚来。"

"让我们别迷信，父亲，"王子说，
"我们本该把王冠带出来典当。"

---

① 猎户星座内的一等星。
② 布鲁图（公元前85—前42），古罗马贵族派政治家，刺杀凯撒的主谋。
③ 美国第一届总统华盛顿在两个任期之后主动拒绝了第三个总统任期，晚年在家乡弗吉尼亚的维农山庄度过。

"说得对,"前国王说,"我们需要钱。
你看这主意怎么样:你将你老爸
带到某个市场上的奴隶拍卖场,
标个价把他卖给什么人当奴隶?
卖我的钱应该够你做一门生意——
或够你坐下来写诗,若你想当诗人。
不过别让老爸告诉你该做什么。"
前国王站到了市场上的奴隶摊位,
试图卖个相当于一万美金的价钱。
第一个买主过来问他有何能耐,
他大模大样地回答:"让我告诉你,
我知道天下许多东西的本质。
我知道最好的食物,我知道
最好的珠宝,我知道最好的马,
我还知道男人和女人的奥秘。"

那宦官笑着说:"知道得可真不少。
但这儿钱也不少。谁是卖主?
这个无赖?好吧。你跟我来。
你现在去上都①到御膳房帮厨。
我先要试试你在厨房的本事,

---

① 上都是柯尔律治在《忽必烈汗》(1797)一诗中所描述的忽必烈下令修建"一巍峨宫阙"的地方。

因为你刚才最先说的是食物。
好像你说最好的就是本质奥秘。"

"因为我是罗兹奖学金获得者。
我曾在罗得岛上念过大学。"①

这奴隶在见习期间一直洗盘子。
但有天他终于得到了掌厨的机会,
因为那天大厨师感到忧心忡忡
(那厨师和国王一样喜怒无常)。
那顿菜赢得了赴宴者的满堂喝彩,
于是君王询问那天掌勺儿的是谁。

"一个外乡人,他声称通晓奥秘,
不仅是对菜肴,而且事事都知,
包括珠宝马匹女人美酒和歌赋。"
君王大悦,说:"让我们的奴隶
也像我们这样大吃一顿。听好,
哈曼②,他现在受我们欢迎。"

---

① "罗兹奖学金"是由英国殖民者及实业家罗兹(1853—1902)为英美学生设立的一种奖学金。"罗得岛"是希腊一海岛,位于爱琴海东南部。"罗兹"和"罗得岛"在英语中的拼写和读音都相同,故对原文读者来说,这两行诗是个有趣的文字游戏。
② 原文读者多半会从 Haman(哈曼)这个名字联想到《旧约·以斯帖记》第3—7章中记述的那个恶人哈曼(波斯王亚哈随鲁的宰相)。

有天一位商人进王宫来卖珍珠,
一粒小珍珠他开口要价一千,
一粒大珍珠他却只索价五百。
君王坐在那儿犹豫不定,他爱
一粒珍珠之硕大,另一粒之珍贵。
(他似乎一直觉得只能买一粒)
直到从篷特①或别处来的使节
开始蹭脚,仿佛在恭敬地暗示,
"哦,陛下,照我们看来,你
不是在选珍珠,而是战争与和平。
我们焦急地等你做出高贵的决定。"
当时若非有人想到了掌灶的奴隶
并把他唤来结束了君王的犹豫,
谁也没法估计协约国之间的关系
将会恶化到什么样的地步。

那个奴隶说:"这粒小的价值连城,
但这粒大的一钱不值。把它砸开。
我用脑袋担保,你会发现它是空的。
让我来"——他用脚把大珍珠踩裂
并让大家看里边有只活的蛀船虫。

---

① 篷特是古埃及人对非洲东部沿海地区的称呼,他们曾从那里运回奴隶、黄金、香料等财物。

"但请说说你怎么会知道。"大流士①问。

"这个嘛,凭我对珍珠本质的了解。
我告诉过你们我知道珠宝的本质。
不过今天这事其实谁都能猜出,
因为这粒珍珠摸起来像皮肤有体温,
所以里边肯定包有什么活的东西。"

"给他再来一桌丰盛的宴席。"

随后的日子又是盛宴接着盛宴,
直到有一天君王感到忧心忡忡
(这君王和大厨师一样喜怒无常,
但以前没人注意到这之间的联系),
他私下召见那位当过国王的奴隶。
"你说你知道所有人的奥秘,
而且还知道万事万物的本质。
请大胆直言,给我说说我自己。
什么使我烦恼?我为何不高兴?"

"你没待在属于你的地方。你

---

① 根据下文,原文读者可能会联想到波斯王大流士二世(在位期公元前423—前404)。

并非王家血统。你父亲是个厨子。"

"欺君可是死罪。"

　　　　"这你可以去问你母亲。"

他母亲很不喜欢他提问的方式，
但她说："是的，改天我会告诉你。
你有权知道你自己的血统家世。
你当国王全是因为你的母后，
而这也不寻常。有那么多国王
都娶过在街头乞讨的贫寒少女。
你母后的家人——"

　　　　他没有再听下去，
而是匆匆赶回去对他的奴隶说，
如果他把他处死，那不是因为
他说谎，而是因为他说出了真相。
"至少你该因玩弄巫术而被处死。
但你若告诉我底细我就饶了你。
你怎么会知道我出身血统的秘密？"

"若你是个龙种凤生的真命天子，
那凭我替你做的所有那些事情，

你本该封我个你们的什么维齐尔①,
或是赐给我贵族的头衔和领地。
但你能想到给我的就只有吃的。
我替你挑过一匹马叫平安三号,
是平安一号生的平安二号的马驹,
以保证它能驮着你平安逃离
你有意要输掉的任何一场战斗。
你可以输掉所有的战斗和战争,
你可以输掉亚洲、非洲和欧洲,
但没人能抓住你,你总能活下来。
你在摩苏尔②全军覆没。但结果呢?
你虽是孤家寡人,但仍平安归来。
这不是真的?可我得到的奖赏呢?
这次固然是一台通宵达旦的豪宴,
但还是吃的。你满脑子只有吃的。
而只有厨师的儿子才会只想吃的。
所以我知道你父亲肯定是个厨师。
我敢打赌,作为一国之君,你替
你的人民想的就是给他们吃的。"

---

① 伊斯兰国家的大臣。
② 伊拉克北部城市,其前身是亚述帝国古都尼尼微。亚述帝国崩溃后曾先后为波斯帝国、亚历山大帝国、塞琉古帝国、萨珊王朝、阿拉伯帝国和蒙古帝国征服。

但国王反问:"难道我没在书中读过
最适合君王的行为就是给予?"

"可不仅仅是给食物,还有特性。
君王必须让他的人民具有特性。"
"他们得吃饱了肚子才谈得上特性。"

"你真不可救药。"奴隶说。

      "我想是的。
我在你面前很自卑,"大流士说,
"你懂得那么多,接着给我讲呀,
告诉我治国安民的一些规则。
万一我最后决定再当一阵子国王,
我该如何让一个民族具有特性呢?"

"让他们享有适合于他们的幸福。
可这点很难,因为我不得不补充:
你不能不去体察他们的意愿,
而这就是让进步溜进来的裂缝。
要是我们能相对持久地把进步
阻止在什么地方,在麦迪逊[①]曾

[①] 影射美国第4届总统詹姆斯·麦迪逊(在任期1809—1817)。

试图阻止它的好地方,那该多好。
可这不行,一个女人总要人老珠黄,
一个民族总要走它螺旋形进步
的必由之路,从国王到民众到
国王到民众再到国王,像涡流
一样循环旋转,直到涡流消失。"

"进步就说到这儿,"大流士温和地说,
"另一个使我烦心的字眼儿是自由。
你善于说理。给我说说自由的道理。
这自由与特性到底有什么关系?
在沿爱琴海东岸的那些希腊城邦,
我的总督蒂萨菲尼斯①一直在受
自由折磨。那里的人张口就是自由。"

"看看我这衣衫褴褛背里拉琴的儿子,"
前国王说,"在这件事上我俩一致。
当我卖身为奴时,他就是那个收钱
的人——这对他是种小小的耻辱。
他是个好孩子。那都是我教唆的。

---

① 蒂萨菲尼斯,公元前414年至前395年任波斯帝国驻小亚细亚总督,当时小亚细亚沿海诸城邦正与雅典结盟。

我把那钱看作一笔卡内基[①]奖学金，
让他凭此把自己培养成一个诗人，
如果凭钱就能培养出诗人的话。
不幸的是经受考验不光需要钱。
那笔钱没能使他坚持到最后。
现在他也许不得不转向其他行道
挣钱谋生。对此我不会加以干涉。
我希望他成为他不得不成为的人。
他已经乞讨着走过了当年荷马乞讨
过的七座城市。[②] 他能给你讲自由。
我得知他写自由诗，有人认为
他将成为七项自由的创造者，
意志、贸易、诗体、思想之自由，
还有恋爱、言论和铸币之自由。
（你应该看看科斯岛的铸币。）
他名叫厄马，作为罗兹奖获得者，
我照伦敦土话把厄马念作荷马。
有诗人告诉我们自由就是受奴役，
让自己沦为英明领袖理论的奴隶，

[①] 卡内基（1835—1919），美国钢铁企业家，生前曾捐款资助英美等国的文教科研机构，创办图书馆和基金会等。

[②] 一首有多种唱法的古希腊民谣中有如下两句："有七座城市都争着说它是荷马的出生地：/ 士麦那、罗得、卡洛封、萨拉马、伊奥斯、阿尔戈斯和雅典。"

不管那理论是卡尔·马克思的
还是耶稣的，它都将使你获得自由。
别听他们玩弄似是而非的怪论。
唯一可靠的自由就在于撒手离去。
我和我儿子已试过，所以知道。
在离去的一瞬间我们感到了自由，
就像原子碎片飞向虚无缥缈。
国王要解决的问题只是在学校里
和国家内，自由之缺乏和法纪之
严厉应该绝对到什么样的程度，
以确保我们的离去具有喷射力，
像果仁从我们捏紧的指缝间飞出。"

"所有这些技巧都叫我灰心丧气。
请原谅我插话；我一点儿不快活。
我想我应该叫刽子手把我处死，
并叫他们强迫你父亲当国王。"

"别让他蒙你，他本来就是个国王。
他虽几乎无所不知，但也会出错。
我不是个自由诗人，这点他就错了。
我得声称我就是实实在在的我。
如人们所说，我写地道的格律诗。
我现在谈的不是自由诗而是无韵诗。

715

这种诗来自基于一种韵律（即
或宽或严的抑扬格）的节奏旋律,
由那种旋律产生音乐节奏之表达。
表达之和谐不是韵律,不是节奏,
而是节奏和韵律产生的一种结果。
上帝说告诉他们 Iamb[①]，就是这意思。
自由诗不考虑韵律,而且可用
教堂圣歌之吟咏来弥补其不足。
所谓的自由诗其实是受宠的散文,
是被教会音乐赋予了旋律的散文。
它也自有其美,只是我不写它。
也许我不写自由诗便可以防止我
像惠特曼或桑德堡那样,对自由
大发议论。但请允许我下个结论:
告诉蒂萨菲尼斯别在乎那些希腊人,
他们追求的自由是政治活动之自由,
即没完没了地投票并为此高谈阔论。
艺术家们对公共自由之所以显得
那么不感兴趣,其原因就在于

[①] 据《旧约·出埃及记》第3章第13—14节记载,当摩西问上帝该如何向以色列晓谕上帝之名时,上帝答曰:"I am that I am（我是我所是）。"弗罗斯特据此又玩了个文字游戏:Iamb 意为"抑扬格"（英语诗歌的一种音律）,但原文读者可以把这个词读成 I am b（我是 b）。

他们已开始感到需要的自由是一种
没人能给他们——他们不可能得到的
自由,他们自己获取素材的自由;
所以他们对比拟从来不感到困惑,
不管他们面对的是什么事物,
他们都能精确地把握其本质倾向。
在这种毫无困惑的理想时刻
无论是人的名字还是名词的形容词
都可像一个精灵从虚无中被唤出。
我们不知对这种时刻欠下了什么。
也许是美酒,但更有可能是爱情,
或许仅仅是肉身躯体之安然无恙,
或是思考对抗竞争后的稍事休息。
这肯定就是我父亲说离去的意思,
自由自在地飞进天然的联系。
一旦尝过这自由,别的都无法比拟。
我们的日子会在等待它重返中度过。
你肯定读过伯里克利寄给离别的
阿斯帕齐娅[1]那封著名的情书:

---

[1] 伯里克利(公元前495—前429),古希腊著名政治家,民主派领袖;阿斯帕齐娅(公元前470—前410),古希腊雅典美女,伯里克利的情妇,与他共同生活了16年(公元前445—前429)。

对上帝而言，最自由的感觉
一定就是他在比拟上的成功
当他一看见你就想到了我。

让我们看看，我们处在什么境地？
哦，我们正处在一个过渡时期。
要用一个老国王换另一个老国王。
我们活在一个多么令人激动的时代——
人人都在谈论青春之希望和青年的
无所作为。看看我吧，我似乎完全
被人忽视。没人提名要我当国王。
刽子手已经抓住了大流士的腰带，
要带着他离开亚洲的道路，
在没有律师的情况下让他湮灭。
不过这似乎正是大流士所希望的。
简直没法理解亚洲人的思维方式。
父亲注定要遭受我们避之不及的。
迷信胜利了。他会怪那些星宿，
金牛座α星、御夫座α星和天狼星，
（因为我记得它们曾是夏夜星辰，
在我们逃离泰西封[①]的那天晚上）
怪它们只是冷眼旁观而不干预。

---

① 参见本书《欠债之巧妙》一诗第6行注释。

（我们干吗如此怨恨冷漠超然？）
但千万别告诉我最后出卖他的
不是他自己对君王气质的极力炫耀。
当非你莫属而且形势需要之时，
你要想避开不当国王真是太难。
而这个世界一半的麻烦都在于此
（或我几乎想说其实还不止一半）。"

大胜前夕写于沮丧之中

我曾经有一头奶牛跳过了月亮，
不是跳向月亮，而是跳了过去。
我不知什么使她如此精神失常，
因为她吃的一直都是红花苜蓿。

那是我教母古斯①在世时的事情。
但虽说我们今天比当年更愚蠢，
虽说人人都灌足了苏打矿泉水，
我们依然没能追上我那头奶牛。

---

① 英语人名 Goose（古斯）字面意思是"鹅"，由此引申出笨蛋、傻瓜之义。

续　篇

但如果我当时想要追过月亮，
追上我的奶牛抓住她的尾巴，
我敢说肯定是因她叫声悦耳，
而且把她的蹄子踩进了奶桶；

这可是天下最最无礼的行为。
一头牛曾对一个人这样表现，
那人咒骂着从挤奶凳上站起，
厉声说："我要教你如何吼叫。"

当时他没法用干草杈去打她，
也没法用草杈的杈尖去戳她，
于是他跳上她那毛茸茸的背，
咬得她皮开肉绽露出了骨头。

毫无疑问她宁愿挨一顿草杈。
她勃然大怒发出了一声吼叫，
声音大得远在纽约也能听见，
而且成了报纸上的头版头条。

他也冲她吼："这是谁挑起的？"

这就是人们在一场战争之后
总要问的——不问是谁赢了，
也不问打仗到底是为了什么。

银河是条奶牛路 ①

凭借硬得拍不动的翅膀
我们开始为离开地图
进行倒数第二次旅行
而兴高采烈，欢欣鼓舞。

但由于哪儿也没到达，
我们像小孩一样使性子
毫无目标地冲着空气
把我们拥有的一切都丢弃。

刺探隐秘的恶习难改，

---

① 西方人关于银河的来源有各种传说，许多人认为银河是亡灵去往未来世界踏出的通道；罗马神话讲银河是天后朱诺在小赫剌克勒斯偷吮她的奶时被惊醒，奶汁溅射而成；希腊神话讲银河是英雄珀尔修斯（后化为英仙座）骑神马珀伽索斯（后化为飞马座），去救美女安德洛墨达（后化为仙女座）时马蹄踏起的尘埃；古埃及人说银河是由撒在通往乐园之路上的麦粒汇成；北美印第安人则相信银河是勇士的灵魂去往"打猎欢宴天堂"的路。

我们总想看到那片因
一块块天然铀而发光的
天空会造成什么后果。

最后在自我崩溃之中
我们向我们的妻子坦白
说不定那条银河
就是女人的生活之路。

我们智商并不低的妻子
回答说,她们宁愿相信
银河是那头跳过了月亮的
奶牛① 走过的路。

如任何人都能看见的
一样,她的天路历程
留下的那条抛物曲线
也许永远不会带她回返。

那位男人们和女人们的
最理想的奶妈
已把人间琐事丢下

---

① 参见上首《大胜前夕写于沮丧之中》。

奔向了茫茫的宇宙。

而且她继续偏离正道
越过低矮的牧场栅栏
沿着那条长长的银河
在星星上寻觅草料,

如一些多年生的花草,
一直寻到像某人说的
我们这个宇宙有一道
锋利的边缘的地方;

所以如果她不小心
她会让咽喉被割破,
不过那种事与任何人
都不相干,除了——

写下这些诗行的诗人,
因他一生对芸芸众"牲"
之冷漠一直是因为
它们曾经没有得到的。

真正的科幻小说

眼下我没跟上人类的步伐,
没有同他们一道日行千里,
这点几乎不可能瞒得太久,
十之八九都会被他们注意。

他们中有人也许会发现
我一直远远地掉在后边,
慢条斯理地消耗着生命,
优哉游哉地说地谈天。

虽此时他们还只是嗤笑
我是如何如何牛步蜗行,
还只是非常宽容地责备
说我是个因循守旧的人。

但我知道他们是什么货色;
随着他们越来越成为核心
而且越来越偏执地依赖
现代科学传播的福音,

在他们眼中，我这种闲荡，
这种比音速还慢的逍遥，
甚至比光速还慢的转悠，
不会不显得像是离经叛道。

最后他们对我采取的措施
可能是送我到太空流放地，
他们认为那样一个场所
很快就会在月球上建起。

只要带上一罐压缩空气，
我几乎就可以去任何地点，
准确地说是可以任人摆布，
被送去做一种高尚的实验。

在面貌那么可憎的星球，
是该先送个废物上去溜溜，
以便弄清得等多长时间
他们才能把它变成一个州。

* * *

最后这一节献给被遗弃在乌鸦岛上的海德[1]

---

[1] 诗人的朋友爱德华·海德·考克斯把他坐落在马萨诸塞州曼彻斯特海滨的房子叫作"乌鸦岛"。

我写这诗是要用点乐观主义
哄你在岛上高兴地过圣诞节,
你那座岛应该是一座岛,但
却不是,因为那是一个地峡。

·尴尬境地·

尴尬境地

虽说人世间有恶这种东西,
我却从不因此悲哀或欢喜。
我知道恶必须存在于人间,
因为人世间应该永远有善。
而正是凭着两者相互对比
善与恶才这样久久地延续。
所以辨别能力才不可或缺。
所以即便仅仅是为了辨别
什么值得爱和什么值得恨
我们也需要费心机伤脑筋。
若引德尔菲神谕所的神谕:[1]
像爱自己一样爱你的邻居
像恨自己一样恨你的邻居,
这样尴尬就会达到其极致。
我们早就因食禁果而领悟

---

[1] 德尔菲乃希腊一古城,曾有著名的德尔菲神谕所,该所位于该城的阿波罗神庙内殿,故又称阿波罗神谕所;古代祭司们宣布神谕总是含糊其词或模棱两可,使神谕具有多种解释,这样神谕到头来总会应验。

人脑根本就没有替代之物。
可你用我讨厌的影射方式
暗示说除非替代物是杂碎。
你迫使我白纸黑字地承认：
我过去曾愚不可及地认为
人脑和杂碎是同一种东西，
直到我被人逮住并遭羞辱，
先是被肉贩，接着被大厨，
然后是被一本很科学的书。
不过正是凭着让杂碎灵光，
我才被认为有很高的智商。

一种反应

且听我胡言乱语。
科学往一个洞里
打下了一根桩子
于是他使它被磨蚀。
科学曾进行出击
于是他占了点便宜。
那便是他所得到的。
"啊，"他曾发问，
"去那边的是什么人？

我们应该相信什么？
那边有一个'它'吗？"

在一杯苹果酒中

看来我只是小小的沉渣，
一直等待着杯底被搅动，
这样我可抓着气泡上升。
我搭乘的一个气泡炸开，
于是我又一头沉了下来，
但处境并不比先前更坏。
等下去我会把另一个抓紧。
我注定要不时地兴奋一阵。

咏　铁

工具与武器

给阿尔梅德·沙哈·博哈里[①]

她最最内在的自我天性总要分裂，
结果因不得不偏袒一方而伤人类。

"有四间房的木屋"

有四间房的木屋高高地
竖有一根细细的天线杆，
天线杆接收天上的幻象，
幻象无目的地滚滚流逝。
不管是耳朵听到或眼睛
看到的都是要花钱买的。
希望你心满意足地坚持。

[①] 阿尔梅德·沙哈·博哈里（1898—1958），巴基斯坦教育家及外交家，曾任巴基斯坦常驻联合国代表和联合国负责新闻事务的副秘书长。他曾于1956年邀请弗罗斯特为联合国总部的冥想室题写了这首诗，但这两行诗最终未能镌刻在那里。

"虽说全体民众"

虽说全体民众
都紧张不安，
但迄今为止
至少外层空间
仍只讨人喜爱
而非被人挤满。

当选佛蒙特诗人有感

天地间可有这样的一位诗人，
当发现他的故乡和邻里乡亲
懂得他的诗而且还有点喜欢，
他竟会不被打动，不生情感？

"我们无法驱除这样的迷信"

我们无法驱除这样的迷信：
我们珍爱的一切

都会因绝对的不幸而消失
而且将彻底湮灭。

"需经校内校外的各种训练"

需经校内校外的各种训练
方能适应我这种戏谑调侃。

"冬日只身在树林"

冬日只身在树林，
我去跟那些树作对。
我挑了一棵枫树
并把它砍倒在地。

沐浴着西天晚霞
我直身扛起斧子，
在映染霞光的雪上
我留下一线足迹。

我看一棵树之倒下

并非大自然的失败,
而为了另一次出击
我的退却亦非失败。

集外诗*

(1890—1962)

---

* 弗罗斯特一生还写有一些他后来不愿意收入集子的诗。这些诗或散见于各种报刊、早期的诗集(后再版时被他剔除)和他写给朋友们的信中,或以手稿的形式存留于世。

伤心之夜[①]

特诺奇蒂特兰城[②]

风云突变。那座城市曾
有过的安宁和瑰丽壮观
都已经一去不返。
眼下是战争在支配着
那群人,而仅仅一星期
之前,他们还全都
在尽情地作乐狂欢。
此刻只有伤员的喊叫
或哨兵查口令的声音
偶尔划破夜的宁静。
在君王们曾发号施令的
都城里,已被围困

[①] 原标题为西班牙语 La Noche Triste,传统上特指 1520 年 6 月 30 日晚至 7 月 1 日晨那一夜,是夜埃尔南多·科尔特斯(1485—1547)率领的西班牙殖民军在从特诺奇蒂特兰撤退时遭受重大伤亡。诗中的细节取自普雷斯科特所著《墨西哥征服史》(1843)第 2 卷第 3 章。

[②] 墨西哥城的古称,曾为阿兹特克帝国之首都。1519 年 11 月 8 日,科尔特斯率军进入该城,一星期后把阿兹特克王蒙特苏马扣为人质。

多日的西班牙人，
被饥饿和无情的敌人
逼迫的西班牙人
正在寻求逃跑的途径。
夜伸手不见五指，
黑云遮掩着天空，
周围是死一般的寂静。
科尔特斯坚定沉着，
他始终都泰然自若，
对众人而言，他的话
就是法律。他的突围计划
已形成，眼下时机正好。
人人都各就各位，
只等信号一发出，他们
就将开始艰难的撤退。

逃　　跑

突围的命令传了下来，
紧闭的城门终于大开，
一长溜黑影鱼贯而出，
踏上了弃城逃跑的路途。

一开始队伍小心地前进，

像船在暗礁之上航行,
随时提防着暗藏的危险,
暗藏的危险可能会致命。

现在他们径直走向堤道,
尖兵队抬着活动木桥,
木桥被架上湍急的水渠,
队伍从桥上越过波涛。①

但他们刚刚到达对岸,
就听见身后鼓声震天,
蛇皮战鼓的隆隆之声
随着夜风飘荡在湖面。

隆隆的鼓声刚刚停息,
湖面上刚刚恢复岑寂,
这时一声嘹亮的螺号
又在寂静的夜空响起。

螺号声是个不祥之兆,

---

① 特诺奇蒂特兰城建在特斯科科湖中的岛上,由三条堤道与大陆相连,当时该城周围有许多运河及沟渠。后来人们为获得耕地而利用沟渠把湖水引入帕努科河,致使湖水干涸,留下大片不宜耕种的盐碱地。

使每颗心都充满了恐惧,
每名炮手都指望逃命,
都一心想找个安全之地。

在惊慌失措的绝望之中
他们扑向下一条水沟,
四周不是敌兵就是湖水,
他们像落入笼中的野兽。

那队人马像一股水流,
忽而往东,忽而往西,
异教徒从四面八方涌来——
夜晚正在慢慢地过去。

一阵喊杀声划破夜空,
前方出现了敌兵首领,
他头顶的羽毛猛烈晃动,
西班牙人哟,可得当心!

西班人的大炮已经裂口,
在乱军中依然瞄准敌人,
英勇的莱昂[①]等在炮旁,

[①] 胡安·巴拉西克斯·德·莱昂,西班牙殖民军将领,科尔特斯的手下。

准备用剑与对手一拼。

那首领一下扑到他跟前,
高高举起他的狼牙铁棒,
铁棒击碎了西班牙钢甲,
莱昂面朝下倒在地上。

他在他的大炮边死去——
他英勇牺牲,以身殉职,
那一夜有许多勇士倒下,
他的部下都肝脑涂地。

桥头那些忠诚的卫兵
已经用完了浑身的劲,
但木桥早被雨水泡胀,
他们没法挪动它一分。

黑暗中传来一声呼号:
这场突围战已经输掉;
此时连科尔特斯也冲部下
劈头盖脸地一阵怒号。

有些人跳进水渠逃命,
但转眼之间便沉入水底,

甚至水渠都被尸体阻断，
其他人踏着尸体过了水渠。

阿尔瓦拉多①也身陷重围，
单人匹马左冲右撞，
最后他杀开了一条血路，
可惜不会有人与他分享——

因伸手不见五指的黑夜
把最辉煌的壮举掩藏，
这壮举得等到未来岁月
才能为英雄的名字增光。

当时他忠实的坐骑倒下，
因它被敌人的长矛刺穿，
他猛退几步，一声呐喊，
然后朝前狂奔如离弦之箭。

奔跑中他突然高高跃起，
看上去像凝固了一段距离，
转眼之间大功告成，

---

① 佩德罗·阿尔瓦拉多（约 1485—1541），西班牙殖民军将领，曾任危地马拉总督，在征服墨西哥的战争中任科尔特斯的副手。

他飞身跃过了那条沟渠。①

面对面与战友站在对岸,
他们终于脱离了危险。
复仇的欲望得到了满足,
阿兹特克人也收兵回返。

所以当旭日升起在东方
放射出它的万道金光,
敌人像是被阳光驱散,
各自寻道路返回营房。

穿过横七竖八的尸体,
踏过遍地的黄金和血污,
阿兹特克人去向他们的神庙,
因那场战斗已经结束。

我们无须跟随西班牙人
越过平原并翻过山岭,
只说他们最后到了海边,
重新获得了命运女神的垂青。

---

① 这便是一些史书记载的"阿尔瓦拉多之跃"。

在那个夜晚结束之前
曾照映过那场战斗的火焰
如今早已灰飞烟灭
连同阿兹特克人的王冠。

蒙特苏马王朝不复存在，
他们的统治早已经完蛋，
现在是自由的人民当家做主，
在那片土地上生息繁衍。

1890 年

浪花之歌

"在深深的大海上滚动翻飞，
沉没的财宝在我身下沉睡，
当我朝着海岸慢慢地涌去。

我平静地涌动，随流逐潮，
压根儿没去想过什么目标，
滨旋花① 在我周围鸣钟吹号。

---

① 滨旋花是一种生长在海滨的旋花属植物，开粉红色钟形或喇叭形花。

我头顶上的天空宁静安详，
我身下的海底有海草生长，
有鱼儿在海草间游来游往，

忽而游进阳光忽而进阴影，
忽而消失于某座海洋森林，
由不安的海水造就的森林。

像先前一样继续涌动向前，
此时已能望见远方的海岸，
已能听见碎浪沉闷的呐喊；

于是我加快了涌动的速度，
满怀喜悦去加入我的同族，
在海岸边有白光闪烁之处，

心中没有一丝悲哀或苦恼，
像一片树叶似的翩跹舞蹈，
毫不在乎那些峭壁或暗礁。

瞧！黑色的峭壁高耸入云，
往我身上投下可怕的阴影，
向我预告即将到来的厄运。

啊！我也许能够到达陆地，
把那阳光照耀的沙滩冲洗，
然而四面八方的这些礁石

像要把我的欢乐之路阻挡，
像是要从海面高高地隆起，
遮住头顶辉煌灿烂的阳光。

现在我必须低下高傲的头，
不再去自由的大海上漫游。"
听！巨大的碰撞声和悲鸣，
那浪花结束了短促的生命。

1890 年

梦遇凯撒

梦样的一天，一阵柔和的西风
在森林中的隐蔽处窃窃私语；
羊毛般的白云从头顶缓缓滑过，
渐渐消失；在林中最幽深的地方
穿过一条条悬垂头顶的林间通道
画眉慵懒的啼鸣引起一阵阵回声。

大自然仿佛要编织出一个魔环，
用其支配人的头脑，让脑海里
只浮现对久远年代的回忆和梦幻。
所以当那个夏日的下午慢慢过去，
当我在大自然的摇篮中昏昏欲睡，
当我注视着一条小溪潺潺流动，
许多幻象：一群忙碌的人、昔日
的生活和那些一去不复返的岁月，
乱七八糟地涌过我疲倦的脑海；
直到远方群山中传来隆隆的雷声，
对这样一种人发出及时的警告：
离开家的庇护去四处漂泊的人
会忘了时空存在，忘了他还活着——
被大自然使人恍惚的裹尸布包裹，
被诱去探究她最幽深玄妙的领域。
那渐逝的声音从一条溪谷被抛向
另一条溪谷，但我却没有注意。
随即山风突然向静静的森林吹来，
使树叶全都高兴得载歌载舞。
然后胸膛比夜还黑的团团乌云
沿整个地平线的边缘向上升起，
一时间天空布满了疾飞的乱云。
这样，就在暴风雨的传令官快要
把发怒的大暴风雨引来的时候，

从最先飘来的云块的罅隙之间
一道道光柱射下,像架在座座树林
和片片草地上的云梯,林中仙子
可攀梯穿云去往天上。
　　　　　　于是顷刻之间
周围的一切都像被施了一种魔力:
因为我的脚边就竖着这样一架天梯,
我定睛细看,一个先很朦胧的身影
顺梯而下,转眼间就站到我跟前,
他相貌堂堂神采奕奕风度翩翩,
他的托加长袍迎着西风微微飘展,
他眼中依然闪烁着不安的激情,
就像当年站立在罗马元老院前
用他伟大的意志统治一国之民,
哦,凯撒,世界的第一个征服者。
朱庇特的雷电在他手掌中不断地
闪出光芒。他托加袍上的搭扣
是一颗最最晶莹的宝石,一颗
几乎比太阳还明亮的宝石,犹如
天国的露珠。我敬畏地把他注视了
片刻;然后他威严地指给我看
一座桥——一棵被雷电击倒的
横在小溪上的长满了青苔的古树,
并对我说:"离去!朱庇特派我来,

来用暴风雨和黑暗统治这个世界。"
接着他把手往上一挥,"看吧,看
我的力量,我的军团。征服依然是
这火热的心中的一种激情。快跟
这和平安宁的景象说声再见吧,
趁我还没从手掌中击出朱庇特的
雷电,用电火把这沉沉黑暗击穿,
趁我势不可挡的军队还没到达,
还没在风中传开恐怖并消灭光明。"
他说完这番话便从我眼前消失。
我突然听见了战车隆隆的车轮声。
战争已开始,因四周血流如注,
但血色不红,是一种更浅的颜色,
只有梦一般的银色月光才能倾泻。

1891 年

我们的营地
——在秋日的森林中

在密林深处一个荒凉的湖畔
　有一处我常去的神圣的地方,
那儿的树木都弯腰垂向水面,

水面有泛着月光的涟漪荡漾，

顺着一条条长长的林荫通道
　一缕缕银色的月光清幽静谧，
夜晚的微风偷偷地穿过树梢，
　轻柔地叹息着久久不肯离去；

我经常在夜半时分来到这里
　望铁杉树梢掩映的一颗孤星，
直到湖水的歌声从远方涌来
　淹没湖边沙滩上的一片寂静。

承载着这段湖水送来的歌声
　我的心像海上一只没舵的船；
歌声被退潮的湖水留了下来，
　如今搁浅在这片沉睡的沙滩。

1891 年

清朗而且更冷
——波士顿公地①

当我沿小径穿过那片公地,
　它在日光下格外清朗明净,
因风雨早已经卷走了树叶,
　早已经卷走了夏日的浓荫。
雨后小径像刚刚刷过黑漆,
　当时我正迈着轻快的步子——
我觉得是自己轻快的脚步
　使这冬日城市的步伐开始。

当我沿小径穿过那片公地,
　头顶上的天空苍白而萧瑟;
在一阵阵寒风的逼迫之下,
　我看见有棵树剩一枝树叶,
其余树枝成了无叶的木棍,
　当时我正迈着轻快的步子。
我觉得是自己轻快的脚步

---

① 波士顿市中心州议会大厦附近一绿地广场,是市民休闲娱乐之处,亦是旅游者观光的地方。

使这冬日城市的步伐开始。

当我沿小径穿过那片公地,
　　在空气清新的十月的早晨,
湿漉漉的长椅塞满了落叶,
　　休闲的人们全都没了踪影。
只有观光客陪我一道竞走,
　　当时我正迈着轻快的步子。
我觉得是自己轻快的脚步
　　使这冬日城市的步伐开始。

当我沿小径穿过那片公地,
　　我破天荒地有了这种感觉:
我喜欢这城市拥挤的冬日,
　　喜欢它会令人炫目的冬夜,
喜欢城市生活和寻欢作乐——
　　当时我正迈着轻快的步子。
我觉得是自己轻快的脚步
　　使这冬日城市的步伐开始。

　　　　　　　　　　1891 年

乌云酋长
（一段感恩节传奇）

当牧场上莎草的叶片下垂互相缠结，
当疲惫的小溪在寂静中躺卧于秋叶，
当秋风刮过的荒原发出一声声悲泣，
当落叶被秋风卷起旋转着飞过天宇，

在疾飞的阴云遮暗的荒凉的山坡上
干枯的玉米秆披着裹尸布般的月光，
颤巍巍像当年含恨离去的那个部落，
窸窣窣像是回来把他们的悲伤诉说。

这时那位旅行者走下不见顶的高山，
步入夜色中那片长满树的沼泽荒原，
看见那老迈瘦小的隐士在大橡树旁——
那位正被缭绕浓烟包围的乌云酋长，

他架好柴堆念过符咒然后盘腿而坐，
直到柴堆中圈周围闪耀朦胧的磷火；
旅行者整夜都听见那术士念的咒语
在悲风中与森林的呼啸混合在一起。

当火焰映亮溪谷,念咒声成了哭喊:
"来吧,带暴风雨来,来吧,黑暗!
请尽快把我的乌云带给冬天的呼吸。
我的族人都已死去,在我之前死去。

正如我统治过一个民族,这烟终将
升入云,云终将带来暴雨形成汪洋;
我听见他们的城市谢我的族人死去。
快来吧,黑暗,请快快带来暴风雨!"

他的哭喊声一直回荡到阴郁的黎明,
那旅行者回头看见了草地上的灰烬,
看见烟雾涌上山顶并被风向南刮走,
听见一声尖厉的回答出自冬天之口。

1891 年

别　离

致——

我曾梦想落日不要再升起。
我心已死,不再寻一轮盲目的太阳,
一轮在无路的空间疯狂旋转、在

被奴役的世界中随意穿行的太阳。
但在寂寞无言的内心深处
它挥之不去。晚霞消隐,西风
溜过群山和渐渐昏暗的天空,
太阳轨道收拢洒遍环宇的金光——
那无望的死者的不死的记忆。
悲伤的泪珠落下,我朝远方凝望
即将来临的风雨之夜和宁静之夜。
哦,悲伤,谁能说你有什么欢乐?
一个声音低语道:"地上听不见的
是天上的歌。"而黑暗悄悄逼近
怀着变成永恒之夜的深深渴望。

1891 年

沿着小溪

我离开草地滑往小溪,
　　加速吧,加速,我的冰橇,
　离去,离去,黑冰平卧,
在我滑行路线的两旁
　　是树木茂密的漆黑山岗——
　　　加速,加速,磨磨蹭蹭的冰橇。

冰原坍塌——远方一阵轰隆——
继续走吧，从黑暗到更深的黑暗——
　　加速，加速，把黑暗甩到后边。
独行冰上，萧萧晚风
使冰变得越来越硬；我在
　　起伏的冰面上迂回行进。
在我从小溪拐入大河之前
　冰面又重新变得平滑，
　　当我疾行，麝鼠的击水声
从飞速后退的模糊的岸边传来，
　那儿有缕缕月光开始颤动。

回　返

月到中天，我已经精疲力尽。
远方小路似的小溪凄迷阴沉；
时间飞逝，我在冰雪上蹒跚而行；
当我行进时冰上有丛生的芦苇。
我走了很远，我已经很累——
被云遮住的月亮朦胧阴晦。

1891 年

叛　徒

那只波涛之上的海鸟，
　　洛娜[①]已死去。
科拉山上的黑色城堡
　　如今已成废墟。
为死去的洛娜哭泣吧，
她曾随君王出征北伐。

清晨洛娜骑马来城堡，
　　作为一名信使，
她带来了北伐的捷报，
　　带来胜利消息：
"他的进攻势不可挡，
夷平了叛逆者的城墙。"

科拉城堡的庆功欢宴
　　此时正值高潮，
独自放哨的卫兵看见

[①] 英国作家布莱克莫尔（1825—1900）的历史小说《洛娜·杜恩》（1869）一书中的女主人公。

顺着城堡墙角
密密麻麻的一溜长矛
迎着东方的朝霞闪耀。

从一个地下室的祭坛边——
　　夜露正往下滴——
传来洛娜被捂住的呼喊，
　　喊声转瞬即逝——
"祭司和受骗者会发现
我是为胜利而捐躯！"

那只波涛之上的海鸟，
　　洛娜早已死去。
科拉山上的黑色城堡
　　如今已成废墟。
她坟头饰有皇家的图案，
她在永恒的黑暗中长眠。

1892 年

毕业赞歌[1]

桤木林中有一个幽僻之处
总是伴着猫鸟[2]的叫声沉睡；
　林子下方有座长长的石桥，
石桥下是小溪静静的流水。

　有位梦幻者爱去林中徜徉，
并爱采集许多雪白的石子；
　他爱把石子放在手中掂量，
揣测每块石子悦耳的声音。

　当他把石子投进潺潺的小溪，
美丽的幻象会随着水声浮现；
　当思想的石子搅动我们心里
的离情，未来也浮现在眼前。

1892 年

---

[1] 为劳伦斯中学 1892 年度毕业典礼而作。
[2] 一种北美鸣鸟，因会发出猫叫般的声音而得名。

暮 光

我为何偏要接受你悲哀的注视,
哦,你这不知从何处射来的暮光?
我担心自己不再是我认为的自己!
我该变成另一个很优雅的人吗?
你这么忧伤,而我这般压抑?

在与世隔绝的高高的天空,
越过那轮漫不经心的月亮,
两只鸟会展翅飞向远方,
　　而且会很快消失。
(它们会飞离北方光秃秃的天空!)

远方那片收留夜晚的荒僻之地
醒来时会听见鸟儿惊恐的啼鸣。

凭着祈祷,广漠的寂静哟,
你的心和我的心会在天上飞过!
它们是没有记忆的意识,
　　既不高贵也不渺小!

你在这里,而我在每一个地方!

1894 年

消　夏

我要起身而去,去到一个梦中——①
不走很远,不走很远——然后
再次躺卧于那洒满阳光的草丛,
一觉睡到天黑或睡到再见日头。

昏昏然中我会又变得过分自信;
我会寻新的安慰而且很难满意——
在远方小岛般的树林边的草坪,
整个夏天都躺在绿茵茵的草里,

草坪四周须有茂密的森林环绕,
草坪必须安静,绿草必须幽深,
不然我就不可能不间断地睡觉!
若北斗七星隐去我也睡不安稳!

1894 年

---

① 参见叶芝《茵尼斯弗利岛》首行:"我要起身而去,去茵尼斯弗利岛……"

瀑　布

那是道草木葱茏的峭壁，
峭壁上长满了蕨类植物；
但没有鸟，一只也没有！
只有那飞流直下的瀑布。

有一条印第安人的小径
居然也拐向那美丽去处！
有个人曾经常去那地方，
那儿有蕨草和那道瀑布。

1894 年

一个没有历史意义的地方

啊，激情平息了，当我摊开四肢
怀着甜蜜的痛苦完全屈服于大地！
就在那栅栏内，在冷飕飕的草中，
在一株不结果的树的大片阴影中，
我突然入睡，然后快活地醒来。

当我恍恍惚惚地坐在那道斜坡上
用沾满草的手支着身子凝望之时,
那只孤独的歌鸫正在一棵幼树上
一边唱歌一边梳理它合拢的翅膀,
那只土生土长的蟋蟀在风中发颤音,
而每一位过路的人都盯着我打量。

1894 年

鸟儿经常这样

我睡了一整天。
  鸟儿经常这样,
它们只在傍晚
  才为我们歌唱。

为快点拥有你,
  所以我失去——
心满意足地
  失去了——一天。

生命如此短暂
  所以我不想要

不快活的白天；

　　所以我情愿睡觉。

1896 年

夏日花园

我曾造了座花园，为了整个夏天
我所爱的雀鸟蜂蝶能留在我身边。
我相信它们没我也能愉快地生活，
但我怎么能没有它们和它们的歌？

我曾造了座花园，种我喜爱的花——
各种各样我希望能多多采摘的花。
花儿大多凋谢，在芳香的阵雨中
凋落于花坛，用其残红浸染煦风。

它不是我想象中的那样一座花园，
一座多年无人修剪的荒芜的花园——
在枝残叶疏盘根错节的老树之下
一片繁芜蓬茸的跟不上时尚的花，

但那些花却曾引来各种飞鸟鸣虫，

引来斑斓的蝴蝶和邻居家的蜜蜂,
引来那些不会在笼中唱歌的小鸟,
那一切令我满足,使我别无他求。

哦,我的花园哟,我美丽的花园!
我曾看见你花残叶落枝梗也枯干,
枫叶掠过光秃的花坛不知去何方。
我曾款待过的生命如今都在何方?

1896 年

凯撒丢失的运兵船 ①

一些船随着暴风消失在西方,
夕阳余晖只映出一条船的黑影;
但不列颠海岸的战斗倒为我俩
在多佛尔海滩留下个藏身的地方,
那晚有个声音整夜都在悲叹,
悲叹声绕着当年那座不安的营盘;
以致我俩也为那些漂散的船悲哀。

---

① 公元前 55 年和公元前 54 年,凯撒曾两度远征不列颠,两次都有运兵船被暴风雨毁坏吹散。

不会有信使从那些船上回来！
那些船各自颠簸着漂向天边，
甲板上早没了零乱的篷帆索具，
只是船舱里有颤抖的阵阵低语。
头顶上有海燕飞快地掠过。

1891 年—1897 年

希 腊①

他们说："让这里不再有战争！"
　　当这句话还回响在人们耳边，
沿着滔滔地中海漫长的海滨
　　又传来拿起武器的声声召唤。

希腊不能让自己的荣誉受辱！
　　尽管和平近在眼前可以祈求，
但这经历过希波战争的民族
　　必须再进行一场漂亮的战斗。

---

① 1897 年，统治着克里特岛的奥斯曼帝国欲把该岛并入土耳其版图，引起希腊国内震动，从而导致了第一次希土战争。希腊战败，但克里特岛实际上却获得了独立，并于 1913 年归于希腊。

希腊！昂起头颅去赢得胜利。

多年以前正是你向世人证明

弱小之师也能击败强兵劲旅，①

今天就请再一次把此理验证！

1897 年

警　告

你停止知道的日子终将来临，
　　心将停止告诉你；更糟的是
尽管你不住地说你曾知道的，
　　但你将忘记，但你将忘记。

对真实情况你将会毫无记忆，
　　心曾一度沉寂。你将会痛惜，
你将会哭喊：你已知道一切
　　但是却忘记，但是却忘记。

失去灵魂，这只能怪你自己！
　　恐怕很久以前我俩相遇那天

---

① 希波战争中的马拉松战役和萨拉米斯海战均是历史上以少胜多的著名战例。

就已如此,你变了。我当时说

　　他将会忘记,他将会忘记。

　　　　　　　　　1895年—1897年9月

上帝的花园

上帝造了座美丽的花园,

　　园中果木成荫百花盛开,

但有条笔直狭窄的小路

　　没有被可爱的花木覆盖。

他把人引进美丽的花园,

　　让他们在那园子里居住,

他对人说:"我的孩子们,

　　我给予你们可爱的花木。

你们要为果树修藤剪枝,

　　你们要为花草浇水培土,

但要保持这条小路畅通,

　　你们的家就在路的尽头。"

可接着来了另一位主人,

　　这个主人并不喜欢人类,

他在小路上栽下黄金花

并引诱人去发现其妖媚。
人们看见那种金色的花
　在阳光下闪出夺目光辉，
却不知它暗藏贪婪毒刺，
　其毒会渗入血液和骨髓；
许多人为采花走得很远，
　这时候生活的黑夜降临，
可他们仍然在追求金花，
　迷惘，失落，孤苦伶仃。

哦，别再去看那种魔光，
　它会弄瞎你愚蠢的眼睛，
请仰望上帝清朗的天空，
　看天上那些闪烁的星星。
它们的光芒纯净而柔和，
　它们不会使你误入歧途
而只会帮助你迷途知返，
　又回到那条狭窄的小路。
当阳光普照大地的时候，
　请照料好上帝赐的花木，
并让那条小路保持畅通，
　它将引你去往天国乐土。

1898 年

卡尔·伯勒尔[①]之歌

千真万确,曾有个年轻家伙,
他一无所有,但却希望拥有——
　　上帝才知道他想有什么,
　　可他渎神的话说得太多,
这说明他的脑袋瓜完全出错。

曾有一个年轻人来自佛蒙特,
他竟投票支持布莱恩和万特
　　而且疯狂地为之辩护,
　　不过他已经幡然悔悟,
所以对他和佛蒙特别太刻薄。

曾有个年轻诗人可真是荒唐,
每当他一出神就想制作木箱;
　　有一天他做了一个,
　　可是等他干完那活,
他已把自己钉在了木箱里面。

---

① 参见本书《谋求私利的人》相应注释。

有个人曾经以为可以去招惹
沉默但有人情味的农家老伯；
  如今他真希望当时懂得
  千万别去招惹那些家伙，
因为这就是因果报应之学说。

曾经有个倒霉透顶的年轻人，
他遇上了别人遇不上的命运
  有天他动身出门，
  以他通常的方式，
但却被一棵日珠草活活吞噬。①

1898 年

"我置身于树林中时"

我置身于树林中时
能完全放松的原因
是因为树木残酷的竞争
远远低于我的社会地位，

---

① 日珠草，一种茅膏菜属植物，开白色、黄色或粉红色花，其半月形叶片受到刺激时可在半秒钟内闭合，能捕捉小虫，并在十日内将其消化作为养料。

我无须介入它们的争斗

或被迫适应自己并害怕去爱。

约 1890 年代

晚　歌

夜露降下之时

可有晚风吹过?

有人已经离去,

那些星已坠落;

告别夕阳余晖,

进入茫茫暮色,

有人已经离去,

那些星已坠落。

约 1890 年代

绝　望

一切结束后我会像淹死的潜水者,

仍然紧紧被缠于水草编织的罗网，
冥冥黑暗中他的肢体会开始发亮，
搅浑的水沉底时他的尸体会倾斜。
曾有过那么一个徒然呼喊的时刻，
他一边呛水一边喊："哦，上帝哟，
放我走吧！"因为那时候他不可能
像在岸上温暖的阳光下那么清醒。

在这个地方我像个淹死的潜水者。
我曾在一个令人绝望的地方生活，
我求助的一个人几乎也是求助者。
我曾竭尽全力挣扎而且我曾窒息。
我急促地挣扎也许曾从空中拽下
某朵百合花，但现在只有鱼可拽。

约 1890 年代

老 年 人

我年迈的叔叔又高又瘦。
当他午餐后小憩醒来
开始起身的时候，

我心里总会想到

他也许还会午餐后小憩

但这或许是最后一次。

他总是先让一条腿

从沙发上滑到地板上,

但他依然躺在那儿

透过天花板仰望上帝。

接下来他朝外侧身

在沙发上挪成坐姿,

最后双脚着地。

在此之前我总会移开目光。

有一次我真诚地问:

"叔叔,这是怎么回事?——

痛苦,或仅仅是衰弱?

对此我们可有什么法子?"

他说:"这是明显的 Gravity。"

"你的意思是说 grave?"

"不,孩子,还没糟到那地步,

但这是正在来临的 Grave。"

于是我明白了当他说 Gravity,

他的意思并不是指严重。①

---

① 在英语中,Gravity 既可指"严重性",又可指"地心引力";grave 也有多种意思,做形容词时可指"严重的",做名词时则可指坟墓、死亡等等。

老年人也许不会活蹦乱跳,
但这未必就非常严重。

1903 年

冬　夜

啊,你这座树林边的小屋,
你那两扇黑咕隆咚的窗户,
连同你屋檐上的一溜冰锥,
有月光照拂,有月光照拂。

你屋顶上堆成圆丘的积雪,
你墙周围堆得厚厚的积雪,
最好不要见到正午的阳光,
月光会照拂,月光会照拂。

1905 年

反正爱都一样

如果我能忘掉你,我就会忘记

（反正爱都一样）站下来凝视，
忘记有时候沿弯弯的小路下山，
忘记说：大地哟，你多么美丽！
我就会忘记忘掉那隐隐的忧虑。

如果我能忘掉你，我就会忘记
（反正爱都一样）青春的虚荣
竟然没有减少那么一点点真实，
忘记被徒然指望或给予的东西。
我就会忘记忘掉我曾经得到的。

如果我能忘掉你，哦，亲爱的，
（反正爱都一样）我就会忘记
我俩也许像看一颗朦胧的星星
那样看过那注定得不到的东西。
我就会忘记忘掉我已一败涂地。

1905 年

仲夏时节的鸟

如果真有什么能比鸟儿们
最安静的翅膀更为安静，

那就是当它们因专心远望
而从该死的枝头跌下之时
发出的那种尖叫的声音。

如果真有什么能比鸟儿们
寂静无声的飞翔更为安全，
那就是那风吹雨打的鸟巢，
那高悬树上、无人能探其
黑洞洞的窝底的小小鸟巢。

整个白天，在它们蓝色的翅翼
不时停歇的温暖的原野上，
那些为它们提供果实的树，
那些为它们提供种子的草，
全都和它们一样从不静止。

1905 年

工 厂 城

那是一条小溪旁一座阴郁的城市，
在我看来它的居民都显得很忧伤——
我没法了解他们的生活会怎么样——

在弧光灯怪异的蓝幽幽的光线中
他们清晨的早出看上去像一个梦,
天黑晚归时一个个则都像落汤鸡,
穿着湿透的工装从河边各家工厂
匆匆朝上游那轮船的尖叫声走去。

然而我认为他们怀有和我一样的
希望(仅此一个)。当那些更快活
的人因担心被怀疑而退缩的时候,
我应该走出去,迎着他们的人流,
去弄清拥挤在街头的他们被迫用
足音而非嗓音表达的是什么思想。

1905 年

鸟儿会喜欢什么

当我沿向上的山路
慢悠悠信步回家,
一只小鸟一阵啼鸣,
仿佛是请求我停下。

我停下脚步转过身子，
而要是我当时不转身，
我就不会看见西天
像火一样燃烧的彩云。

所以当我重新上路后
又听见它放声啼鸣，
我出于对它的敬重
又满怀着希望转身。

晚霞！——而在山下，
在黑沉沉的山谷里，
一点火星般的灯光，
一切都显得平淡无奇。

要不是它不肯闭嘴，
而是一遍一遍地呼唤，
那我肯定早已离去，
因晚霞早已经消散。

我把它留在荒野
去采集天上的星星，
我不知我能否知道

鸟儿会喜欢什么。

1905 年

当机器开动

当机器又在头顶上缓缓地启动，
当皮带和轮轴又开始吱嘎作声，
当人们说话的声音又渐渐消失，
当脚步又在光滑的地板上穿行，
当蒙尘的球形灯使一切变苍白，
当人人脸上都感到转轮的呼吸，
这时肉体不想动，灵魂也虚弱，
所有的努力都好像是来自死人。

但工作绝不会等待工作的心境，
因为钢铁奏出的音乐就是法令；
所以那无数纺锤发出的嗡嗡声
就像消耗吐出白线的线筒一样
也在冷酷无情地消耗人的灵魂，
那还没有消除昨日痛苦的灵魂。

1906 年

晚期的吟游诗人 ①

可记得那年秋日的一天,
  被秋日金色浸染的一天,
你曾渴望一曲甜美的歌,
  曾把往昔吟游诗人怀念。

也许命运女神经常送来
  同样被秋色浸染的一天,
傍晚时常有人启开歌喉,
  他的歌常拨动你的心弦。

你知道世上不曾有诗人
  像他那样漫游茫茫人世——
他唱过青春悠长的遐想,
  他唱过《大海的秘密》②。

你不知道他何时会再来,
  但是当遇到他姗姗来迟,

---

① 为纪念朗费罗(1807—1882)诞辰一百周年而作。
② 朗费罗的一首诗,收在其诗集《海边和炉边》(1849)中。

你曾经委屈过你的智慧,
　　曾为已逝去的时光悲泣。

诗有它自己的时令季节,
　　你没法找到它来的途径,
但它越来越充满这世界,
　　而且屡屡把疑惑战胜。

1907 年

失去的信念

我们会祀奉我们的父辈,当他们的
战争随着英雄们的老死而变得遥远,
我们会年复一年地为他们献上鲜花;
他们得到的花将超过他们的需要!
但说到对他们来说那么高尚的事业,
如今在什么地方有人能正确地说出
那事业是什么?如同他们躺在坟墓,
他们的事业也在我们的心中死去。
对战士们牺牲时仍在憧憬的那个梦,
我们就没有鲜花可献,哀歌可唱?

上帝庇护之下的一个平等的民族,
这不说是一种爱的法则也是一个梦!
但它却沦落成一个易受嘲弄的字眼,
请看它是否已消失!是否已破灭!
以我们的现代智慧,谁会那么无知,
竟然不知道
黑暗的人生最适合做那种黎明之梦,
哪个孩子不熟知那些字面上的苦难?
加利福尼亚人就在西海岸边快活,
他们在加利福尼亚湾岸边欢笑,
他们说:"既然上帝让人有良莠之分,①
那天下人怎么能生来就自由平等?"
他们嘲笑说,在我们怯懦的心中
不可能有什么明确的答案,
而那个公然蔑视他们权威的梦
终将破灭在它最初冒出来的地方。
愚钝的民众会觉得这真是太奇怪:
那种信念竟能成为战士们的裹尸布,
比他们骄傲的军旗更荣耀的裹尸布。
但人们对那些战士是多么不公平!
因为只承认他们勇敢还远远不够,

---

① 原文为 "when God made them wheat and chaff"(既然上帝把人分为麦粒和秕糠),典出《新约·马太福音》第 3 章第 12 节。

只认为他们坚强也远远不够,
他们不是为自己——他们更渴望
人们赞颂他们英勇战斗的意义,
他们曾为之献出了青春和生命。

正是那个梦唤醒了北方的他们,
正是那个梦引年轻的战士们前进,
引他们安营扎寨,与敌人对垒,
在许许多多的战场上进行战斗;
它是他们的剑,它是他们的盾,
它是像小号般鸣响的良心的呼声;
它曾显得像一个强烈而永恒的梦
(尽管它注定会衰弱并且短命)。

如同送他们踏上那条征途一样,
那个梦也曾把力量赋予"爱情",
使之能勇敢地留在遥远的山村——
正是它抚慰了无数火炉边的心灵!

啊,对于一个尚未得到拯救的世界,
这样一个梦不可能永远失去价值。
我不能让它在世人心中完全消失。
它必须快快回来,不能太迟——
它也许会浸染鲜血,伴着军笛战鼓,

但我不会在意，只要它回来！
虽说它非常美丽，非常仁慈，
但为了它的事业也可以非常可怕，
就像它当年席卷莫尔文山时那样，[①]
就像它蹲伏在葛底斯堡不高的高地
在死寂中等待发起进攻的那样，
当时敌人正尖叫着迎面扑来。
那场拉锯战之后世人才了解了我们！
才持有了曾在我们心中涌动的思想！
我不知道尘世的死亡怎么会差点儿
触到一个如此永恒的梦，我们就
这样把它忘记；我们曾看见它消失，
不是在睡觉的时候，而是在我们
过分追求不美丽不光彩的东西之时。

但它消失时显得很美，就像寂静的
白昼消失在星星后面朦胧的金光中，
或是像在感觉不到有微风的清晨
水面上的薄雾被晨光渐渐驱散；
它与事实相比较显得更为真实，

---

① 1862年7月1日，在里士满附近进行的"七日战役"的最后一段中，南部联盟的罗伯特·李将军在弗吉尼亚的莫尔文山对正在撤退的北方军波托马克兵团发动进攻。这次进攻被北军密集的炮火击退，南部联军伤亡逾5000人。

比被岁月夺去的青春的希望更真实；
比不眠的心灵从无垠的空间找回的
任何东西都更为真实，然而它必须
攀星光去遥远的恒星上居住一阵——
如果它肯定已去，也去得那么真实。

1907 年

家　史

那是我祖父的祖父的曾祖父的
曾祖父，我想要说的大概就是他——
对这种事一个人不可能太精确。
传说他是被人吊死的。但要是我
发过誓要去缅因州的埃利奥特镇，
去参拜一块大圆石下他长眠的地方，
我也不是因为悲伤而是出于自豪，
若这么多年后去参拜需要原因的话。
一年一度，从他众多的后代子孙中
挑出的一些人会聚集在餐桌旁
庄重地回顾那段历史，回顾他当时
要清除一族印第安人的雄心壮志，
如同在那些挥霍无度的岁月，人们

用火清除森林从而获得耕地一样。
现在看来，当时显然没人教过他
要特别注意采用文明人的战争法则。
他曾抓紧宝贵的时间千方百计地
寻找那些他能声称属于自己的手段，
愚蠢地采用任何能到手的非法计谋。
在谋杀或别的任何方面，我不能
声称我那位祖先是一位艺术家，
我也不能说他的任何一个子孙
就没从别处输入一点更热的血液。
如果有必要区分政治家和艺术家，
我得说前者相信为目的可不择手段，
而后者认为好的手段才有好的结果。
我唱的这个少校（这是他的军衔）
是一个彻头彻尾的营私舞弊者，
他认为目的手段可互相证明其正确。
他知道印第安人往往几天不吃东西，
所以他们常常处于一种饥饿状态。
于是他邀请他们到一家烤肉餐馆
（但愿在这点上没有弄错年代），
趁他们就餐时突然对他们进行屠杀，
没被杀死的也被他绑去卖做奴隶，

其中包括菲利普王①的那个儿子。
然后他心满意足地庆贺那天的胜利,
而且肯定为那个地方命了个什么名。
他这番辉煌成就的唯一美中不足
就是该部落有些男人竟死里逃生,
不管是落荒而逃,还是悄悄溜走;
我觉得这群令人尴尬的漏网之鱼
竟比那些被杀死的人更为沉重地
一直压迫着我多少有点世故的良心,
因为此心出于同情竟持有一种谬见,
认为野蛮人也有人类的共同感情。
能吃会睡的少校平静地忘了他们。
但作为一名军人他再次名不副实。
因为一个礼拜日当他从教堂回家,
他们在路上对他进行了一场伏击,
用他曾用过的残忍方式把他杀死,
并把他丢在野外等家人去收尸。
他的儿子们替他挖了个体面的坟墓,
庄重而及时地让他得到了安息。
但那些红种人不敢肯定他们的复仇

---

① 万帕诺亚格人的酋长梅塔科米特被英国人称为"菲利普王",他死于"菲利普王战争"(1675—1676)的最后一役,其后他的妻子和年幼的儿子被作为奴隶送往了西印度群岛。

是否已做到完全彻底,一劳永逸,
于是又回来把他挖出吊在了树上。
所以人们传说他是被吊死的。
他不倦的子孙让他从树上重新入土,
这次为保证他不再受进一步的打扰,
他们在邻居的帮助下像埋蜜蜂那样
推来了一块大圆石压在他的坟头,
那下陷的圆石几个壮汉也没法撼动。
作为我们许多人的祖先,他就这样
在荣耀中长眠,而我想他可以解释
我为何一直都喜欢印第安人的原因。

1908 年

客厅笑话①

我不讲你也许就不会听说
少数人是怎样为了赚钱
在本来不该有城市的地方
建起了一座现代化的城市,

---

① 此诗曾随一封落款日期为 1920 年 3 月 21 日的信一并寄给路易斯·昂特迈耶,当时附有说明:"弗罗斯特写于 1910 年。"

然后他们又策划让城里
挤满了可怜的芸芸众生。

他们曾利用过埃利斯岛①。
他们只是轻轻抬了抬手
便让滔滔洪水般的人流
涌入了那个陆地水池。
他们干这事没费吹灰之力，
脸上挂着很克制的微笑。

如果你请他们谈谈看法，
他们会说这活干得漂亮，
因为他们是放滔滔河水
来灌满水闸后的水池；
只是他们当时放的是水，
而今天蓄的却是人血。

然后那少数人井然有序地
撤退到了山上的别墅，
躺在逍遥椅中朝下俯瞰，
看那不安的城市拥挤不堪。
他们还厚颜无耻地说：

---

① 纽约市曼哈顿岛西南方一小岛，曾是美国移民入境的主要检查站。

"那即使不好,至少也不糟。"

但考虑到他们的妻子儿女,
他们也并非任何风险都冒。
于是他们用各种盆栽植物
替他们的窗户加了道屏障,
而且他们不知从何处弄来
一种风度和眼神武装了自己。

你知道沼泽地的泥炭藓
可以从堆积的浮渣开始
逐渐向上蔓延爬到山腰,①
穷人也这样开始蔓延,
从窄街陋巷和贫民窟
渐渐爬上郊外的山腰。

当穷人的小屋爬近时,
怀着滑稽可笑的自怜
富人们高兴地采取了
一种阴郁的嘲笑态度,
因为穷人不屈不挠地

---

① 泥炭藓又称水藓,丛生于沼泽和湖泊,其下部逐渐死亡时上部会继续生长,死去的藓渣变成泥炭逐年堆积,使上部活体逐渐向高处蔓延。

想要得到全部的空间。

要不是有人透过发臭的
蒸气烟雾看见了一个幻象,
那这事本可以终止于
一个拙劣的客厅笑话,
客厅里温文尔雅的绅士
受到了一次温和的惩罚。

从有汗味呼吸味的雾气中
有人看见在那座怨声载道的
黑暗的城市的上方
显现出了一个模糊的身影,
一个绝不会畏缩不前的、
敢于去撞击苍穹的身影。

他们能透过窗帘看见它,
他们能透过墙壁看见它,
一个飘忽不定的存在,
在风中在雨中在一切之中,
像一个披巾包裹的稻草人
在空中挥舞着他的双臂。

有人还觉得听见了它,

当时它似乎想开口说话，
但却未能成声成调，
只有一点空洞的鸣响
很微弱地回荡在天顶，
像傍晚时分鹰的啼鸣。

它凹陷的胸腔充满了
关于未来的事情，
关于将要发生的叛乱，
关于染红羊毛的鲜血，
以及你怎样颠覆这世界，
只要你知道毁哪根支柱。

对这种能凭借祈求
神灵来降低劳工价格
从而诱导一个民族之命运的
智慧，有什么可说呢！
如果说它是今天的麻烦，
有些人并不在意有麻烦。

1910 年

我的礼物[1]

比起饥寒交迫者一定都熟悉的那种
　　凄苦的夜晚，
我不会要求更快乐的圣诞之夜。
我能给予的就是用我的心灵去分担
他们深深的痛苦——所以没人想要。
我不愿用小恩小惠去收买他们
并不与我的欢乐交往的痛苦，
因为那只会欺骗本属于他们的悲伤。
我将坐在这儿，坐在熄灭的火炉旁
低声吟唱一首首被欢乐抛弃的歌，
独自一人，同干渴的人一起干渴，
同那些饥肠辘辘的人一起挨饿。
在这种夜晚风暴对我不可能太粗野。
若这就是人间痛苦，就让它是痛苦！
难道我是个不愿面对痛苦的孩子？
　　在这种夜晚

---

[1] 以下七首诗（从本首到《冬天的风》）曾包括在弗罗斯特亲手装订的一个小册子里，诗人将该小册子作为1911年圣诞礼物寄给了《独立》杂志社文学编辑苏珊·海斯·沃德。

我能凭什么去要求他们快乐?
　　我的权力?
　　不,在这种夜晚
是他们有权利要我和他们一道悲伤。

1911 年

卖农场有感[①]

唉,就顺其自然吧,
让它们属于那个陌生人。
实际上我乐意放弃
牧场、果园和草地,
而且我希望他能从中
获得我徒然期望过的一切。
我甚至会把农舍、谷仓
和牲口棚给他,连同
其归属尚有争议的老鼠。
我会设法不再爱它们。
既然我别无他法?那好吧!
只是这点得先说清楚,

[①] 写于诗人卖掉他位于新罕布什尔州德里镇的农场之时。

如果在我鬓发灰白之年，
我于某个春天回到这里
来追寻一段痛苦的回忆，
那可不应算是非法侵入。

1911 年

银柳抽芽的时节

每一个脚印都成了一汪水池，
每一道车辙都成了一条小溪，
但轻松的春心对此并不在意；
泥泞时节是银柳抽芽的时节，
这时温情的蓝背鸟开始鸣啭，
人们开始想到将开的紫罗兰。

1911 年

寻找字眼

什么？应该有单个字眼来表示
壁炉边灰姑娘的那两只水晶鞋，

表示猎人从空中打下的两只鸟,
表示偶然连在一起的两个元音,
表示白天鹅母亲勒达分娩之时[①]
那两个碰巧来为她祝福的神灵,
表示两个懂得甘苦、理解聚散、
终生互相恩爱的最美丽的灵魂?

但难道就不该有个单词来形容
我在这个四月的夜晚透过秃枝
所看到的两者完全合二为一的
景象:金星和月亮,水珠和气泡,
同时高悬于赤经十五度的一点,
在那遮住太阳的黑沉沉的山上。

1911 年

雨 浴

你可记得曾有一天在林中小屋
我们几个小男孩儿欢呼着醒来

[①] "勒达与天鹅"的故事有多种版本,除对勒达所生之蛋孵出的儿女各说不一之外,有一说讲勒达为摆脱宙斯追逐而化为母天鹅,宙斯则变成雄天鹅与她亲近。

听见骤起的狂风在森林里冲撞，
还用树枝不断拍打我们的屋顶？
随着一阵震动某块云突然坍塌。
洪水从天而降带来欢乐的恐惧。
水从开着的窗户溅到我们床前，
使躺着的我们一个个站了起来。
我们为此大笑。我们敞开房门，
然后等到急剧变化的天空再次
随着不可控制的洪流变得漆黑，
然后，当打落树叶的瓢泼大雨
沿台阶和小径撞成水雾的时候，
我们光着膀子冲出去享受晨浴。

1911 年

新　愁

在两人曾散步的地方，如今只有
一人独自漫游，像个圣洁的修女，
沿着夏日树荫遮掩的卵石小路，
小路慢慢地把像在梦游的她
引向那个开满了百合花的水池
和荡漾的池水。

未被风吹散的薄雾慢慢向她飘来，
飘过一个五彩缤纷的地带，
怀着蒙蒙的关切拥抱了她一会儿，
雾也许对她说过话，
也许问过她关于爱的回归。
她没有任何表示。

薄雾飘散时她也没有任何表示。
唉，爱在破碎的心中也许不会死去，
它会同盲目的信念做无言的斗争，
我们总盲目地相信自己所珍爱的
不可能完全变成悲愁
或完全消失。

1911 年

冬天的风

在今夜十二点时分，
当房屋都黑咕隆咚，
谁还在路上飞跑？
听，是冬天的风！

头顶上明月皎洁,
脚底下大地坚硬;
寒风卷起一些雪花,
雪花夹杂些许灰尘。

风使得枫树呼号,
风使得枯花呻吟,
在这样的一个冬夜,
风顺着大路疾行。

寒风侵凌这尘世,
即便在安全的屋里,
人们也得抱紧睡眠,
以免老是被惊醒。

1911 年

在英格兰

今天我独自在雨中
坐在路边的栅门顶上,
一只鸟无声地飞近,
湿漉漉冷飕飕的风

从我身后的山上不断吹来。

我没法对雨对门对鸟对山
讲什么在我心中涌动,
直到吹直头发浸润眉毛的
湿漉漉的风变得更清爽,
从山上吹过来把我提醒。

鸟是爱追逐船只的海鸟,
雨是尝起来有咸味的海水,
山是一排排涌来的海浪,
而我勇敢地坐于其顶上的
栅门,是一艘巨轮的栏杆。

因为那风是英格兰的风——
永远清爽的湿漉漉的海风,
英格兰人在山毛榉树林
和紫云英草地过的乡村生活
离航行从来都不遥远。

1912 年

充分缓解

那么我们是否能希望圣诞节
尽可能地多,尽可能地快乐,
并让痛苦忧伤受到限制?
不,但愿我们用来问候的圣诞卡
带给全世界一个快乐的圣诞节。
至于说花钱也买不到的快乐——
请记住两个流落在街头的孩子——
记住许多父亲出去参加罢工,
许多次徒然罢工中最徒然的一次,
而且他们心里知道早已经失败。
但那两个孩子在街边停下来
看一扇橱窗里的圣诞节玩具,
想象自己在玩所选中的东西。
当时我曾在他俩跟前弯下腰
问他们看见了什么最喜欢的,
一个孩子从嘴里抽出他的手指
机密而着迷地指着橱窗说"那个"!
一列非常可爱的玩具小火车
凝固在他面对的那个橱窗里。
除他之外它还会使谁快活呢——

他身旁的他哥哥，也许还有我？
请想想与我们仨对比的全世界吧！
可我们干吗非得像贫穷的父亲们
总是那么激进那么严厉呢？
还没有哪个国家从法规或药物中
找到一种根治痛苦的妙方。
恰好就是在这座城市的大街上
我曾听见一位基克普族① 医生
就着火炬光从一辆马车上宣称：
任何药物能起到的最好作用
就是充分地缓解你的痛苦。

1912 年

以同样的牺牲

从前道格拉斯② 就这样做过：
他离开自己的祖国，因为他

---

① 北美印第安人之一族，现住在俄克拉荷马州和堪萨斯州的印第安人居住地。
② 指苏格兰贵族詹姆斯·道格拉斯（1286—1330），他曾跟随罗伯特·布鲁斯（1274—1329）抗击英格兰，使苏格兰获得独立；布鲁斯国王（即罗伯特一世，在位期1306—1329）死后，他遵其遗诏将其心脏送往圣地巴勒斯坦，但途经西班牙时在与摩尔人的战斗中牺牲。

奉命用一个有金盖的金匣子
把国王罗伯特·布鲁斯的心

送往基督教的圣地巴勒斯坦；
由此我们看到而且明白，
按照忠诚和爱的命令，
那就是要送一颗心去的地方，

那颗心是装在一个金匣子里。
道格拉斯一行越过千山万水，
来到了西班牙那片土地，
那里一直在进行一场圣战

反抗那些屡战屡胜的摩尔人[①]；
道格拉斯的勇气使他不能忍受
在确保完成他的使命之前
不为上帝进行一场战斗。

当时他心里是这样想的：
一个人应该为上帝而战，

[①] 北非阿拉伯人与柏柏尔人的混血后代，公元8世纪进入西班牙并对其进行统治；因他们信伊斯兰教，故反抗他们的基督徒称他们为异教徒，并称反抗他们的战争为圣战。

哪怕他负责护送先王的心脏,
尽管他应该率队伍前往圣地。

但当与敌人在战场相遇之时,
道格拉斯发现他陷入了包围,
他率领的那一小队人马
只够为杀开血路再冲锋一次——

看来要扭转败局已是徒然,
正如他的性命也难保平安——
只剩下一件非凡的事可做,
只剩下一句响亮的话要喊。

他挥动用金链系住的那颗心
并向前用力将它抛到平原,
然后边冲边喊"心或死亡"!
他情愿为了那颗心而战死。

今天有这么多人为正当权利
鼓起勇气进行无望的战斗,
正当权利越多他就会越高兴;
因那柄愤怒的剑最后的挥舞

如今有这么多人力量倍增,

他们非常瞧不起有人不想
付出他曾付出过的同样的牺牲,
不想要他曾送往圣地的那颗心。

　　　　　　　　初稿于1880年代
　　　　　　　　定稿于1913年

讨 玫 瑰

一座好像没有男女主人的房子,
　关闭它房门的似乎从来都是风,
它地板上撒满了泥灰和碎玻璃;
　它坐落在一个旧式玫瑰花园中。

黄昏时分我和玛丽打那儿经过,
　我说:"我真想知道这屋的主人。"
"你不会认识的,"玛丽信口说,
　"但我们想要玫瑰就得去问问。"

我俩一定要拉着手一起转身,
　当时寒露正降下,树林已沉睡,
我俩冒失地走向那扇开着的门,
　像两个乞丐砰砰敲门要讨玫瑰。

"不知名的女主人,你在家吗?"
  玛丽直截了当地把来意说明白,
"请问你在吗?打起精神来呀!
  夏天又至,有两人为玫瑰而来。"

"回想一下那位诗人说的话吧——
  每个少女都知道赫里克的忠言:
鲜花若不被采摘只会变成枯花,
  玫瑰当采而不采只会终身遗憾。"①

我们俩没有松开拉在一起的手
  (也不十分在意她会怎样认为),
当风韵犹存的她来到我们跟前,
  无言但却慷慨地给予我们玫瑰。

1913 年

死者的遗物

两个小小的精灵

---

① 参阅英国诗人罗伯特·赫里克(1591—1674)的《给少女的忠告》,该诗首行为:"玫瑰堪折莫迟疑……"

在一个静静的夏日
来到了一座树林，
　　在野花丛中嬉戏。

他俩采摘野花，
　　然后又把花扔掉，
因为他们发现
　　还有其他的花草。

顺着野花导引
　　他俩一路前行，
直到碰上样东西，
　　看形状像是死人。

那人倒下的时候
　　想必是在冬天，
当时雪铺的卧床
　　肯定羽毛般松软。

但积雪早已消融，
　　那是在很久以前，
那人留下的尸体
　　几乎也随雪消散。

小精灵凑上前去
　非常敏锐地发现
一枚戒指在他手上，
　一根表链在他身边。

他俩在落叶中跪下
　开始好奇地玩耍
那些闪亮的东西，
　而且一点儿不害怕。

当他们后来回家
　躲进他们的洞中，
他们把东西带回
　留待第二天玩用。

若你遇见过死人，
　你是不是被花引去，
就像林中的精灵？
　我记得我曾经就是。

但是我觉得死亡
　总令人悲伤恐怖，
而且我过去现在

都讨厌死者的遗物。

1913 年

诗人乃天生而非造就

我被人排挤掉了，
因为我的文学之父①
（我父亲请听清楚）
已经被引到了另一个诗人的床上，
而我这时还不到九个月。
这次是对双胞胎②
而且他俩奇妙地以夫妻身份降生于
　　这个世界。
（别费神去想象这是怎么回事。）
他们已写出了他们的第一批自由诗
而且在二十四小时内就将其卖出。
我的文学之父就是那个有钱的美国
　　买家——

---

① 指埃兹拉·庞德。
② 影射希尔达·杜利特尔和她丈夫理查德·奥尔厂顿，庞德曾出版过他俩写的意象诗。

天下无人能跟他较劲儿喊价。
那些诗的优点就在于新的传统手法，
它明确地把一种感情置于腹内，
而非很科学地笼统置于五脏六腑中，
亦非像维多利亚时代中期那样将其
　　置于心中。
它表达出一种欲望：要像惊恐的
野兽龇牙咧嘴那样龇牙咧嘴，
　　为什么呢？
因为如此天造地设的双胞胎肯定
　　可以卖掉他们写出的任何东西。

1913 年

"我是个米提亚人和波斯人"[①]

在接受为我制定的清规戒律方面
我是个米提亚人和波斯人

[①] 米提亚人（Mede，又译玛代人），古代亚洲西部（今伊朗西北部）一民族，与波斯人有血缘关系，公元前550年后逐渐与波斯人融为一体。《旧约·但以理书》第6章第8节和第12节都言及"米提亚人和波斯人的法规不容更改"。

当你① 说我不会读书
当你说我显得老迈
当你说我头脑很迟钝
我知道你只是想说
你会读书
你看上去很年轻
你的头脑反应敏锐
但我按字面意思理解你的话
我把你的话当作一道教皇通谕②
这并不要紧
它们充其量是副良药
我到别处安身立命

我并没要求你收回那些话
我曾非常乐意听你说的任何话
只要我能被允许抱有幻想
幻想你喜欢我的诗
而且是由于正当的原因。

---

① 指埃兹拉·庞德。1913 年 1 月,旅居英国的弗罗斯特经英国诗人弗兰克·斯图尔特·弗林特(1885—1960)介绍与庞德结识。
② 罗马教皇向世界各地的天主教会颁布的公开文件。

你评论过我的诗①
可我没有把握——
我担心那评论是非艺术的。
我决定我不能用它来感动我的朋友
更不用说我的敌人。
但鉴于那是赞扬，所以我很感激
因为我的确喜欢受赞扬

但我觉得你在赞扬我时
你更为关心的不是我的优点
而是你自己的权威
你随心所欲地赞扬我
并为此居功
以此证明你可以把任何东西强加于
　这个世界
只要那东西不过分拙劣
并求你的意旨担保

至此我们就要说到我想要你什么
　我不想要钱，不想要你替
　那两个美国主编②

---

① 庞德曾在《诗歌》杂志（1913年5月号）上评论过《少年的心愿》。
② 分别指当时的文学评论杂志《时髦人物》主编亨利·路易斯·门肯（1880—1956）和《诗刊》主编哈丽雅特·门罗（1860—1936）。

支付给你的宠信们的那种钱。
      我不要钱。
我唯一要求的是你应该坚信一点
即你曾认为我是个诗人。
这就是我依附你的原因
  就像一个人依附一群虚伪的朋友
  因为他害怕自己刚一离去
  他们就会改变主意与他为敌。
实情是我过去怕你。

        1913 年

花 引 路

当我从一簇花去另一簇花时
（我已告诉过你是怎么回事）
我已告诉过你我所发现的
躺在地上的死人不会成长。
现在请看着我。

要是你不愿发现你自己
在一个不幸的时刻
在一条要命的路上走得太远

那就请你把双手背在身后
　　千万不要采花。

　　　　　　　　　　1912—1915年

"没有任何空话绝对空泛"

　　没有任何空话绝对空泛
　　以致不能证明听起来讨厌
　　除非它听上去有点古怪
　　而且纯粹是跟你闹着玩儿。

　　　　　　　　　　1913—1914年

致斯塔克·扬[①]

　　亲爱的斯塔克·扬：

　　冬天已经战胜了夏天，
　　已经动摇了夏天的王国。

---

① 斯塔克·扬（1881—1963），美国小说家、剧作家及戏剧评论家。

他已来到了她的森林都城，
但是却发现城门开着。

他没有遇到任何抵抗，
夏天早已离开她的风塔，
离开之前赶走了她的鸟
而且掩藏了她所有的花。

他早已经用一阵秋风
把她的城堡变成荒漠，
荒漠上黑如煤炭的乌鸦
在乌云阴霾中升降起落。

因此他已教训了她的骄傲，
已惩罚了一种极大的罪行。
而且他已经定好了日子
要将白盐撒遍她的荒城。

> 你忠实的弗罗斯特
> 10月于弗朗科尼亚
> 1916年

有感于在此时谈论和平①

法兰西哟，我不知我心中的感受。
不过愿上帝不要让我比你更勇敢，
因你正在一个敞开的坟墓中战斗，
我却在一个宁静的地方袖手旁观。
最勇敢者哟，比起你的自我要求
我不会要你做更多。但能更少吗？
你知道你所承担的使命有多重要，
知道你是否还能忍受其血流成河。
我不会说你就不应该考虑到和平。
我不会说，因为我知道你的痛苦。
但是我不相信你会停止被人侵凌，
我也不可能请求你停止被人杀戮，
直到也许早已被扭曲的所有一切
变得对我们安全而且邪恶被消灭。

1916 年

---

① 1916 年是第一次世界大战最残酷的一年，共导致 190 万人伤亡的凡尔登战役和索姆河战役均在当年进行，可当时美国的威尔逊政府仍在大谈和平，民主党为威尔逊连任总统提出的竞选口号就是"他使我们免于战争"。

一粒幸运的橡树籽

数以百万计的种子
大多肯定都不待发芽
就会成为松鼠的粮食。

有些则已任凭秋风
把自己吹向远方
抛入遥远的尘世。

当大风停息的时候
有些便直端端下落
（但也许是滚下山坡）。

有些落到了谷底
挤作一堆铺了一层
都不知未来的命运。

借助于秋天的潮润
有些橡树籽的一端
已隐隐显出萌芽，

那可能是根导火线
连着一颗随时会炸开的
小鬼式手榴弹。

橡树籽全都会消失
除非我及时介入
捡出一粒加以爱护。

我会把它种在院里
以改变山村的景色
让它长久被人注意。

但无论是虔诚地闭眼
还是明智地大睁眼睛
我都希望选这样一粒：

它会因自己被允许
活下去而感激不尽，
而且会觉得惊诧不已。

1916—1919 年？

林中野花

有些花紧挨着我们停留的地方，
而有些花则排列在道路的两旁
看我们的人马在它们身边行进，
夏风干燥时还会吃我们的灰尘。
林中野花与这些花虽不属一类
但对我们的爱恋也许同样强烈，
因它们要求凡想触其枝梗的人
都必须得抛开这尘世融入它们。

1911—1917 年

《七艺》[1]

我记得在创刊的那天上午
我曾对你们提出过忠告：

---

[1] 此诗于 1917 年 11 月附在一封信中寄给路易斯·昂特迈耶。《七艺》是一份月刊（1916 年 11 月—1917 年 10 月），昂特迈耶曾任该刊编委。

艺术从来都只有六种！①

你们却偏要加上政治，

结果《七艺》将死于伯恩之手。②

1917年

给阿伦③

——给想看我怎样写诗的那个孩子

你可知道，在这些山上

我有座农场，农场上长着

一千棵可爱的圣诞树。

我倒想寄一棵圣诞树给你，

但那样做会违反规矩。

一个大人可以送一个小男孩

一本书、一把刀或一个玩具，

甚至送我写的这样一首小诗

（你看我就是这样写诗的）。

但除了圣诞老人

---

① 指绘画、雕塑、建筑、音乐、舞蹈和文学。

② 在《七艺》发表伦道夫·S.伯恩（1886—1918）的一系列反战文章后，公众的反应使该刊经济赞助人A.K.兰金夫人撤回了她的赞助，《七艺》随之停刊。

③ 指阿伦·尼尔森，史密斯学院院长威廉·阿伦·尼尔森（1869—1946）的儿子。

谁也不可以送你一棵树。

1917年

鱼跃瀑布

一条河从遥远的崇山峻岭
流到了我家的厨房门前,
成了这幢房子的自来水,
使厨房保持着雪白的地板。

为了把河水拦进一个盘子
我们让那条河有了道瀑布
(瀑布下的水并不很深)
这对我们有利,却让鱼受苦。

因为当春天鲑鱼回来之时
便发现要跃一道陡直的墙,
这意味着它们得垂直跳跃,
不然会掉在长满草的岸上。

我记得有条一指长的小鱼
就摔在岸上蹦跳着死去;

可如果它并不喜欢死亡,
那它最好是不当一条蛙鱼。

我后来发现它在暑热中消失。
但我也及时地发现过一条,
于是我把它放到上游水中,
在那里它不会有瀑布去跳。

1919 年

有感于一九一九年的通货膨胀

眼见十美分变五美分是何等痛苦!
我们用双手紧紧抓住那二分之一,
我们的头和心感觉到的二分之一。
有人正活生生地把我们劈成两半?

是我们中有人正把我们劈成两半?
我们从存在之处朝人间和天上的
那些加冕的君王投去危险的目光。
他们懂叫他们乐不可支什么最好。

1919 年

更　正

今天早上我们在这儿告诉你
减去二十时，那听上去很多。
当时我们还试图说得少一点
（他边说边朝木屑里吐唾沫），
而且当我们那样推测之时
我们正在厨房火炉边穿衣。
穿好衣服再出去逛上一圈，
我们所发现的是减去四十。

1920 年

"嘿，使车轮转动的你哟"

嘿，使车轮转动的你哟
请加快速度
请快到这样的程度
以至若要从 A 点
到 B 点
那么在到达 B 点之前

我也许就来不及把 A 点忘记
这样从几乎在同一瞬间
存在于脑海里的两个意象中
也许就会产生出
对照和隐喻。

————

嘿，使车轮转动的你哟
请注意！
那些忽左忽右的长长的弯道
那些迄今为止我用眼睛——
只是用眼睛——体验过的弯道——
它们长得我感觉不到是在转弯
除非把速度加快到每分钟一英里。
加快速度吧
那样我也许会觉得它们像舞蹈家
在我后背和脖子的筋里跳舞。

1925 年

天 平 盘

拔摩岛^① 上那声音^② 叫我"闭上眼睛"!
我永远闭上了双眼,成了瞎子。
"伸出你的手!"那声音冷不防又说。
我随和地伸出手,顺从地站在那里。

"你在想什么心事?"想得不多。
我说关于希腊人想得越少越好。
我敬畏地等着那即将到来的触摸。^③
生怕那发出声音的存在会转身走掉。

可当它到来时我却吓得掉头就跑。
叮叮当当!叮叮当当地穿过黑夜。
那是一种托付。那架巨大的天平。

---

① 爱琴海中一岛屿,曾被古罗马人用作流放罪犯的地方。据《新约·启示录》第1章第9节记载,约翰即在该岛上写成《启示录》。

② 《新约·启示录》第1章第9—10节记载:"我是约翰……曾被流放在拔摩岛(今译帕特摩斯岛)上……一个安息日,我正在默想圣灵,忽闻身后有个洪亮的声音对我说……"

③ 《新约·启示录》第1章第17—18节记载:"……他用右手触摸我,说:'不用害怕!我是开始,亦是结束。我是永生者……'"

我注定已成了高高在上的正义之神,[①]

注定已拥有了主持正义的天赋。
天平盘坠地叮当响。那是种托付。

约 1926 年

牛在玉米地里
——一出爱尔兰独幕诗剧

下午。厨房里。奥图尔始终都
捧着一份报在读"地方自治版"。
其妻在熨衣服。她做全部家务。
忽闻有人从大路上朝他们呐喊。

奥图尔太太:

听见吗,约翰尼?牛在玉米地里!

奥图尔先生:

我听见你说了。

[①] 在西方绘画作品中,正义女神总是蒙着双眼,手持天平。

奥图尔太太：

     既然你听见我说了，
  那你干吗不去把它赶回牲口棚呢？

奥图尔先生：

  我在等待，给我点时间。

奥图尔太太：

      你在等待！
  等待什么？等上帝让你永远受穷！
  我再说一遍，那头牛在玉米地里。

奥图尔先生：

  在谁家玉米地里？

奥图尔太太：

     当然在我们家的。

奥图尔先生：

  那就去把它赶到别人家的地里！

  她冲他举起熨斗。为了躲避她
  他把摊开的报纸稍稍举了一下。
  牛的哞哞叫声从（右）窗传进来。

因为大幕到天黑才把场景掩盖。

1918—1927 年

米德尔敦凶杀案

杰克套好他的天蓝色雪橇,
然后驱橇前往伐木的山坳。

他本打算在伐木场待一星期,
可他当天又驾橇返回家里。

凯特迎到门外问他为何原因。
"我回来是想再给你一个吻。"

他从座位毛毯下抽出猎枪,
带枪本是为把林中野味品尝。

凯特试图冲他笑。"你老不在家。
你别犯傻。有什么不对劲儿吗?"

他俩站在门外互相盯着对方,
凯特堵住门,显然有所提防。

杰克忽然扯开嗓子高喊：
"滚出来吧！我知道谁在里边。"

如果刚才另有人与凯特同屋，
那他肯定不会被仇恨唤出。

（有些人最好是被爱心唤来。
有些人你却不得不连拉带拽。）

这时突然有声响令杰克吃惊，
他一边叫骂一边绕向后门。

"嘿，你这个该死的骗子强盗，
你休想给我玩什么花招。"

凯特走捷径从屋里过来，
来到厨房里把后门打开。

这下三个人在门口挤作一堆，
你简直没法分清是谁在推谁。

"要让一名杀手三人中选一个，
那最后选中哪个还真不好说，
不过你们会看到那不会是我。

"沃尔特,你是我的朋友搭档,
你常吃我家盐,这次却来吃糖,

"可笑的是我竟相信一个色鬼。
这难道不该让我的猎枪发威?

"不过为了让凯特高兴高兴,
我可以让你活着走出大门。"

他抬枪朝他的一颗纽扣瞄准,
但没扣扳机,而是叫他"快滚"!

第一枪从沃尔特的头顶擦过,
可他仍然在跑,仍然活着。

第二粒子弹擦过他的右臂,
第三粒子弹则擦过他的左臂。

最后一枪之前的第四枪偏低,
沃尔特感到子弹穿过脚下雪地。

他心想,"今天我的运气真好,
我就要逃之夭夭,逃之夭夭。"

让那逃命的家伙觉得幸运,
对杰克来说真是无比开心。

他前四枪打偏只是为了逗乐。
第五枪正好穿透他的心窝。

弄污他衬衫的第五粒子弹
让他一头栽进了雪堆泥团。

我们管这叫"先让你跳舞,
然后再叫你自己跳进坟墓"。

杰克说:"现在回去料理家务,
我想你最好是去整理好床铺。

"不,你最好还是先束好头发。
等那之后我们再看应该干啥。"

他拽着她进屋并把门关上,
而且不允许她再朝外张望。

凯特不知法律会怎样对付
这样杀了她情夫的她的丈夫。

她不愿成为两个男人的死因。
但一个女人又能做什么事情?

难道当司法官来履行其职责,
她会对他说这事不能怪杰克?

要想打发这麻烦的一天,
你通常能说的至少有谎言。

你曾高兴有过那段青春时光,
可你那股高兴劲儿不会太长,

那的确比任何晚景都令人销魂,
但司法官也许会提出责问。

司法官那番话是:"凯特表妹,
本州黑发姑娘中数你最美。"

(那个镇区只有几十个居民,
他们大多彼此称对方为表亲。)

"我想你天生就爱寻欢作乐,
可你对这两个男人做了什么?

"若你想要好的一个去坐牢,
坏的一个被杀,你已做到了。

"处理此案我会尽可能从轻,
但表妹哟,我得带走你的男人。

"让这事作为教训终生汲取,
下次嫁人一定要做良母贤妻。"

有个人直挺挺地躺在路上
像根从柴草车上掉下的木棒。

他身边的路标像个受惊的白痴
同时朝四面八方胡乱指示。

迄今还没有好奇的人前来围观,
只有一个邮箱组成的唱诗班

站在那十字路口积雪的角落。
邮箱上有人名如沃纳和斯塔克。

但它们更像是一群食尸鬼在唱:
好人坏人到头来都一样下场。

1928 年

"洛斯教授显然认定"[1]

洛斯教授显然认定
全部的艺术就是辨认
这我同意。但完美的
辨认就是探测
因此洛斯爱读侦探小说
而且为他的学问而自豪
若一个诗人自己的作品
是其他诗人杰作的汇编
他也用不着为此道歉
就让他的作品只是引用
（这听起来并非像是嘲讽）
这就像一场兔犬追逐游戏[2]
为了让批评家觉得有趣
诗人不得不在所行之路上

---

[1] 约翰·利文斯通·洛斯（1867—1945）是哈佛大学教授、文学批评家，著有研究柯尔律治的专著《通往上都之路》（1927），据传他在与弗罗斯特的一次交谈中说过诗乃一个诗人从他所读的全部书中摘录的"引文之编织物"，并说"我很乐意跟在你们后面追溯那些引文的出处"。

[2] 一种户外游戏，扮兔者在前面一边跑一边不时撒下纸屑，以便在后面追赶的扮犬者有踪迹可循。

撒下些前辈诗人的只言片语。

1930 年

因韵害意①

那似乎使我的情绪又重新变好	a
当我的苏格兰朋友从邻街过来	b
突然冲我们嚷道"唉，真悲哀！"	b
有个人被关进了芝加哥的大牢	a
但不是因他抢了有钱人的皮包	a
而是因他依韵律音步赋诗咏怀。	b
亚当斯②说我们是牛不足为怪；	b
但如果我们是牛我们就没头脑——	a
还有能够这样昏睡的其他家伙，	c

---

① 此诗随一封日期为 1930 年 10 月 1 日的信寄给昂特迈耶。在《弗罗斯特致昂特迈耶之书信》中，昂特迈耶注明说："我在二十年代认识了伯吉斯·约翰逊……他是个打油诗人，后来于 1931 年编了本《新韵辞典及诗人手册》……他曾时不时地为诗人们设计出一些'作业'，看随意凑在一起的一组押韵的单词会使不同的诗人想到些什么。"1930 年，约翰逊把 14 个配置成一首十四行诗韵脚的单词寄给昂特迈耶和弗罗斯特。昂特迈耶注明说："我不知道我做的那个文字游戏后来的去向，我想我当时本来就没认真对待。罗伯特虽然欣然从命依韵填了首十四行诗，但他对伯吉斯的整个计划持嘲讽态度。"

② 詹姆斯·特拉斯洛·亚当斯（1878—1949），美国历史学家。

就像法国人用英语说"fox pass"①   d
或我们可能用法语说，但须知   e
那是我们的借口说别人有罪过。   c
我是个男人，不是个学生，alas②，   d
我为芝加哥承担我那一份羞耻。   e

1930年

致路易斯（一）③

亲爱的路易斯：

望远镜已送来，我非常高兴。
我真不知我过去是怎样耕耘
竟然没用过如此重要的工具。
（也许我不该说）但我得告诉你
把望远镜架好并把方向对准

---

① 法语 Faux-pas（失足）往往被讲英语的人说成 fox pass（美国俚语，意为"铸成大错"）。
② 英语叹词（唉），在此与上文的 pass 押韵。
③ 路易斯·昂特迈耶（1885—1977），美国诗人、评论家及文选编纂家，1915年在波士顿与弗罗斯特结识，后来成了弗罗斯特的终身挚友。

我看不出胡佛①是由上帝选定：
罗宾逊刚出的那本书②也不见——
迄今为止——不过我得再看一眼。
开始时我甚至看不见月亮，
而那并非因为当晚没有月光；
根据历书推算，应该能看见，
所以我白白耗费了整个夜晚。
也许是接物镜需要掸灰除尘，
也许是小透镜需要重新调整，
也许是在我框住的画面里边，
在有罪的我和我的天国梦之间，
插入了某个白天思索的问题。
但不用担心，我并没亵渎上帝。
我有莎翁最想要的两样东西之一。
请在我的墓碑上刻下这段铭词：
我曾有过另一位家伙的"机遇"③

---

① 赫伯特·克拉克·胡佛（1874—1964），美国第31任总统（在任期1929—1933）。
② 指美国诗人埃德温·阿林顿·罗宾逊（1869—1935）于1931年出版的叙事长诗《门口的马提亚》。
③ "机遇"原文为scope，此词在《莎士比亚十四行诗》第29首第7行中的意思为"施展才华的机会"，但弗罗斯特在此玩了个文字游戏，因scope亦可指望远镜。

但愿我不再需要任何人的才艺。①

你永远的朋友
罗·弗罗斯特
1931年

"一个人的高度……"

一个人的高度应该是他的身高
加上他家乡的海拔。
我认识一个丹佛人②
从海平面到他的头顶
共有一英里零五英尺十英寸，
而且他爱挥一支同样高的笔。

1932年

---

① 参见《莎士比亚十四行诗》第29首（"逢时运不济，又遭世人白眼"）第7行："想要此君之才艺，彼君之机遇。"

② 指科罗拉多州的诗人、作家及记者托马斯·霍恩斯比·费里尔（1896—1988），早年业余写诗，第一本诗集《高原路》出版于1926年。他晚年（1979—1988）获得了科罗拉多桂冠诗人、美国诗歌学会奖和弗罗斯特诗歌奖等多种荣誉。

提　供

我眯上眼睛让黑夜加倍，
但雪花仍然像子弹般飞来
越发对准我狠狠撞击。
除了让我眯眼它们还要什么？
那是什么？我应该想什么——
也许多少年来它们一直在说
又干又硬，又干又硬？
我，它们，或许全都要融化？
如果我提供心中的伤悲，
它们会不会提供泪水？

1932 年

让国会办理这事

我们自古以来就不乏马车制造者。
现在又来了个制造者，我们只需
给他封个称号，叫他飞机制造者。

这不仅说来合法,唱起来也正确。①

1932 年

恢复名声②

在"东方阶梯"上那黑暗的一霎,
我感到了一种我特有的惊恐害怕。
当探索我的灵魂时我发现丢了名字。
(来时我还带着它,这我敢发誓。)
那是在诸神开始吹嘘他们的名字时。
我看得出如果在这儿我没有名字,
那我将会是虚无——什么也不是。
于是我马上扯开嗓子高声嚷道:
"拉神哟,奥西里斯和荷鲁斯哟,③
啊,请让他们把我的名字还给我!"
"你敢肯定你没把它掉进一个洞里?"

---

① 莱特兄弟姓氏之英语 Wright 意为"制造者"。
② 此诗于 1932 年 9 月寄给诗人及哈佛大学教授罗伯特·希利尔(1895—1961),以回应他写的《罗伯特·弗罗斯特"缺少才智"》一文(《新英格兰季刊》1932 年 4 月号),该文针对一些批评家对弗罗斯特的批评为他进行了辩护。
③ 拉神是古埃及神话中的最高神;奥西里斯是古埃及的冥神;荷鲁斯是古埃及的鹰头太阳神,奥西里斯和生育女神伊希斯之子。

奥西里斯问。"不，它是被偷走的。"
一个尖嗓子女声问："这是怎么回事？
什么东西不见了？"我回答说："是的，
我的名不见了。有人剔了我的灵魂。"
在最后一级台阶上，台阶上人真多。
一个想使我平静的人恭敬地问我
我要找的那个名字是不是我的笔名。
我嚷得更欢了，"不，那是我的名声。
我想恢复我的名声，而且马上恢复"。
于是拉神召唤来罗伯特·希利尔，
"你能采取措施平息这阵喧嚷吗？
找到这家伙的名字，恢复他的名声。"
罗伯特做了这事，荣耀归他所有。
啊，一个多么值得结交的知己朋友。

1932 年

"一个小小的王国"

一个小小的王国
有过鼎盛与辉煌，
有过良好的风纪，
可惜是好景不长。

住在王宫的国王
早就知道有危险，
因为传来了风声
说北方异族南犯，

那是些流寇海盗，
但却有好大一群，
他们正沿着海岸
缓慢地向南推进。
国王想防患未然
便建了一座要塞，
让士兵擦亮刀枪，
让军队严阵以待。

但他却颁布法令
禁止平民提战争，
也不许谈论杀戮，
只要它尚未来临。

他想要他的人民
只想相爱和添丁，
只要在和平时期
就一心只想和平。

约 1932 年

冬天所有权

是谁任凭雪花沾满睫毛和嘴唇
  在一年最冷之时走向沉沉黑夜?
那是个坚持要冬天所有权的人。
  他也许正在顺便清点一下积雪,

要清点积雪他就必须走进雪地。
  五十个这样的初雪夜他都外出
(独自走过平原,但充满勇气)。
  一阵挟着沙尘的雪会窸窸窣窣

穿过一棵枯了叶的橡树。突然
  会有一群小鸟儿像弹雨般飞过,
仿佛是因暴风雪而早临的夜晚
  使它们记起只顾觅食忘了南迁。

但他不会忘记他的目的和追寻。
  沉沉黑夜会发出一声长长叹息,
于是怀着拥有和被拥有的感情
  他肯定会情不自禁地做出回应。

他走向森林是要乞求某种证明？
　　他干吗不进林中并说出是什么？
牧草接触他双腿的实在的感觉
　　已足以证明凡是他的就是他的。

深深积雪也许会减缓他的脚步，
　　但是他会以某种方式加快速度，
一步一步地勾勒出森林的轮廓
　　探明那座森林讳莫如深的面积。

他会在一个路口欣然地放弃——
　　当水珠或眉毛嘴唇都化为尘土，
他会让脚步停在深深的草中，
　　去拥抱那轮廓，坚持他的所有权。

1934 年

"当我丢人现眼时"

当我丢人现眼时
我只有转身离去。

1935 年

祖先的荣耀

那教会执事的妻子生性轻佻，
她喜欢她的性生活放荡无度，
于是和一个爱尔兰穷鬼睡觉，
使他成了执事的孩子的生父。

执事本身是一个有钱的绅士，
过正派的生活，穿假领衬衫；
这使她的不贞既有趣又滑稽，
使她觉得欺骗丈夫是种消遣。

不过既然她常做那风流韵事，
常悄悄溜出后门并翻越墙头，
那她怎么能肯定执事的孩子
究竟是不是执事的血脉骨肉？

别对一段优生学的故事质疑。
她和执事同床并且与他交欢，
但她肯定把与他所行的房事
都限制在她不会怀孕的时间。

而她只消让这限制恰好相反,
让那爱尔兰人与她同床共寝,
这时凭着他天主教徒的信念
一个女人十之八九都会怀孕。

她的肖像如今挂在家族画廊,
整个家族没有一人愿意认为
他们的血管里流着那种血浆,
这便是他们天生贪杯的原委。

1934—1937 年

致伦纳德·培根[①]

亲爱的伦纳德·培根:

我不知你此刻在这片大陆还是在欧洲,
但我想告诉你,趁我俩还算得上朋友,
你的惩罚性韵律虽说不上给了我欢乐

---

① 伦纳德·培根(1887—1954),美国诗人及翻译家,1941 年普利策诗歌奖获得者,他曾把 1936 年出版的讽刺诗集《韵律与惩罚》题献给弗罗斯特,这首诗是弗罗斯特收到他的赠书后为答谢而作。

但却不知给了我多少道义上的满足。
我看得出你对这些令人亢奋的节奏之
　　感觉差不多和我一样。
我俩都不会被它们逼去喝酒或者自杀，
但是无可否认，我们都发现这些节奏
　　远远偏离了我们更喜欢的追求。
然而不管用什么我们用过的逃生手段
　　我们都躲不开它们，你说是吧？
对我来说，过去四年听到的亢奋节奏
　　也许比此前任何一届奥运会的还多。
我俩的几乎绝对一致中只有一个例外，
　　即你把循道宗信徒奚落得体无完肤
　　的那种方式。
你是来自皮斯代尔①的公理会好教友，
　　我猜想你乐意让那个圣公会教徒
插在我们的清教诸教会和与之完全
　　格格不入的天主教会之间。
但你用那圣公会教徒设障之后，你就
　　需要对他进行照料，除非你圆滑得
能引来循道宗，从而把他安然无恙地
　　交给东正教。
让一个圣公会教徒去捉天主教徒，

---

① 皮斯代尔，美国罗得岛州南部一小镇，是伦纳德·培根的家乡。

再让英国国教信徒去捉圣公会教徒，
而我看不出那个美好的旧大陆怎么能
　　再次从诚实的人手中被偷走。
当然，我们曾召集了一次会议并组织
　　了一个政党来促进我们的政治，
但我太了解自己，我早有过那种想法
　　而它绝不可能解决问题。
也许会有摊牌的时候，但如果真有，
　　我们就只好等到那天
才能去阿伯克龙比－菲奇商店① 为那场
　　冲突购置装备。
我相信在这样一个国家肯定会有许多
　　像我们这样的人，他们不会轻易地
　　就被人鼓动并变得亢奋。
他们经得起屡屡被人忽视，被人冷落，
他们甚至喜欢在那些凶残好斗者眼中
　　显得毫不起眼。
但在他们的内心深处有一种浓缩的
　　东西，
而如果真来一场战争，我倒想奉劝
　　人人都去找到那种东西。
是的，眼下我们的确无事可做，只好

---

① 纽约市一家专门出售狩猎、探险、运动及旅行用品的商店，现已停业。

849

写写诗或干点农活儿,
或是明年夏天在某个像弗朗科尼亚
那样清静的地方见面交谈——那
不会造成任何危害。
别以为我玩这种韵律没有大大地受到
奥格登·纳什① 的影响。
我并非从密歇根甜歌手② 处得此韵律,
倒是纳什老实地承认他欠她人情。

你永远的朋友
罗伯特·弗罗斯特
1937 年

---

① 奥格登·纳什(1902—1971),美国幽默诗人,其诗无一定韵律,诗句忽长忽短,作品有诗集《艰难的诗行》(1931)、《快乐时光》(1933)等20多种。

② 朱莉娅·A.穆尔(1847—1920)于1876年出版诗集《密歇根甜歌手向共和国致敬》,其后她便以"密歇根甜歌手"一名为人所知,据说她那本集子里的诗写得特别糟,甚至糟出了一种风格影响。奥格登·纳什曾宣称他"幽默地模仿了她那些歪诗的独特风格"。

"除非我把它叫作……"[1]

除非我把它叫作镶满宝石的
锡镴棋盘，一个可用来
玩一辈子单人跳棋的棋盘，
不然对康尼克用彩玻做的
这件精妙礼物我就叫不上名。
然而说下单人跳棋
还是不完全准确，
因为不可能移动任何宝石
为了让那些色彩移动
我必须请求日光来帮忙，
而那就不再是玩单人跳棋。

1937 年

---

[1] 此诗为答谢画家查尔斯·杰伊·康尼克（1875—1945）制作的一个以《雪夜林边停歇》为意境的彩色玻璃装饰盘而作，最初作为该装饰盘插图配诗发表在康尼克的《光彩中的探险》（1937）一书。

"我想我要去祷告"

我想我要去祷告,
我要去祷告——
沿一条黑洞洞阴惨惨的走廊,
下一段台阶
每下一级我都会多一分谦卑。
我腰间会系上一根绳子,
手上会持一小截匆匆熄灭的蜡烛。
因为像我这样的人都留有个地窖,
地窖的石砌拱顶往下滴水,
松软的泥地上铺有石板通道。
我,一个伤心欲绝的彻底的失败,
将在那里趴下
把肢体伸展成一个十字——
啊,如果献身宗教不是我的命运
请一定告诉我
而且别太迟!

1921 年初稿
1942 年修订

痕　迹

有人在树林中爱过哭过。
不过想来不会有人知晓
那对一起来过的恋人中
有一位曾独自来此哭泣。

但针叶树总对在其树梢
嘤嘤呖呖的刺嘴莺叹息，
它们的树皮也老在流泪——
永远流不尽的银色树脂。

20 世纪 40 年代

让我们别思想

东风要说的都说了
但现在西风的回答
会造成另一种天气，
会让疲惫的云疾飞，
让雨后的大地干涸。

雨留下些小小水塘
仿佛是为映现影像，
西风会让水塘存留
然而却会吹皱水面
让它们映不出影像。

风哟，如果你认为
以水为镜违反规矩，
那我们从此不思想，①
我替那些水塘保证，
替那些浅薄的白痴。

20世纪40年代

致路易斯（二）②

亲爱的路易斯：

我宁愿压根儿就没有什么战争

---

① 诗中"映现"和"思想"之原文均为 reflection。
② 此诗于1944年8月12日寄给昂特迈耶，此前正替作战新闻处担任出版物高级顾问的昂特迈耶曾请求弗罗斯特作为一名作家为战争出力。

也不愿让你因战争而对我生气。
我知道问题所在：这场战争多少
与犹太人有关，而且正如你认为
我应该要求在其中扮演个角色。
你应该知道——我本不必告诉你——
军方不会让我亲赴前线。
而我又不愿在后方成为英雄——
我是说凭着在家充当狂暴武士①，
像一名消防队员闯入一扇门
把某个笨蛋家的灯火扑灭，
但却在灯火管制期丢下大火不管
擅离职守去巡视夜总会的聚会。
我没法让自己像提尔泰奥斯②那样
去歌颂战争并激励年轻人投入
伤不着我的危险。我从来没有
当兵的经验，所以实在没有资格
　去向其他人鼓吹吃饷当兵。
其次请记住我不是一名作家。
我的确像过去那样擅长许多事情，
　这我不能否认（你可以替我否认）。

---

① 狂暴武士，北欧神话中在战斗前使自己狂怒，从而不穿铠甲上阵的武士。
② 提尔泰奥斯，公元前7世纪希腊诗人；相传在第二次麦西尼亚战争中斯巴达人曾唱着他写的歌投入战斗。

但我从来不擅长写官样文章。
在填写表格的时候，我历来不愿
把自己称为作家。如今再把我
自己称为农夫听起来会有点做作，
但如果当农夫是个谦虚的请求
我愿提这请求。如今我是一名
免交所得税的演说者和教师，
尽管演说者又是一个危险的字眼。
我没能用笔去对付希特勒，就像
我没能用枪一样（但原因不同）。
也许我一直有种潜意识的狡诈
使我的心免于陷入尴尬的境地：
即当我歌颂我们（美国）的时候
我将不得不把这种歌颂混同于
替一些稀奇古怪的盟国做的宣传。
我认为不管在和平时期还是在战时
他们所有的和我能从他们得到的
都是虚假的友谊，但我尽量少说
或长话短说。我对政治一窍不通。
我天生看不见我所爱之人的缺点，
但对那些仅仅是盟友的人的毛病
我却历来拒绝故意视而不见。
信共产主义的苏联人真是伟大！
如果不再要求我说更多的东西

我完全经得起国务院的审查检验。

赫尔①可能是对的，当他说苏联人

既友好又伟大。他可能又是对的，

当他说苏联的利益与我们的够接近，

他们需要我们帮助他们管理世界。

我正在等着看他们的利益所在。

我希望他们会善待弱小的同盟者。

我希望约翰牛②和我们的另外两个

强大盟友能在战后一致地善待

所有弱小国家：芬兰波兰希腊

以及罗马尼亚比利时和法兰西，

对，还有我们自己贫穷的南美。③

不过赫尔是个好人，听他说话

可使我的疑虑变得微不足道。

你必须记住正如莱斯利④所说，

正如她用哥伦比亚特区的方言所说，

我不是个"大家伙"。你们华盛顿的

人不会想到清洗我，不管是

什么样的清洗（恐怖的字眼！）

---

① 科德尔·赫尔（1871—1955），美国政治家，1933年至1944年任美国国务卿，1943年曾率美国代表团赴莫斯科与苏联外长会谈。
② 英国的绰号。
③ 我希望我们使那些小伙伴都过得好。——原注
④ 弗罗斯特的大女儿。

或是桑德堡－白劳德集团也许会
想到的清除。你曾亲口对我这样说。
我做的任何事都不要紧。我写诗,
写有韵律的诗。你和凯①总是那样
迁就我,以至我有时想知道,当我
老不中用时我会有什么支撑。
你最清楚我将不得不依靠哪些人。
伙计在俚语中是个词义多变的字眼。
但好伙计应该意味着好的支索,②
那种使烟囱直端端耸立的支索。
四根支索看起来完全可以保险。
我有凯有你有莱斯利还有拉里③,
刚好是四,那个神圣的新政数字——
四项条款四大自由和四大强国,
如果你破例把中国也算上的话。
你会注意到我的四个中有个犹太人——
不管是他还是我都不曾追求声望。
我对你那个种族的最有力的援助
就是我把它看作我们中的失散者,

---

① 凯瑟琳·莫里森,弗罗斯特的秘书及管家。
② "伙计"和"支索"之原文均为 guy。
③ 劳伦斯·汤普森(1906—1973),他后来写了一部"正式的"弗罗斯特传记(三卷本,1966 年、1970 年、1977 年)。

长期以来它已经使我明白,至少
在某种程度上它是个分散的种族。
而即使对这个分散的种族之一部分
我也怀着同情之心。我常说把整个
巴勒斯坦还给他们。任何没有家园的
种族都不能算一个民族。我支持
所有那些想拥有自己家园的种族,
支持他们在自己的家园讲自己的
语言。我会告诉英国对他们友善。
可看看英国,你到伦敦去呼吁吧——
如果那是你的事。语言是我们的盟友。
别来烦我,我对阿拉伯人没影响。
我不是那个"阿拉伯的劳伦斯"[①]。
我非常讨厌这场战争提出的
所有令人恼火的问题:关于我们
对盟国的义务,关于动用我们的
军事力量的义务,在小国看来
这和我们所认为的一样天经地义,
所以我不会太在乎是否我们不再有
另一场战争。我发誓我不会在乎。

---

① 托马斯·爱德华·劳伦斯(1888—1935),英国学者及军人,第一次世界大战时奉命加入阿拉伯军队从事间谍工作并指挥游击战,其经历极富传奇色彩,以"阿拉伯的劳伦斯"而闻名于世。

作为与政治彻底分手并顺便说说
大国,让我们来看看我们(美国),
这个大暴发户,充满了暴发的人
或我爱称之为的开始小本经营的人。
这几百年间我们是从何处开始
爬到了一个几乎最强大的位置?
是凭什么品格什么德行什么习性?
民主在我心中唤起的所有感觉
就是我对仆人从何而来感到吃惊。
我从不轻易相信民主巨星的传说,
如什么理查德·李[①]和两个罗斯福,
他们从来没有被迫去割草挣钱,
凭自己挣的钱支付学费完成学业。
看到从克罗顿[②]出来的任何好人
我都感到和我需要的一样多的吃惊。
但当我读伟人传记时,我发现那些
出身低微者给了我最大的快乐,那些
当年的店员、工厂煤矿车站的工人
以及印刷所学徒和开电梯的小伙子。
在我的民主范畴的周围有一种

[①] 理查德·亨利·李(1732—1794),美国独立战争时期的政治家。
[②] 马萨诸塞州东北部一所极负盛名的男生预科学校,富兰克林·德兰诺·罗斯福于1896年至1900年在该校就读。

令人不可思议的神秘的现象，
人们乐于对造就一个人的条件
保持一无所知或置之不理的态度。
我喜欢这样一个世界：那里没人
敢说或敢用他们的战时法币打赌说
英雄不可能出自某种有利条件
或不能出自某种不利条件。一年前
我曾认为我已使我俩达成了共识：
我们的民主就像一个散漫的贵族
把双腿交叉着搁在壁炉架上
双手拇指抠着西装背心的袖孔
正在怀疑自己成功富足的价值。
请想想有多少平民百姓能达到
这种超凡脱俗的高度，能像
传道者所罗门王那样说出：
虚无的虚无，万事万物皆虚无；①
而且是在迫不及待的一代人中，②
不是像亚当斯家族那样为造就一个

---

① 语出《旧约·传道书》第1章第2节。《传道书》开篇三节如下："耶路撒冷的王，大卫的儿子，传道者言语。/ 虚无的虚无，传道者说，虚无的虚无；一切皆虚无。/ 阳光下劳作一生的人获得什么益呢？"

② 同上第4节云："一代过去，一代又来，地却永远长存。"

861

亨利·亚当斯不得不等到第三代。①
你也许还记得从我家后门出去
我们有一个被沙果堵住的观察孔，
还有一条穿过一片蕨丛陷阱的路，
路通向空旷的牧场，那里视野开阔，
越过近处黑云杉构筑的地平线
可望见远方朦胧群山构筑的天边——
你的阿迪朗达克山②于我们就是你。
群山把你卷起但我们的心把你展开。
我们没撩开你那层距离的面纱
因为害怕被指控亵渎了浪漫，
我们只是让山一重一重地闪开，
直到亮出潺潺小溪旁你那座房子，
你站在正抽芽的花丛间，暴露于
一种什么也不会失去的友谊之中，
因为那友谊至少部分地存留于想象。
我有一本贴满了你照片的相册，
你总是显得那么在行，不管是你

---

① 美国历史学家亨利·亚当斯（1838—1918）的曾祖父约翰·亚当斯（1735—1826）曾任美国第二任总统（在任期1797—1800），祖父约翰·昆西·亚当斯（1767—1848）曾任美国第六任总统（在任期1825—1828），父亲查尔斯·弗朗西斯·亚当斯（1807—1886）是政治家和外交家，曾任美国驻英国大使。
② 指美国纽约州东北部的阿迪朗达克山脉。该山多湖泊和森林，是著名夏季疗养地和旅游地，昂特迈耶在山中有一座房子。

862

走近花草去品赏它们的色泽芬芳，
还是迎着墙上的一幅画走去，
或是在一架钢琴前为我们选曲目，
或是在听一首诗。你只消听一遍，
只消一遍你就能记住每一个单词。
没人能显得像你那样啥都在行。
唉，抛开你没完没了的政治吧。
这么久以来一直听不到你的消息
使我们开始一再回想，我从你
得到了一个什么朋友，多少种朋友——
应该说是极富权威性的她① 说
我所认识的人中再没有人能像你
那样了解我。这本身就会使我
欠你的债远远超出我的偿还能力，
以致我只能时不时地重翻老账
而且因承认这些旧债而向你续借。
我相信这番解释——这番只是对你
而不是对别人的解释——会使你
确信我有权得到一天的宽限期。
我向你保证，我很快就会偿还你
第一笔分期贷款。等等！这儿就有
一笔。我想到再编一本诗文选集。

---

① 指凯瑟琳·莫里森。

你说不再编选集了,但你错了。
我知道你下一本选集该取什么书名。
等我见到你时我再仔细地告诉你,
如果你允许,我会助你一臂之力。

1944 年

上午十点半

能降下多少雨来
使木瓦噼噼啪啪
使泄水管叮叮咚咚
但却不能使我
和屋里的任何东西
有一丝一毫的变动

约 1944 年

"如果那颗闪耀的星星……"

如果那颗闪耀的星星真的像
名叫科学家的人说的那样巨大

那么我能说的就只是
既然它只发出那么微弱的星光
那它就肯定不得不
也像科学家们说的那样遥远
用 B 证明 A，再用 A 证明 B
事物总能在某点上互相证明——

1945 年

谷仓里的床

他说我们可以把他的烟斗拿走，
这样他睡在草堆里就安全无忧。
这是他的火柴——礼貌的流浪汉。
他说他想把事情做得体体面面。
于是他开始东拉西扯谈神说鬼，
表面上保持自尊内心却感羞愧，
为对得起谷仓里没床单的客床
那段命运坎坷的故事过于高尚。

我曾想这么一个人是多么幸运
能在他羁留之处受到人家好评，
虽说这样的好评是如此地简短：

他既不是个小偷也不是纵火犯。
可悲的是若这种表扬只剩一句,
你就很容易老是把它颠来倒去。

1944—1947 年

为了连续交媾①

我们哈佛的新马尔萨斯主义者说:②
"我们没法让穷人克制性交之乐,
但我们能让他们吃一种新的东西
从而使他们避免过多的生育繁殖。"
可这个办法似乎有一点违背天理!

1951 年

---

① 这首打油诗曾随一封日期为 1951 年 9 月 21 日的信寄给路易斯·亨利·科恩,弗罗斯特曾指出诗的标题来自古罗马诗人卡图卢斯的《歌集》第 32 首,该诗第 9—10 行为:"sed domi maneas paresque nobis/novem continuas fututions." 大致可译为"但请留在家里做好准备 / 为了九次连续的交媾"。

② 弗罗斯特在那封致科恩的信中写道:"作为一名科学的代言人,原哈佛大学校长、化学教授詹姆斯·布赖恩特·科南特已保证要用一种新型食物使这个星球变得不那么拥挤……这种新型食物是一种口服避孕药,这样我们无须制止性交便可制止生育。"

浪费,或鳕鱼卵

当哈佛的一些男生被科学强迫
去面对那个极可怕的浪费事实
孵一条鳕鱼需要一百万枚鱼卵
他们立即就抛弃了他们的图腾①
纷纷去自杀,用一根避雷针。②

约 20 世纪 50 年代初

挥霍浪费

亲爱的,如果你惊于浪费种子
(因很少一点种子就足以繁殖),
请在晚上用望远镜极目眺望
从而意识到在茫茫宇宙空间
正是恒星原理的挥霍浪费

---

① 鳕鱼是马萨诸塞州的一种象征。
② 此行原文 And suicided with a lightning rod 亦可戏解为"纷纷用一根闪光的钓鱼竿去亡命"。

才诞生出了微不足道的人类。

20世纪50年代初

象征意义

数字10的象征——
0代表姑娘——1代表男人——
说明在数学或寻欢中
1会有多少次像你也许
会说的那样进入0。
你去问问那些男女主人公吧。

1957年

"她丈夫曾给她一枚戒指"

她丈夫曾给她一枚戒指
为了让她永做贞洁淑女。
但我说的这个公子哥儿
给她一副耳环作为诱饵。
他还送给了她一根项链

让她不顾一切铤而走险。

1957 年

预 言 家

他们说真理会使你获得自由。
我的真理却会使你沦为奴隶——
然而这也许正是你所希求的。

1936 年，1959 年

"对于去星际旅行的人"

对于去星际旅行的人
他们说危险就在于细菌。
我不知火星或土星上
会有什么危险

但在金星上肯定是性病。①

1955—1961 年

"宇宙宏大计划之目的"

宇宙宏大计划之目的
几乎没给人的目的留有余地。

1955—1961 年

预言家像神秘家故弄玄虚
评论家则只能凭统计数据

天真的科学会以何等不屈的决心
不断地把我们的普罗米修斯精神
从这正在堕落的小小的岩石星球
射向上帝那个有密码锁的保险柜。

---

① 英语形容词 venereal（性爱的，性交的，性病的）之词根即 Venus，而 Venus 既可指爱神维纳斯，又可指金星，这首小诗的诙谐由此而来。

对一切都藐视的我们仍面临挑战。
可难道我不曾像预言家一样预言：
厌倦了环绕太阳一圈一圈地旋转，
有人就会惹是生非围着麻烦打圈。

既然我们已经发现了重力的秘密，
那不管它多大我们都能把它消去，
我们高傲的工程师们还需要什么
只要我们能抓住这颗星球的耳朵，

或是抓住南北两极，或抓住后颈，
而且只消假设我们已经无法容忍
这地球上的单调乏味和例行公事，
无法容忍这地球上只有生生死死，

无法容忍人只有这么短暂的生命，
加上我们对新发现的"轻"有信心
（重力一直都是我们的主要对头）
那我们就可以起锚解缆驶向宇宙，

让地球载着全人类来次星际旅行
（难道我不曾预言过这样的事情？）
可以让大家口头表决决定去哪里，
若吵吵嚷嚷是因为他们几乎不知

到底是该去寻觅一个科学的上苍
还是应该等到死后去上帝的天堂,
换句话说,他们不知是应该依靠
普普通通的宗教还是科学的宗教。

他们必须马上解开这个命运之谜,
像当年亚历山大砍开戈耳迪之结,①
或者说像我们的科学家劈开音障
从而超越了这个世界上所有速度。

但这个世界是如此庄重如此迷人,
我们几乎听不见它发出飕飕之声,
它那么端庄地沿着一条轨道旋转,
要强迫它脱离轨道看来实在危险。

1962 年

---

① 希腊神话中弗里吉亚国王戈耳迪打的一个难解的绳结,据说谁能解开此结谁便可统治亚细亚,后来马其顿国王亚历山大(公元前 356—前 323)用剑砍开此结。

汉译文学名著

第一辑书目（30种）

伊索寓言	〔古希腊〕伊索著　王焕生译
一千零一夜	李唯中译
托尔梅斯河的拉撒路	〔西〕佚名著　盛力译
培根随笔全集	〔英〕弗朗西斯·培根著　李家真译注
伯爵家书	〔英〕切斯特菲尔德著　杨士虎译
弃儿汤姆·琼斯史	〔英〕亨利·菲尔丁著　张谷若译
少年维特的烦恼	〔德〕歌德著　杨武能译
傲慢与偏见	〔英〕简·奥斯丁著　张玲、张扬译
红与黑	〔法〕斯当达著　罗新璋译
欧也妮·葛朗台 高老头	〔法〕巴尔扎克著　傅雷译
普希金诗选	〔俄〕普希金著　刘文飞译
巴黎圣母院	〔法〕雨果著　潘丽珍译
大卫·考坡菲	〔英〕查尔斯·狄更斯著　张谷若译
双城记	〔英〕查尔斯·狄更斯著　张玲、张扬译
呼啸山庄	〔英〕爱米丽·勃朗特著　张玲、张扬译
猎人笔记	〔俄〕屠格涅夫著　力冈译
恶之花	〔法〕夏尔·波德莱尔著　郭宏安译
茶花女	〔法〕小仲马著　郑克鲁译
战争与和平	〔俄〕列夫·托尔斯泰著　张捷译
德伯家的苔丝	〔英〕托马斯·哈代著　张谷若译
伤心之家	〔爱尔兰〕萧伯纳著　张谷若译
尼尔斯骑鹅旅行记	〔瑞典〕塞尔玛·拉格洛夫著　石琴娥译
泰戈尔诗集：新月集·飞鸟集	〔印〕泰戈尔著　郑振铎译
生命与希望之歌	〔尼加拉瓜〕鲁文·达里奥著　赵振江译
孤寂深渊	〔英〕拉德克利夫·霍尔著　张玲、张扬译
泪与笑	〔黎巴嫩〕纪伯伦著　李唯中译
血的婚礼——加西亚·洛尔迦戏剧选	〔西〕费德里科·加西亚·洛尔迦　赵振江译
小王子	〔法〕圣埃克苏佩里著　郑克鲁译
鼠疫	〔法〕阿尔贝·加缪著　李玉民译
局外人	〔法〕阿尔贝·加缪著　李玉民译

第二辑书目（30种）

枕草子	〔日〕清少纳言著	周作人译
尼伯龙人之歌	佚名著	安书祉译
萨迦选集		石琴娥等译
亚瑟王之死	〔英〕托马斯·马洛礼著	黄素封译
呆厮国志	〔英〕亚历山大·蒲柏著	李家真译注
波斯人信札	〔法〕孟德斯鸠著	梁守锵译
东方来信——蒙太古夫人书信集	〔英〕蒙太古夫人著	冯环译
忏悔录	〔法〕卢梭著	李平沤译
阴谋与爱情	〔德〕席勒著	杨武能译
雪莱抒情诗选	〔英〕雪莱著	杨熙龄译
幻灭	〔法〕巴尔扎克著	傅雷译
雨果诗选	〔法〕雨果著	程曾厚译
爱伦·坡短篇小说全集	〔美〕爱伦·坡著	曹明伦译
名利场	〔英〕萨克雷著	杨必译
游美札记	〔英〕查尔斯·狄更斯著	张谷若译
巴黎的忧郁	〔法〕夏尔·波德莱尔著	郭宏安译
卡拉马佐夫兄弟	〔俄〕陀思妥耶夫斯基著	徐振亚·冯增义译
安娜·卡列尼娜	〔俄〕列夫·托尔斯泰著	力冈译
还乡	〔英〕托马斯·哈代著	张谷若译
无名的裘德	〔英〕托马斯·哈代著	张谷若译
快乐王子——王尔德童话全集	〔英〕奥斯卡·王尔德著	李家真译
理想丈夫	〔英〕奥斯卡·王尔德著	许渊冲译
莎乐美 文德美夫人的扇子	〔英〕奥斯卡·王尔德著	许渊冲译
原来如此的故事	〔英〕吉卜林著	曹明伦译
缎子鞋	〔法〕保尔·克洛岱尔著	余中先译
昨日世界：一个欧洲人的回忆	〔奥〕斯蒂芬·茨威格著	史行果译
先知 沙与沫	〔黎巴嫩〕纪伯伦著	李唯中译
诉讼	〔奥〕弗兰茨·卡夫卡著	章国锋译
老人与海	〔美〕欧内斯特·海明威著	吴钧燮译
烦恼的冬天	〔美〕约翰·斯坦贝克著	吴钧燮译

第三辑书目（40种）

埃达	〔冰岛〕佚名著　石琴娥、斯文译
徒然草	〔日〕吉田兼好著　王以铸译
乌托邦	〔英〕托马斯·莫尔著　戴镏龄译
罗密欧与朱丽叶	〔英〕莎士比亚著　朱生豪译
李尔王	〔英〕莎士比亚著　朱生豪译
大洋国	〔英〕哈林顿著　何新译
论批评　云鬟劫	〔英〕亚历山大·蒲柏著　李家真译注
论人	〔英〕亚历山大·蒲柏著　李家真译注
亲和力	〔德〕歌德著　高中甫译
大尉的女儿	〔俄〕普希金著　刘文飞译
悲惨世界	〔法〕雨果著　潘丽珍译
安徒生童话与故事全集	〔丹麦〕安徒生著　石琴娥译
死魂灵	〔俄〕果戈理著　郑海凌译
瓦尔登湖	〔美〕亨利·大卫·梭罗著　李家真译注
罪与罚	〔俄〕陀思妥耶夫斯基著　力冈、袁亚楠译
生活之路	〔俄〕列夫·托尔斯泰著　王志耕译
小妇人	〔美〕路易莎·梅·奥尔科特著　贾辉丰译
生命之用	〔英〕约翰·卢伯克著　曹明伦译
哈代中短篇小说选	〔英〕托马斯·哈代著　张玲、张扬译
卡斯特桥市长	〔英〕托马斯·哈代著　张玲、张扬译
一生	〔法〕莫泊桑著　盛澄华译
莫泊桑短篇小说选	〔法〕莫泊桑著　柳鸣九译
多利安·格雷的画像	〔英〕奥斯卡·王尔德著　李家真译注
苹果车——政治狂想曲	〔英〕萧伯纳著　老舍译
伊坦·弗洛美	〔美〕伊迪斯·华尔顿著　吕叔湘译
施尼茨勒中短篇小说选	〔奥〕阿图尔·施尼茨勒著　高中甫译
约翰·克利斯朵夫	〔法〕罗曼·罗兰著　傅雷译
童年	〔苏联〕高尔基著　郭家申译
在人间	〔苏联〕高尔基著　郭家申译
我的大学	〔苏联〕高尔基著　郭家申译

地粮	〔法〕安德烈·纪德著	盛澄华译
在底层的人们	〔墨〕马里亚诺·阿苏埃拉著	吴广孝译
啊,拓荒者	〔美〕薇拉·凯瑟著	曹明伦译
云雀之歌	〔美〕薇拉·凯瑟著	曹明伦译
我的安东妮亚	〔美〕薇拉·凯瑟著	曹明伦译
绿山墙的安妮	〔加〕露西·莫德·蒙哥马利著	马爱农译
远方的花园——希梅内斯诗选	〔西〕胡安·拉蒙·希梅内斯著	赵振江译
城堡	〔奥〕弗兰茨·卡夫卡著	赵蓉恒译
飘	〔美〕玛格丽特·米切尔著	傅东华译
愤怒的葡萄	〔美〕约翰·斯坦贝克著	胡仲持译

第四辑书目(30种)

伊戈尔出征记		李锡胤译
莎士比亚诗歌全集——十四行诗及其他	〔英〕莎士比亚著	曹明伦译
伏尔泰小说选	〔法〕伏尔泰著	傅雷译
海上劳工	〔法〕雨果著	许钧译
海华沙之歌	〔美〕朗费罗著	王科一译
远大前程	〔英〕查尔斯·狄更斯著	王科一译
当代英雄	〔俄〕莱蒙托夫著	吕绍宗译
夏洛蒂·勃朗特书信	〔英〕夏洛蒂·勃朗特著	杨静远译
缅因森林	〔美〕梭罗著	李家真译注
鳕鱼海岬	〔美〕梭罗著	李家真译注
黑骏马	〔英〕安娜·休厄尔著	马爱农译
地下室手记	〔俄〕陀思妥耶夫斯基著	刘文飞译
复活	〔俄〕列夫·托尔斯泰著	力冈译
乌有乡消息	〔英〕威廉·莫里斯著	黄嘉德译
生命之乐	〔英〕约翰·卢伯克著	曹明伦译
都德短篇小说选	〔法〕都德著	柳鸣九译
无足轻重的女人	〔英〕奥斯卡·王尔德著	许渊冲译
巴杜亚公爵夫人	〔英〕奥斯卡·王尔德著	许渊冲译
美之陨落:王尔德书信集	〔英〕奥斯卡·王尔德著	孙宜学译
名人传	〔法〕罗曼·罗兰著	傅雷译
伪币制造者	〔法〕安德烈·纪德著	盛澄华译
弗罗斯特诗全集	〔美〕弗罗斯特著	曹明伦译

弗罗斯特文集	〔美〕弗罗斯特著	曹明伦译
卡斯蒂利亚的田野：马查多诗选	〔西〕安东尼奥·马查多著	赵振江译
人类群星闪耀时：十四幅历史人物画像	〔奥〕斯蒂芬·茨威格著	高中甫、潘子立译
被折断的翅膀：纪伯伦中短篇小说选	〔黎巴嫩〕纪伯伦著	李唯中译
蓝色的火焰：纪伯伦爱情书简	〔黎巴嫩〕纪伯伦著	薛庆国译
失踪者	〔奥〕弗兰茨·卡夫卡著	徐纪贵译
获而一无所获	〔美〕欧内斯特·海明威著	曹明伦译
第一人	〔法〕阿尔贝·加缪著	闫素伟译

图书在版编目（CIP）数据

弗罗斯特诗全集 /（美）弗罗斯特著；曹明伦译. — 北京：商务印书馆，2024
（汉译世界文学名著丛书）
ISBN 978-7-100-22995-1

Ⅰ. ①弗⋯　Ⅱ. ①弗⋯　②曹⋯　Ⅲ. ①诗集—美国—现代　Ⅳ. ①I712.25

中国国家版本馆CIP数据核字（2023）第194111号

权利保留，侵权必究。

汉译世界文学名著丛书
弗罗斯特诗全集
（上下卷）
〔美〕弗罗斯特　著
曹明伦　译

商　务　印　书　馆　出　版
（北京王府井大街36号　邮政编码100710）
商　务　印　书　馆　发　行
北京市十月印刷有限公司印刷
ISBN 978-7-100-22995-1

2024年1月第1版　　　开本 850×1168　1/32
2024年1月北京第1次印刷　印张 28⅛　插页 2
定价：138.00元